遠い他国でひょんと死ぬるや

宮内悠介

祥伝社文庫

目次

本作品の舞台
ルソン島
コルディレラ山脈
バナウェ
イフガオ州
山奥の村
キアンガン
ソラノ
バヨンボン
バンバン
シエラマドレ山脈
サンフェルナンド港
バギオ
ケノンン道路
サンバレス山脈
祭りの町
マニラ
N
W
E
S
0
50km
ルソン島
カガヤン・デ・オロ
ミンダナオ島
イリガン
マラウィ
ダバオ
0
200km

第一章　アウトテイク

いま逆光のなか飛び立ったのはハナドリだろうか。日に手をかざしたとき、もうその姿は見えなくなっていた。鳥を追うのは諦《あきら》め、尾根道からの景色を見下ろした。緑が濃い。ちょうど真下のあたりで、ごみでも燃やしているのか、一筋の煙が立ちのぼっていた。

早朝の霞《かすみ》が、遠くの山々を白く湿らせている。

鶏《にわとり》が鳴いた。

道沿いで、春のススキがまばらに風にそよぐ。近づいて手にとろうとすると、スニーカーの靴裏で砂利《じゃり》が音を立てた。道はコンクリートで舗装《ほそう》されているが、至るところ石ころばかりで、舗装が剥《は》がれて水たまりになっている場所もある。

「先輩」

ADの井上《いのうえ》の声だ。尾根道の反対側で、カメラマンとリポーターが指示を待っている。その背後に光り輝くのは、この地域特有の棚田《たなだ》だ。折り重なる山の斜面のことごとくが、階段状の棚田となり、曲線を描きながら複雑に入り組み、朝日を白く照り返している。

二人に向けて、小さく頷《うなず》いてみせた。

「はじめよう。三、二、一――」

「失われたノートを求めて、わたしたちはルソン島北部、コルディレラ山脈へとやってきました。うしろの田んぼが見えるでしょうか。この通称〝天国への階段〟は、イフガオと呼ばれる山岳民が一つひとつ手で作ってきたものです。田んぼは山で自給自足するための命の源《みなもと》であり、また神への捧《ささ》げものだともいわれています」

リポーターの若い女性は、彼女だけ本局の所属。残りのスタッフはディレクターのわたしを含め、すべて下請《したう》けの制作会社の人間だ。リポーターにはビジネスクラスに乗ってもらったものの、このご時世なので、わたしたちは機内食も出ない別便のエコノミーを使った。

こちらはＡＤにカメラマン、そして音声を加えた総勢四人。

空港に着いたときにはもう足が萎《な》えそうになり、ビジネスクラスが羨《うらや》ましくもなったが、リポーターの彼女がフィリピンへ行ってみたいと口にしなければこの企画は実現しなかったので、彼女には感謝をしなければならない。

「ここから南西に位置するキアンガンは、第二次世界大戦で山下奉文《やましたともゆき》大将が最後に投降した地としても知られています。戦後七十年を経《へ》たいま、わたしたちは――」

ここまで進んだところで、思わぬ事態が起きた。突然、毛並みのいい白犬が寄ってきて、尻尾《しっぽ》を振りながらリポーターに飛びつき、じゃれはじめたのだ。

「ええと、あの……」

眉《まゆ》を寄せながらも、リポーターがとりあえず犬の頭を撫《な》でる。

「白《バヤック》、こら！」

遠くから聞こえた叱咤《しった》は、ここでの撮影を許可してくれた村長だ。赤い衣服は、ここの伝統衣裳《いしょう》だろうか。犬がひょいと声のほうを向いて、また尻尾を振りながら飼い主のほうへ駆けていった。勢い、驚いた鶏が逃げてばさばさとカメラの前を右往左往する。ふと見ると、スタッフらが突っ立って指示を待っていた。うむ、と喉《のど》の奥から妙な声が漏《も》れた。

「カット」

うむ、となぜか皆も同じ声で応じ、それからまた収録を再開させた。

「失われたノートを求めて、わたしたちは――」

「いやあ、すまんね。どうもこいつ人懐《ひとなつ》っこくて」

今度は犬を抱きかかえた村長が入ってきてしまった。

皆の目が、通訳を兼ねたわたしに向く。仕方ない。軽く耳許《みみもと》をかいて、村長に理解を求めることにした。

「あの、すみません。いま撮影中でして」

「最近の撮影はすごいな！　昔、山下財宝《ヤマシタ・トレジャー》を追ったクルーが来たときは人数も倍だったし、それからそう、カメラなんてこんなに大きかったぞ！」

相手がかまわずに両手を広げ、そして落っこちた犬がわんと抗議した。なんだか、怒る気も失《う》せてしまう。結局、撮影中は入ってこないでくださいと念を押すにとどめた。

「わかった」

村長は案外素直にひき下がると、

「もう七、八分もするとこの尾根は霧雨《きりさめ》になる。その前に収録を済ませておくのがいい」

妙に説得力のある助言とともに、尾根のこちら側、カメラの背後に回ってきた。犬も行儀よくその横にちょこんと坐《すわ》っている。ばさばさという音がまたしたので何かと思えば、井上が暴れる鶏を撮影に乱入させないよう、胸に抱《かか》えて羽まみれになっていた。

「ちょっと、なんとかしてください」

思わず噴《ふ》き出すと、笑うなと抗議される。

井上のことは放っておき、カメラマンとリポーターにアイコンタクトを送って三度目のテイクに入った。

「……いまでこそ平和が戻りましたが、大戦中には多くの先住民が立ちあがり、抗日ゲリラとして日本軍と闘《たたか》った過去もあります。さて、竹内《たけうち》〝第三のノート〟は見つかるのでしょうか」

カメラマンがこちらを一瞥《いちべつ》したので、人差し指と親指を丸めてＯＫのサインを出す。

皆を労《ねぎら》おうとしたところで、道の向こうで黒塗りのミニバンが停まり、作業着の男たちがぞろぞろと降りてきた。手際《てぎわ》よく測量器が設置され、あとから出てきたスーツ姿の男が、細かく指示を出しはじめている。

「あれは？」

わからないと村長がいうので、様子を見に行くことにした。

ついで村長と、なぜか鶏を抱えたままの井上もついてくる。結局、一同で鴨《かも》の親子みたいに鈴なりに尾根道を進むことになった。やがて男たちの話し声が聞こえてきたが、おそらくはタガログ語だろう。何を話しあっているのかがわからない。

訝《いぶか》しむわたしのために、村長が簡単に英訳してくれた。

「リゾートの開発計画について話しているようだな」

「村長はこのことを？」

寝耳に水だというので、わたしは振り返って「カメラ回して」と日本語でささやき、井上からカンペ用のスケッチブックを借り受けた。数枚にわたって、台詞《せりふ》を書きつけていく。

井上がうしろから首を伸ばし、わたしが書いた内容を覗《のぞ》きこんだ。

「また、そういう余計なことを……」

「どこぞの事件みたいに、放送作家の台本にあわせて捏造《ねつぞう》するよりはいい」

男たちがこちらに気づいたところで、こんにちは、とわざとらしく日本語で挨拶《あいさつ》をした。リポーターがわたしのスケッチブックを自然な仕草で一瞥する。

「フェイ財閥のかたがたですよね。本日はどうしてこちらへ？」

つづけて、カメラの死角からわたしが英訳をする。ややあって、男たちが迷惑そうに眉間《みけん》に皺《しわ》を寄せた。スケッチブックはすでに二枚目がめくられている。

「なんでもリゾート開発をする計画だとか？」

ふたたび英訳をしたところで、スーツ姿の男が犬でも追い払うように手の甲をこちらに向けて振った。かまわず、三枚目に入る。

「素晴らしいことです。村の人たちもさぞお喜びでしょう」

完全なあてこすりだが、カメラの力は強い。男たちが、一様に困惑した顔をして、ざわざわと何事か話しあいはじめた。

用意があるのはここまでだ。リポーターが話すそのあいだに、次の台詞を書きつける。

このとき、ふとわたしは面白いものを目にした。皆がこちらに気をとられている隙《すき》に、村の女の子が男たちに忍び寄り、腹這《はらば》いになりながら、測量器の脚《あし》の下に石ころを挟んでいるのだ。

「やはり、イフガオの観光開発は重要であると皆さまもお考えで？」

通訳をしているあいだに、二つ目の小石が挟まれる。

「やめろ」

スーツ姿の男が口を開き、手のひらをカメラに向けて遮《さえぎ》った。

「誰の許可でこいつを回してる？」

「もちろん村を代表するかたの。失礼ながら、あなたがたもそうなのでは？」

これはリポーターのアドリブだ。彼女もなかなかに侮《あなど》れない。

相手が舌打ちとともに顎《あご》を動かし、作業着姿の男二人が立ちはだかった。

負けじと村長の犬が吼《ほ》えた。井上の鶏が暴れて飛び立ち、羽を舞い散らしながらあたりを駆け回りはじめる。女の子がわたしを見て、にかりと笑った。三つ目の石が挟まれる。

「これは、もちろん財閥の意向ということでよろしいのですよね」

相手が腹に据《す》えかね、怒鳴《どな》りそうになる。よしきた、と思ったそのときだ。犬が駆け出し、バランスの悪くなっていた測量器に横腹をぶつけた。一同の眼前で、測量器がきれいな弧《こ》を描きながら谷底へ落ちていった。皆、無言だ。カメラはまだ回っている。男たちが誰からともなく頷きあい、車へ戻っていった。そのまま逃げるように発進して、元来た道へと消えていく。

静かになったところで、村長が小さくわたしに向けて一礼した。

「先輩についてくると、いつもいらない騒ぎが起きる」

不満そうなのは井上だ。

「どうして、じっとしてられないんです」

「かまわんだろ。どうせ使われない場面《アウトテイク》だ。なんか腹立つだろ、あいつら」

「否定はしません。財閥ってのも横柄《おうへい》なもんですね。先輩ほどじゃないにせよ」

「……ほかの財閥もあわせると、この国の株式の約五割が押さえられている。大統領にもどうにもできない、植民地時代からの負の遺産だ」

「でも、どうしてフェイ財閥だとわかったんです？」

「ハッタリだよ。ただ、顔立ちから華僑《かきょう》系だとわかった。で、華僑系のうち、この地域の観光開発に特に興味を示しているのが、あのフェイ財閥」

「ふうん」

井上はわかったようなわからないような顔だ。

「でも実際のところ、リゾートができれば村は潤《うるお》うんじゃ？」

「少なくとも許可はなかった。それに……」

ここまで口にしたところで、後悔がよぎった。その先をいうことが、ためらわれた。

「それに？」

「昔ながらの暮らしや景観が壊れる」

スケッチブックを返しながら答えた。

ややあって、井上がとがめるような目つきをよこす。

「それは先輩の価値観です」

「そうだよ」

だから嫌だったのだ。少しだけ、わたしは目を伏せた。

「俺の価値観だ」

井上もいい足りなそうだったが、皆の目もある。結局、二人同時に目をそらした。

いつのまにか、あたりが暗くなってきていた。空を仰《あお》ぐと、雲の下に入ったのだとわかる。まもなく村長のいった通り、さあ、と淡い霧雨《きりさめ》が降りはじめた。

井上が手早く折りたたみ傘を広げ、リポーターの上に掲《かか》げた。

「ありがと」とリポーターが素《す》の顔に戻る。「でもあなたが濡れちゃうよ」

「慣れてますんで」

「ね、さっきのテイク本当に使えないの？　これってあれじゃない？　社会正義ってやつ」

「ええ」

これにはわたしが答えた。自分の口の端《はし》が、やや歪《ゆが》んでいるのがわかる。

「さすがにあれは……」

「頑張ったのになあ」

「わたしたちが見届けたということで、よしとしてください」

ちらと時計を見る。すでに、スケジュールが押してきていた。

昼前までには村人たちのインタビューを終え、南西の町、バギオへ発《た》つ予定なのだ。

海外収録といえば、昔は数週間かけることもあったが、あいにくいまの会社はそういう仕事と縁がない。今回の予算は、実のところ散歩番組の倍程度だ。ついでにいうなら人手もない。

「雨はどれくらいでやみますか?」

「そうだな」

村長がゆっくりと天を仰ぎ見た。

「あと、せいぜい十五分ほどか」

カメラを意識したに違いないその民族衣裳を見て、胸の奥に何物かがつかえた。いまや誰も袖《そで》を通さない衣裳は、村の観光振興を考えてのことだろう。その判断に、わたしがとやかくいうことはできない。しかし、それでも思ってしまう。カメラがなければ彼はジーンズ姿で現れただろうし、わたしは嘘《うそ》の民族性よりもそのほうが好きだ。

小さく息を吐き、棚田に目をやった。

先ほどまで光り輝いていた田んぼは曇り空に黒く濁《にご》り、階段の上から下まで、無数の波紋を水面《みなも》に広げていた。しばし、その光景に見入ってしまう。

「日本軍はこの棚田も荒らしたのですか」

「さあな。わたしが生まれるより、さらに前のことだ。話に聞くところでは、わたしたちの多くは山にこもって隠れていたそうだ。日本軍がここまで撤退したのが終戦間際だとすれば……。収穫は終わっていた可能性が高い」

逆にいえばそれ以外、備蓄した食糧や財産の収奪はあったかもしれないということだ。

「不幸中の幸いです」

少し考えて、わたしはそれだけを答えた。

雨があがるまで十五分。ひとまず村長の経験を信じ、心中で予定を組み直しはじめた。


村に一つだという宿は、表に看板さえ出ていない。

門をくぐるなり番犬に吼えられ、フロントがわりの茶の間には誰もいなかった。観光のために身体《からだ》をはる村長の努力を無にするような惨状だが、幸い、部屋はきれいに保たれている。客室には、個々にホットシャワーもついていた。

切り通しの谷側に建てられたものだ。リポーターには眺めのいい二階に泊まってもらい、残りのスタッフはわたしと井上、カメラマンと音声にわかれて一階の二部屋をとった。そのほかに、首都のマニラで雇《やと》ったドライバーが一部屋。

結局、昼までに今日の収録を終えることは見送られた。

霧雨に濡れたリポーターが、髪をセットし直したいと申し出て、それもそうだということになり、いったん宿へひき返すことにしたのだ。いま、井上は窓際のベッドでA４のクリップボードを台にスケジュールを直している。

手前のベッドに腰を下ろしたわたしとのあいだには、洗濯紐《せんたくひも》が一本。そこに、昨夜洗ったシャツや下着が干されている。

その衣類がわずらわしいらしく、井上が顔をしかめながらシャツをつまんだ。

「だから、昨夜バギオを発つ前にランドリーサービスを使えばよかったのに」

「しょうがないだろ、乾くのに間にあわないって話だったんだし」

「宿に預けて乾くのを待てばよかったんですよ。どうせ今晩には戻るんですから。しかもこれ、結局は生乾きじゃないですか。どうやって持ち帰るんです」

紐が揺れたせいで靴下がぽとりと落ち、井上が嫌そうにそれを拾いあげる。

ベッドの上で、わたしは腕を組んだ。

「預けるという発想はなかったな。どのみち、今晩はもっといい場所に泊まろう」

室内に視線を這わせる。

クリーム色の壁だ。カーテンは白地で、花の模様とそこに集まる緑の蝶《ちょう》がプリントされている。チェック柄のシーツのベッドに、丸まった青い毛布。鏡つきのテーブルに、二人のミネラルウォーターが並んで置かれている。

壁には風景画もある。なぜこの努力の一割でも、看板製作に費《つい》やさなかったのか。

わたしは仰向けになり、枕元の台本を頭上にかざした。

「戦後七十年——竹内浩三《こうぞう》〝第三のノート〟を求めて」

放送作家は入れず、自分で書いたものだ。題も自分でつけた。

靴下がかけ直されたところで、今度はシャツが落ちる。井上がそれを残念そうに見下ろし、深くため息をついた。

「でも、なんで第三のノートなんです？　まさか、見つかるわけもなし」

「何か目的となる方便が必要だからな」

そういって流したが、半分は嘘だ。

〝第三のノート〟に、わたしは学生のころから憑《つ》かれている。この点については本気だ。ただ、見つからないだろうという井上の推察は、おそらく間違っていない。

「どのみち、浩三が戦死したとされるのはバギオ周辺。少なくともこのあたりじゃない」

「それはいいです。ここの棚田でも見せない限り、番組が成り立たないのはわかりますから。でも、なんで浩三なんです？　いっそ山下財宝だっていいじゃないですか」

「いまどき財宝もないだろう」

台本を戻し、ゆっくりと起きあがった。

「……長い月日をかけて、日本とフィリピンは戦後の和解を進めてきた。いまはもう対日感情も悪くない。ただ、かわりに過去の大戦が忘れられつつある」

企画会議で伏せていたことだ。

はっきりと口にしたのは、これが最初かもしれない。

「忘れないこと。あるいは記憶にとどめること。それが、今回の本当のテーマだ」

「でも――」

すぐさま、井上が口を開いた。

「現地の人、忘れはじめてくれてるんですよね？　だったらいいじゃないですか。何が問題なんです。このまま、民間の和解が前に進んでいくってなら」

二言目には「でも」という井上は、わたしより一回りほど下の齢《とし》。対して、わたしはベテランディレクターという年齢だ。それでも井上がつっかかってくるのは、おそらく心中で、わたしの時代錯誤的な、社会派風の番組作りに思うところがあるのだろう。

井上の考えは、きっと正しい。

事実、社内でわたしの企画は通りにくいし、自分の考えが時代とあわなくなってきた感は拭《ぬぐ》えない。いまだにディレクターにとどまっているのも、それが理由だろうか。

「……忘れるということは、くりかえしてしまうことにもつながる」

「戦争を？」

即座に訊《たず》ねる井上に向けて、そうだと応じかけてやめる。

確かに、戦争は起きないかもしれない。だがそうでなく、わたしが問題視したいのはいわば精神のありようなのだ。ただ、それをうまく伝える術《すべ》が見つからない。いやむしろ、暗に伝わっているからこそ、井上も反撥《はんぱつ》するのだろうか。

身を屈《かが》めて、落ちたシャツを拾いあげた。

先ほどの轍《てつ》を踏まないよう、井上が協力して糸の片側をぴんと押さえた。そっとシャツをかけ、二人同時に手を離したとき、懐かしいような洗剤の匂いがふわりと広がった。

「あの村長は観光業にずいぶん前向きだったみたいだが」

ベッドに戻り、わたしは話題を変えた。

「本当は、観光に来てもらわないといけないのは俺たちなんだよな。フィリピンの経済は右肩あがりで、おまけにそれが二〇五〇年までつづくらしいときた。俺たちは何を見習うべきなんだ?」

「いや、国の構造がこうも違うと……。あれ、なんで日本には財閥がないんでしたっけ」

「戦後にアメリカが解体した」

「ああ……」

「アメリカで思い出した。確か、フィリピンは憲法を変えることで米軍を追い払ったんだよな。こういう思い切りのよさのようなものには少しあこがれる」

「でも、確かあれでしたよね。そのせいで、結果として中国が南洋に進出してきた」

嚙みあっているのかいないのかわからない話をしているうちに、ノックの音がした。

ドアの横の窓から、リポーターが手を振るのが見える。準備ができたようだ。反射的に井上がさっと立ちあがり、物干しの紐に触れて靴下がまた落ちた。どこかで鶏が鳴いた。

バギオへの帰路につくことができたのは、日が傾きはじめたころだった。

山下降伏の地、キアンガンを横目に、ジャングルに囲まれた山道を延々と降りていく。車は首都のマニラで借りたミニバンで、後部に機材一式を詰めこんでいる。運転手を同時に雇う仕組みになっていたのが不思議だったが、理由はあとになってわかった。まわりの運転が荒すぎるのだ。到底、ここでハンドルを握る気にはなれない。

助手席にリポーター、そのうしろにわたしと井上、最後列がカメラマンと音声だ。

緑はあいかわらず濃い。南洋ならではの椰子《やし》に交じり、松や竹などが目につく。遠い南に来たようでもあり、それでいて、ときに母国を感じさせられもするのが不思議だ。

錆《さ》びたトタン屋根を、四本の柱で支えただけの小屋がある。見ると、古いビリヤード台がぽつりと一台だけ置かれ、何をするでもない男たちがたむろしていた。

海外で、日中から何もせずうろつく男たちを見るのがわたしは好きだ。あたかも、人生などどうにでもなるかのような気にさせてくれるからだ。

井上にそう告げると、

「でもそれは間違ってます」

と短い答えが返った。

ふらふらしているようではいけないという意味か、あるいは、失業状態をよしとするようで相手に失礼だということだろうか。どんな状況であれ、たくましく生きる人々にわたしは勇気づけられるのだが……。しかし井上の断固とした口調は、彼のなんらかの信念を感じさせるものだ。小さく頷くだけ頷き、そこから先は何もいわなかった。

やがて稜線《りょうせん》の向こうに日が隠れ、夜道となった。

灯《とも》されたヘッドライトが眼前のアスファルトを照らし出す。出国前に想像していたよりも、道は悪くない。運転手は口数が少なく、黒地にスーパーマンのロゴのついたマスクを風邪《かぜ》予防につけている。心なしか、このあたりでは黒いマスクの男をよく見かける。

夜遅く、ようやくバギオが目前に近づいてきたところで、それまで無言だった運転手が、

「このへんでしたか」

と道路脇の密林を指した。

「少し入ったところに洞窟がありまして、まだ日本兵の骨が残ってるんですよ……」

車が速度を緩《ゆる》めたので、「撮《と》っておきますか」と井上が低く訊ねた。だが、異国で朽《く》ちていった兵士たちを、この上なおカメラに収めるのは気がひける。いや、と短く首を振った。

「もう時間が遅い」

重苦しくなるのを避けたくて、咄嗟《とっさ》に、わたしは別の理由をつけた。

「みんなもなるべく早く宿に着きたいだろう？　いや、すまん嘘だ。俺が休みたい」

小さく笑いが起きたが、なんとなく、井上には本心を見透《みす》かされているような気がした。

帰国後はすぐに別の収録が重なり、わたしは合間を見ながら「戦後七十年――竹内浩三〝第三のノート〟を求めて」を編集することになった。それと並行して、ほかの企画案もまとめていく。内容は海外の民族紛争やアメリカの銃規制問題などだ。

面白おかしい企画は、どうせ別のプロデューサーやディレクターからいくらでも提案される。だから、堅苦しい分野がわたしの仕事だと割り切っていた。

実際のところ、仕事の大半はプロデューサーから割り振られる別の収録だ。

わたしが所属する「千駄ケ谷《せんだがや》TVプランニング」はその名の通り、千駄ケ谷駅からの徒歩圏内にある。規模は、中小企業と零細《れいさい》企業のあいだといったところだろうか。それなりに歴史が古く、ウェブ時代のいまもしぶとく生き残っている。一ブロック立地がずれていたらオリンピックのために更地《さらち》になっていたと知ったときは、社の悪運の強さを感じた。

朝はまず社外の収録スタジオに出勤し、十時からの打ちあわせに備える。昼すぎまでに収録を一本終え、さらにもう一本を収録、再度の打ちあわせを経て、夕方に自社へと戻る。また打ちあわせがあり、映像のチェックや編集に入れるのは十八時ごろ。退社のカードを押すのは二十三時くらい。だいたい、これが一日の主なサイクルだ。

やりがいを感じるのは、やはり自らの企画が通って収録を進めるときだ。

ただ、わたしの企画はもちろんのこと通りにくい。

しかし職場の人間すら説得できずして、どうして視聴者を納得させられるのか。これはある先達からの受け売りだが、いまもときおり自らにいい聞かせる。

企画とはいかによいものを作るかではなく、いかによいと思わせるかだ。

そこにきて、わたしは折衝力に自信がない。井上一人とっても、うまくやれているとはいいがたい。何か根の深いところで、わたしは思いを他者に伝えるということが下手くそなのだ。

新人時代、「この企画のどこが面白いの？」と問われ、「面白くない問題だから意義があるのです」と大真面目に答えたことは、いまもときおり語りぐさにされる。

語りぐさはもう一つ。

「こういう仕事は誰かがやらなければならないんです！」

昔、会議室でそう叫んで静かな笑いが場に広がったときのことを思い出すと、いまも恥ずかしさで耳のうしろが熱くなってくる。ほかにも、「とにかく撮らせてください、それを見ればわかりますから」と発言したことがある。この三セットで、おおむね、わたしのある種の無能さは皆の知るところとなった。

しかし、それでもどうにかやっていけるのが社会の神秘というやつだ。こんな四角四面にも多少の需要はあるようで、とりはからってくれる人や、買ってくれる人間がいる。

ただ、「あいつは海外へ行きたいだけだ」という同僚の陰口を立ち聞いてしまったときは、向いていない職についてしまったものだと思った。向いていないという思いは、いまもある。

「須藤《すどう》、ちょっと」

とプロデューサーから肩を叩《たた》かれたのは、二十二時ごろ、例のフィリピンの映像を編集していたときのことだ。なぜかわたしを買ってくれている一人だが、この声色《こわいろ》のときは、たいていよいニュースはやってこない。

振り向くと、Ａ４一枚の企画書を差し出された。

「次の〝日本すごいぞ〟系も、おまえに頼みたいんだが」

「それならほかに適任がいます」

プロデューサーがいうのは、〝ゴミ屋敷もの〟に代わってこのごろ増えてきたジャンルだ。この手の企画は、どうも気が進まない。自分の国への誇りは、あえて教えてもらうものではなく、内から湧きあがるものだと思うからだ。

いや、やはり感覚がずれてきているのか。

「井上なんてどうです。そろそろディレクターになっていい齢でしょう」

「わかってるだろ。おまえがやると、なぜか評判がいい」

ひき受ける以上は、わたしもしっかり仕上《しあ》げ《げ》ようとはする。

しかし、受けがいいというのがどうも解せない。相手にいわせると、わたしが手がけると画面に迫力が出る、ということらしいのだが。

「たぶん、心の底では信じてないから向いてるんだろ。テレビなんてそんなもんさ」

信じていないからこそ、企画意図をうまく推《お》しはかった脚色ができるということか。

軽く首筋をかいて、差し出された企画書を受けとった。

「あともう一つ」

また、Ａ４の用紙を見せられる。ただしこちらの紙はコピーだ。

「局のほうに回されたものだが、一応入手したんでおまえにもと思ってな」

これか、と思った。

文面自体は、すでにウェブにも流出しているので、わたしも目にしている。「公平中立、公正」な報道を求めるとした、政府与党からの要望書だ。具体的には、出演者の出演回数や時間、街頭インタビューの使いかたなどについて。

公平中立、と書かれた箇所《かしょ》をプロデューサーが指さした。

「須藤、おまえはこれをどう読む？」

「素直に受けとるなら……」

編集作業を諦めて椅子を回し、コピーに目をやった。

「まあ、偏向報道をやめろということでしょうか。もう少し拡大解釈するなら、たとえば政権転覆《てんぷく》を狙《ねら》ったメディアスクラムの類《たぐ》いはやめろと」

「そこさ」

プロデューサーが無表情に頷いた。

それから眉をひそめるわたしに向けて、

「拡大解釈、だ。この文書はどこをとっても、いくらでも拡大解釈の余地がある。だから報道は自粛《じしゅく》に傾いていくだろうし、実際、それを狙ったものだと考えられる。ここまではいいか」

「……今回のフィリピンの件で何か?」

「このあいだ局のトップが替わったのは知ってるな。大戦が侵略戦争であったことさえ認めない強硬派だ。さて、簡単なパズルだ。これと〝公平中立〟を組みあわせるとどうなるか」

わたしは深く息を吐き、椅子の背もたれに体重を預けた。

「過去にフィリピンを侵略した事実をあまり強調するな、ということですね」

いわれるよりも前に答える。

さすがのわたしも、ここで「侵略の記憶をとどめたいからこその企画です」などと口にする齢ではないし、いまさら四つ目の語りぐさを作りたくもない。何よりも、怒りが湧かなかった。このプロデューサーが無表情になるときは、きまって当の本人が葛藤《かっとう》を抱えているからだ。

気にとめておきます、と結局それだけをつけ加えた。

「つまんねえの」

急に、相手がおどけた口調になる。

「昔のおまえなら、絶対に楯突《たてつ》いてきたのに。気ニトメテオキマス、ときたか」

「いったいどうさせたいんです」

苦笑を漏らすと、相手もわずかに笑った。それから、頼むよ、といい残し、わたしの手元に栄養ドリンクを一本置いて帰っていった。

凝《こ》った目頭《めがしら》を指で押さえ、また椅子の向きを戻す。

確かに、入社したてのころのわたしなら、一悶着《ひともんちゃく》起こしたかもしれない。いま、井上が何かとわたしにつっかかるように。このあたりに、わたしが井上を嫌いになれない理由がある。

いずれにせよ、ここからが腕の見せどころだ。

頭のなかで編集方針を軌道修正する。まず、印象が変わるようにいくつかのカットを入れ替えた。惜《お》しいと思う場面も捨てる。それから、キーとなる台詞だ。

「和解が進んだいま、フィリピンとの関係はけっして悪いものではありません。ですがそれによって、過去の戦争が忘れ去られつつあるのも事実です」

これは後半部分を削った。わかる相手に伝わりさえすればいい、と自らにいい聞かせる。が、それと同時に、内側にある空白めいたものがまた少し押し広げられた気もした。

前に同窓会に足を運んだとき、「須藤も大人の顔になっちまったな」といわれたのはいつのことだったろうと、不意にそんなことを思った。

退勤後は、すっかり人の気配のなくなった工事中の神宮外苑《じんぐうがいえん》沿いを駅に向けて歩いた。いまごろになって海外の疲れがきたのか、身体がずしりと重たい。

駅前に、一杯やった帰りの一団がいた。ほとんどが社会人に見えるが、二人、網に入れたフットサルボールを肩に担《かつ》いでいる。皆で球を蹴って、近くで飲んできたところか。

会話に耳を傾けると、詩や音楽の話をしているのがわかる。

思わぬことに、急に嫉妬《しっと》めいたものに襲われた。

つい先ほどまで、送り手として映像の編集をしていたはずだ。それなのに、目の前の文化的な集《つど》いに自分にないものを感じ、惹《ひ》かれる。自分がどの文化にも属していないような気がする。

――おまえがやると、なぜか評判がいい。

――たぶん、心の底では信じてないから向いてるんだろ。

これは本当に、自分が歩《あゆ》みたいと願った道なのか？

唐突に、我ながら突飛《とっぴ》な考えが浮かんだ。

いまこの瞬間、絞首刑のロープが皆に平等に降り注ぎ、いっぺんに吊りあげたなら。そうすれば、きっと楽になれるだろうに。いや、おそらくは咄嗟にロープを摑《つか》み、しぶとく登りはじめることになるだろうか。

よぎった思考を一笑に付し、闇の奥で光を放つ千駄ケ谷の駅に足を踏み入れた。わたしは疲れると聴覚が冴《さ》えるたちなので、ガードを走る列車の音や人々のささやき声、愚痴《ぐち》やアナウンスがちくちくと刺さってくる。まるで、小さな針の一本一本にとり囲まれているようだ。

家は高円寺《こうえんじ》のアパートだ。この点、乗り換えなしに帰宅できるのはありがたい。それでも電車のなかで、二度、吊り革《かわ》にぶら下がりながら眠りに落ちそうになり、膝《ひざ》から力が抜け、そのたび、慌《あわ》てて手に力をこめた。

駅を降りてから、北口にあるチェーンのとんかつ店で夕食を摂《と》ることにした。一番身体に悪そうなパターンだが、早くに夕食を摂《あ》ると残業時に眠くなる。そしてこの時間となると、これくらいしか店が開いていない。悪しきルーチンの一つだ。

カウンターにつくと、東南アジア系とおぼしき若い店員の女性に、二人組の酔客が「日本語できるんだね」などと声をかけている。おそらく悪意はないのだろう。が、それが相手に疎外《そがい》感を与えていることに気づいていない。あいだに入りたくもなったが、悪意が感じられないので、とがめ立てもしづらい。そうしたところで、客も客で、つまらない相手にからまれたと受けとって終わりだ。

気がつけば、目の前の定食を食べ終えていた。

食を楽しまなくなってしまったのは、いつからだろう。そして、店を出てから気がついた。確かに、彼らに悪意はなかったかもしれない。だが、優越感はあった。悪意がないと考えたのは、わたしがそうやって自分を騙《だま》し、やりすごそうと思ったからだ。

コンビニ横の駐輪場で自転車を回収し、家路についた。

部屋の鍵を開け、習慣的に「ただいま」と口にしてから、またいってしまったと思った。二つ並んだマグカップの一つでうがいをして、ハンドソープで手と顔を洗う。二十代のころ、当時の交際相手から「あんたはハンドソープで顔を洗う」と汚物でも見るように指摘されたが、結局、癖《くせ》が直ることはなかった。

キッチンの時計を見ると、すでに日付をまたいでいる。

すぐにシャワーを浴び、そのまま歯を磨こうとして、二つ並んだ歯ブラシに一瞬だけ手が止まった。片方を処分しないのは、単に時間がなくて面倒だからだ。身体を拭《ふ》いて着替えてからは、敷きっぱなしの布団《ふとん》に潜《もぐ》りこんで天井を仰いだ。

廃墟《はいきょ》を思わせる部屋だ。

二部屋あったはずの空間をいらないものが埋め尽くし、ベランダのサッシの手前には、いらなくなったと知人が手放した麻雀《マージャン》の全自動卓まである。これでもあれば友人でも呼ぶことになり、暮らしもまともになるかと思ったのは最初だけ。ついに一度も電源を入れられないまま、卓上に仕事の資料が山と積まれた。

枕元には、ウェブのオークションで七百円で買った緑色の石ころが一つ。珍しいものではない。本当に、どこにでも転がっているような石だ。商品説明に「父が河原《かわら》で拾って大切に磨いていた石です」とだけあるのを見たとき、これはわたしが買わねばならないと妙な義務感に襲われたのだ。無駄とも思えるものに金を使うことで、何かに抗《あらが》いたかったことを憶《おぼ》えている。

時間の止まった部屋の底で、寝しなに、ざっとSNSで各局の番組の評判を見ておく。短い断片的なコメントの羅列《られつ》は、まるで現在が一塊《ひとかたまり》の洪水となって押しよせてくるようで、幾度《いくど》となく目をしばたたかせた。自らの目や、鼻や、口までもが断片化されていくと感じる。

そしてまた思った。これは、本当に自分が歩みたいと願った道なのか？　つまるところ、わたしは社会的な番組を撮ろうと志《こころざ》しながら、その一方、社会から切り離されたどこかで自分自身を見失っていた。いや、昔からそうだ。学生のころから、拠《よ》りどころのなさを抱えていた。自らの足場となるだろう何かを持てず、もっというなら、この社会そのものに居場所を見出《みいだ》せずにいた。常に、現在の断片ばかりがあった。

浩三。

無意識に、つぶやきが漏れた。浩三、おまえならこの時代をどう生きる？

手探りに、枕元で埃《ほこり》をかぶった彼の詩集をたぐりよせた。竹内浩三は大正生まれの詩人だ。ただ、評価を受けたのは戦後、彼がルソン島のバギオ付近で戦死したとされたあと。

わたしは学生のころにその詩に触れ、端的に、打たれた。

それまで感じとれなかった、知識としてしかなかった戦争や先人の思いが、はじめて実感とともに身体にすっと入りこんできたと思えたのだ。

その詩は浩三が戦地に向かうために入営《にゅうえい》するよりも前、二十一歳のときに書かれた。

骨のうたう　　竹内浩三

戦死やあわれ
兵隊の死ぬるや　あわれ
遠い他国で　ひょんと死ぬるや
だまって　だれもいないところで
ひょんと死ぬるや
ふるさとの風や
こいびとの眼や
ひょんと消ゆるや
国のため

大君のため
死んでしまうや
その心や

白い箱にて　故国をながめる
音もなく　なんにもなく
帰っては　きましたけれど
故国の人のよそよそしさや
自分の事務や女のみだしなみが大切で
骨は骨　骨を愛する人もなし
骨は骨として　勲章《くんしょう》をもらい
高く崇められ　ほまれは高し
なれど　骨はききたかった
絶大な愛情のひびきをききたかった
がらがらどんどんと事務と常識が流れ
故国は発展にいそがしかった
女は　化粧にいそがしかった

ああ　戦死やあわれ
兵隊の死ぬるや　あわれ
こらえきれないさびしさや
国のため
大君のため
死んでしまうや
その心や

いったい、なぜこの詩に打たれたのだろうか。ただ、こう思ったことは憶えている。同じだったのだ、と。

それはたぶん、声高《こわだか》な反戦も勇ましい軍国主義もない、一人の青年の思いが素直につづられている気がしたからだろう。こういって許されるならば、いまと同じような青年がいたのだと。

戦前を断罪することにも、戦前を再評価することにも、わたしはうんざりしていた。だから、一人の人間がただそこに立っているような詩を、心のどこかで求めていたのだろう。しかも、どうだろう。あたかも、自らの運命や戦後のありようを予見するかのようなこの内容は。

この一編の詩が、いわばわたしと世界をつなぐ細い一本の糸となった。

それから、竹内浩三という人物について調べた。

西筑波《にしつくば》の陸軍飛行場に配属されてからは、日々の出来事やそのときどきの思いを二冊の手帖につけ、姉に送っている。うち一冊は、宮沢賢治《みやざわけんじ》の詩集がくり貫《ぬ》かれ、そこに隠されていたという。いま、「筑波日記」として残り、知られているものだ。詩の断片のようなものもあるにはあるが、ほとんどは、素朴《そぼく》にその日あったことが淡々と語られるのみだ。いや、あるいは語るべきことを封じたのかもしれない。真意を確認する術はない。日記は一九四四年の七月二十七日に終わり、その後、彼がルソン島のサンフェルナンド港に上陸したのが十二月末のこと。

手帖は戦地にも持って行かれたと考えられる。

かつて文芸誌をともに作った友人あての手紙に、「手帖いっぱいになるたびに家に送っている。二冊送った」「よろこんでくれ。まだつづけている」とあるからだ。

六月八日付の日記の末尾には、決意めいた一節もある。

　ぼくのねがひは、
　戦争へ行くこと

ぼくのねがひは
戰争をゑがくこと
ぼくがみて、ぼくの手で戰争をかきたい。
そのためなら、銃身の重みが、ケイ骨をくだくまで歩みもしようし、死ぬること
　すらさへ、いとひはせぬ。
一片の紙とエンピツをあたへよ。
ぼくは、ぼくの手で、戰争を、ぼくの戰争がかきたい。

浩三は必ず、三冊目のノートを戦地フィリピンへと携《たずさ》えたはずなのだ。

そしてそこに、彼が見た戦争が描かれていたはずだ。おそらくは彼の身体とともに朽ち、失われただろうそのノートを、けれどわたしは読んでみたいと思った。ルソン島の戦記は、それこそ数知れずある。だがそうでなく、浩三の目を通して、浩三の手を通して描かれた戦争をだ。

が、大戦末期のフィリピンの戦況は混沌《こんとん》とし、一兵士にすぎない彼の足どりは摑みにくい。ほとんどわかっていないとさえいえるだろう。戦死公報を要約するなら、こういうことになる。

――ルソン島一〇五二高地。

――館《たて》大尉指揮の下にバギオ東方附近の戦斗《せんとう》に参加。

――斬込《きりこみ》戦斗に参加し未帰還にて生死不明なり。戦死せるものと認定す。

この一〇五二高地がどこかは特定されていないが、実のところ、ある程度のあたりはつけてある。自分の手で伝記を書いてみたいと密《ひそ》かに夢見て、調べたことがあるのだ。じわりと、昔あった情熱が高まってきた。

見たい。

浩三の見た地を、浩三の見た戦争を。そして、わたしの戦争を。それも、自分一人の手と、足と、目で。

騙し騙しやってきたつもりだった。それなりに、うまく立ち回ってきたはずだとも。それどころか、実際にフィリピンへ収録に行ってきたばかりだ。

それなのに、あふれ出ようとする感情を止められなかった。

嘘だからだ。自分を断片にちぎって、目の前のことだけに追われ、わたしはわたしを生きていない。これがフィルムであれば、人生丸ごとが使われない場面《アウトテイク》だ。

本を積み重ねた奥から私用のノートパソコンをとり出し、開く。すぐに文書が表示された。かねてより出そうと思っていたもの。出したところで何にもならないと書いては消し、また書いたもの。

退職願だ。

じっと、冒頭の三文字を見つめる。組織を離れ、なおも生きていける命の濃さが、自分にあるのか。旅立つべきなのか、そうでないのか。

そう思った瞬間、不意に視点が切り替わった。暗い部屋で画面を見ているわたしを、もう一人のわたしが見ているのだ。鏡で見る印象とは異《こと》なる、老《ふ》けつつある顔だ。部屋も部屋で、いざ別角度から見てみると、こんなに汚れていたのかと他人事《ひとごと》のように唖然《あぜん》としてしまう。

外から自分が見えたことで、不思議と静かな、落ち着いた心持ちになってきた。そうだ。世話になった人もいる。撮りたくない番組とはいえ、新たに抱えた仕事もある。

それからそう。この部屋だって掃除しなければ。

頭の奥で、井上のあの台詞が蘇《よみがえ》り、苦笑が漏れた。

――でもそれは間違ってます。

そうだな、間違っている。間違っているが、たぶんこれが俺なんだ。

三年だ。

そう、自らにいい聞かせた。もうあと三年、いまの職場で耐えてみよう。その間に渡航資金も貯める。アウトテイクの人生でも、無意味と思えるものでも、それでも片づけなければならないことや、積み重ねてきたものはある。

それを清算したところで、もう一度フィリピンへ行こう。

次の職は考えない。浩三にとって、次などというものはなかったからだ。

ルソン島、彼の没した地へ。浩三が見たもの、三冊目のノートに書かれていただろうことの片鱗《へんりん》でも、感じ、この目で見るために。

第二章　復活祭の夜に

薄緑色の雨戸だ。

いや、これは雨戸と呼ぶべきなのだろうか。窓の鉄格子《てつごうし》の内側にしつらえられた、木製の引き戸だ。鉄格子とのあいだにガラス窓のようなものはなく、戸の鍵は壊れてからなくなっている。上半分は細かく木材が組まれ、色とりどりの小さなガラスが嵌《は》めこまれているのだが、年月とともにその半数が抜け落ち、緑のペンキもそこかしこが剝げている。触れてみると、古くなったガジュマルの葉のように、はらはらとペンキの欠片《かけら》が落ちた。

その木製の戸の向こうから、夕闇の気配が近づいてくるのがわかる。

細く開けてみると、夜店で米が蒸《む》される香ばしい匂いとともに、しんとした熱気のようなものが伝わってきた。祭りを控えているためだ。そして、暑い。いまが一番暑い時期だという。

顔を見られたくないので、戸をすぐに閉める。

ここに外国人が泊まっていることを、あまり悟られたくないからだ。何しろ、客室のドアさえ鍵がかからないときた。おかげで、ただみたいな値段で泊まらせてもらっているとはいえ。

暗くなった室内に目を向ける。

右側の隅《すみ》に、ところどころタイルのなくなった洗面台がある。背後には、白い歯を見せて笑う俳優のポスターが三枚。昨晩めくってみたところ、案《あん》の定《じょう》、ポスターで隠された壁に穴が空いていた。あとは、ダブルサイズのベッドが一台。それだけの部屋だ。

風呂は共用のシャワー室を使い、洗濯はここの洗面台で済ませる。

物干しとなるのは、すっかりおなじみとなった、部屋を横断する洗濯紐だ。ちょうど、かけられた肌着が床に滴《しずく》を落とす、ぽつりという音がした。

廃墟のような部屋だが、なんとなくいまの心情にあっている気はする。

荷物は、小ぶりのバックパックが一つだけ。これが、手持ちのすべてだ。日本で借りていた部屋はひき払い、あの全自動卓はリサイクルショップに千円でひきとってもらった。

洗面台の鏡をじっと見入った。

無精髭《ぶしょうひげ》が伸びてきている。白くなった髭を抜き、いたた、と日本語でつぶやいた。

職を辞すと決めたあの日からは、五年がかかってしまった。

わたしが辞《や》めるよりも先に、上にいたプロデューサーが辞表を出してしまい、その穴を埋める必要があったのだ。慣れないプロデューサーに転向して、結局、退職するまでに四年。先のことなど考えていなかったのに、それでも気にかけて仕事を振ってくれる人間はいるもので、しばらく記者やライターの真似事《まねごと》をしながら、タガログ語を学んだ。

真似事の仕事については、しょせん真似事なのでやめた。

わたしがフィリピンに長期滞在すると知り、知りあいの多くは驚いた。どうも、ジャーナリストへ転身すると思われていたようだ。しかし、わたしは何者でもない素のままの状態でここへ来たかったのだ。

もう一度、鏡へ意識を向ける。

前よりは老けた。

けれど、少しはいい顔になったかもしれないと思う。「こういう仕事は誰かがやらなければならないんです！」と無鉄砲に叫んでいたころとは、だいぶ離れている。が、しがらみを感じさせる大人の顔でもない。石英《せきえい》のように曇っていた目に、やや力が戻ってきている。こんな顔で厄年《やくどし》を迎えようとは、思ってもみなかった。だいぶ、回り道をしてしまったような気もする。

鏡に触れた。横一本に入ったひびが、額《ひたい》から上のあたりを黒く横断している。

「それにしても、ひどい宿だな……」

聖週間《セマナ・サンタ》の祭りで有名な、ルソン島中部の町だ。ところが地図に観光局と書かれていた場所は更地で、観光案内所のアイコンのついていた建物はただの役所になっていた。炎天下を歩いてやっと見つけた宿が、この廃墟ホテルだ。名前は、サンパギータ・ロッジ。サンパギータは、現地の言葉でジャスミンの意。ジャスミンはフィリピンの国花だ。

この宿のいいところは、まず親切であること。それから、開いているのかいないのかも判然としない一階のレストランが、案外においしい。もっとも、親切なフロントのおばちゃんはたいてい鉄格子に囲まれたフロントで毛布をかぶって寝ているか、さもなくば、どこにもいない。

ベッドに腰を下ろして、小さなB7判のノートを手にとった。

その日あったことや見たものを書きつける、日記のようなものだ。浩三にあやかった習慣で、もう半分ほどが埋まっている。新たなノートを、現地の文具店で買うのが楽しみでもある。

ページをめくった。

フィリピンへ来て、最初に向かったのはルソン島北西部のサンフェルナンド港だ。

浩三の乗る船がそこに入港したのは、もう三四半世紀、七十五年も前のこと。大戦末期、日本占領下のフィリピンを奪還すべく、米軍がルソン島への攻勢を本格化しはじめたころだ。浩三たちの任務は、本土防衛の準備が整うまでの時間稼《かせ》ぎ。いってしまえば、捨て石だ。山下大将は首都を放棄しての山岳ゲリラ戦を望んだが通らず、結果として各地で激しい消耗《しょうもう》戦が展開された。

浩三は館四郎《しろう》大尉が率《ひき》いる館中隊なるものに所属し、一九四四年の十二月末、輸送船の「日向丸《ひゅうがまる》」か貨物船の「青葉山丸《あおばやままる》」でフィリピンへ来たと考えられている。が、そのうち青葉山丸は入港早々に空襲で沈没し、兵員は散りぢりに山へと逃れた。だから、上陸後の浩三の足どりは定かではない。

中隊自体が、ほぼ離散状態にあったという推測もあるくらいだ。

わたしは港に到着したあと、真っ先に海岸に出て、それから背後の山を望んだ。

戦死公報を信じるならば、少なくともなんらかの形で館中隊は存続し、そして浩三はその一員として、バギオ付近で闘っていたことになる。

公報の四月九日という日付を見ると、意外なほど長く闘っていたことがわかる。十二月末から数えると、三ヶ月余りだ。そのあいだの浩三の行動はわからない。闘い、殺したのか。あるいは、あてもなく山中をさまよい、そしてまた中隊に復帰したのか。飢餓状態にあっただろうことは確かだ。マラリアや赤痢《せきり》に罹《かか》り、苦しんだ局面もあったかもしれない。

彼はここで何を見て、何を思っただろう?

戦争へ行くこと。そして、戦争を書くこと。その願いは叶《かな》ったのだろうか?

港を見たあと、わたしはバギオまで南下し、二週間ほどそこにとどまった。

激しい戦闘の地であった町はいまは栄え、色とりどりの家々が山中にひしめいているのが見えた。比較的治安もよかったため、まずはそこで身体を慣らすことにした。

人々から話を聞きとりたかったが、大戦を知る者は、すでにほとんどが世を去っている。いたとしても、ほとんどは当時まだ子供だ。試みに、タケウチという名の日本人や日系人を知らぬかと訊ねても、あたり前といえばそうだが、ことごとく首を横に振られた。

戦争の記憶は薄らぎ、歴史の向こうへ追いやられつつあった。

かわりに目に焼きつくのは、花輪を売ろうとする子供や、路上で眠る新聞売りといった人々だ。いくら経済成長が著《いちじる》しくても、格差もまた激しい。こうした現実を前に、過去の戦争を追う自分が何か卑《いや》しいもののように感じられもした。

バギオにいるあいだは、結局、安宿の灯《あか》りで戦記や戦史を読みつぐことが多かった。

それから、キリスト復活を祝う聖週間《セマナ・サンタ》を迎えるため、さらに南下し、特に盛大に祝われるという島中部のこの町へ来た。フィリピン人の信仰は、八割超がカトリック。とりわけ、復活祭は一週間をかけて祝われるという。

今日あったことを、鉛筆で簡単に書き加える。

早朝、この町へ向かって南下するバスを探した。それを見つけ出し、ここに到着したのが昼前。幻の観光局と観光案内所を探してから、この宿に部屋をとった。一息ついてからは古い市場を回った。買いもの、バナナ一房。練り歯磨き。現地の子供向けの民話の本を一冊……。

そうだ、ここでもタケウチについて訊《き》いて回った。

たったこれだけのメモに、案外に時間をとられる。しかし浩三は、これ以上に時間がなかったはずだ。ため息をついて、ノートをベッドに放った。

洗面台の温《ぬる》い水で顔を洗う。

日本から持参した練り歯磨きは、前の宿に忘れてしまった。新しいチューブの蓋《ふた》を開けて搾《しぼ》り出すと、懐かしい三色にわかれた練り歯磨きが顔を出した。

今晩の祭りは、そろそろ見どころだろうか。

半袖のワイシャツに着替え、バックパックに南京錠《なんきんじよう》をかける。丸ごと盗まれることはどうせ防げないので、これは気休めだ。かわりに、虎の子の米ドルやカード類、緊急時の連絡先などを入れた貴重品袋を腹に巻く。それから、ノートを胸ポケットに押しこんだ。

ちょうど腹も減ってきていた。

無人のフロントの前を抜け、階段を降り、一階のレストランに席をとった。電気代でも節約しているのか、ここは昼間から薄暗い。客はほかに一人いるだけだ。隅の席でちびちびとオレンジジュースを飲みながら、ぼんやりとテレビのニュースを眺めている。

暑い空気を、ゆっくり動く天井のファンがかき回している。

接客の人間がいないので、勝手に厨房《ちゆうぼう》に入り、定食をオーダーした。定食はポーク・アドボ・セットという簡単な名前のもの。

少し待ったところで、すぐに皿が並んだ。

アドボとは酢《す》や醬油《しょうゆ》、スパイスに漬《つ》けこんでから炒《いた》める料理の総称らしいが、甘い角煮が出てくることが多い。細かいことはわからないが、肉は柔らかく煮こまれている。甘い味つけも、ここの暑い気候にあっている気がする。

米は口に入れる前から香りが立ち、食欲をそそる。

外食ではどうしても野菜不足になってくるので、それはフルーツで補う。

気になるのは、客の男がちらちらとこちらを窺《うかが》っていることだ。日本人だから目立つのかもしれないが、治安のいい国でもないので落ち着かない。目立たないよう、食器の音も気持ち小さめに定食を食べ終えた。

それを見計らってか、男がジュースの瓶《びん》をテーブルに残して向かいに腰を下ろした。

緊張が走ったところで、安物のプラスチックの椅子が体重に歪んで割れ、男が床に尻餅《しりもち》をついた。そのまま見ていると、男が近くのテーブルから椅子を二つ持ってきて、それを重ねた。

「恥ずかしいところを見せちまったな。あんた、旅行者かい？」

「そのようなものだが……」

警戒しながら答えると、「いや」と相手が両の手のひらをこちらに向けた。

「そう硬くならないでくれ。俺はただの地元民さ。ちょっと話してみたくてね」

「この店が好きでここに？」

世間話のていを装《よそお》ったが、本当のところ、意図はある。さほど流行《はや》ってもいない店に、陣どっている客がいる。であれば、こちらも観光客を狙った詐欺《さぎ》や泥棒を警戒する。ところが思わぬことに、「そうだな」と自問するように男が腕を組んだ。

「別に好きってわけじゃないんだがな。いい食いもんがあるってわけでもないし」

人が喜んで定食を食べているのに、そんなことをいう。

「客が少ないから、なんとなく居心地《いごこち》がよくてな。あんたもあるだろ、そういうことが」

「まあね」

まずいのになぜかよく足を運んだ、会社近くの中華屋のことを思い出しながら頷いた。

男が眉を持ちあげた。

「フィリピンはこれがはじめてかい？」

「二度目」

前の撮影とあわせて、二度目だ。嘘ではないが、まったくの真実でもない。はじめてだと答えるよりはいいだろう。

「人が明るくて好きだよ。でも、こう暑いとまいってくる」

「雨期よりはいいさ。それよりだ、あんた。このへんはいいが、ミンダナオへは行くなよ」

ミンダナオ島。

フィリピン南部の島で、いっときはＩＳ《イスラミックステート》が町を占拠《せんきょ》したこともある場所だ。ほかにも分離独立を求めるイスラム教徒や武装闘争を展開する共産主義勢力と、いまも全域に戒厳令が布《し》かれている。つい先日読んだ英字新聞でも、大統領の独裁につながりうる戒厳令への反対デモが報じられていた。

「いい場所だとも聞いたけどな。行かないほうがいいか？」

「これさ」

すかさず、男がこちらに身を乗り出してきて、ライフルをかまえる仕草をした。

「悪いムスリムたちがいる。バン、バン。わかるか？」

この国で、イスラム教徒は少数派にあたる。こうした言葉は、これまでも幾度か耳にしてきた。差別だ、と反射的に思ったが、実際に南のイスラム教徒は分離独立を求めて闘った歴史を持つ。人々が恐れるのも、無理もないのだ。

無理もない。

しかしやはり、これは排斥《はいせき》の思想だ。どうにも見すごせず、心の声に従ってしまった。

「……するとあなたはカトリックなのかな。だからわたしに対して危害は加えないと？」

「ま、ただのお節介《せっかい》さ」

「だったらいわせてほしい。もともと、ミンダナオはムスリムの土地だった。そこへ、アメリカ人にそのかされたあなたたちが入植し、字が読めない《イグノランテ》ムスリムから土地を奪いとり、島に経済格差を生み出した。ムスリムが闘う原因は、あなたがたが作った」

銃をかまえた姿勢のまま、一瞬だけ相手が動きを止めた。

それから右手の人差し指をひいて、もう一度「バン」と口にする。

「なんだい、人の親切をよ」

「言葉が過ぎたなら申し訳ない」

日本を発つ前、知人からもらったアドバイスを思い返す。

フィリピンにおいて日本人が殺される理由、ナンバーワン。横柄な態度をとり、相手に恥をかかせて面子《めんつ》をつぶすこと。

「実際、あなたが土地を奪ったわけではない。わたし自身、ミンダナオ島を見たわけではないし、怖い気持ちもある。でも、かつて島のムスリムがこうむった歴史を考えると」

誤解のないよう、一言一言を区切りながら話した。

「彼らが銃を手にした気持ちもわかる。おそらく立場が逆なら、あなたたちも――」

「は！」

男はそう応じると、乱暴に立ちあがって反動で椅子を倒した。それには目もくれず、元の席へ戻っていく。椅子を戻すためにわたしは席を立ち、ふと自分の皿を見て思った。

そうか。わたしが豚肉を食べていたから。

男はというと、もう興味もなさそうに映りの悪いテレビを眺めていた。

わたしは厨房で金を払い、レストランを出ようとした。その瞬間を見計らってか、男がもう一度、「は！」と嘲笑《あざわら》うように声を発した。胸に石でも詰めこまれたような、後味の悪さが残った。これから祭りなのに。そんなことを思いながら、薄暗い夜道へ出た。

車道を挟んだ向こう側は暗い公園だが、こちら側の商店街には、開いている店もある。緑の看板に白抜きで「サンパギータ・ロッジ」と書かれた下をくぐり、暗がりの底の光の小川を歩いた。ただ、どこであれ夜歩きは危ない。銃社会のフィリピンでは特にだ。首都のタワーマンションのふもとなどでは、ショットガンを手にした警備員が立っているのを多く見た。

わたしなりの夜道を歩く術はこうだ。

まず、過剰に恐れないこと。怖がれば、それはおのずと周囲に伝わる。ぴりぴりした空気は、それだけで危険を呼ぶ。そして、強盗は襲いやすい人間を見分ける。襲われないためには、なるべく自然体でいるのがいい。ターゲットそのものにならないことが、第一の危機管理だ。

だから、周囲に気を配りながらも、あたかも中華系の地元民のように肩の力を抜く。

わたしの場合、首を回したり、あくびをしたりする。大切なものには鍵をかけず、いっそスーパーマーケットのビニール袋に入れてぶら下げたりするのがいい。ノートを無造作に胸ポケットに入れているのは、なくしたくないからだ。

首を回すと、こきりと音がした。会社にいたころの肩の凝りは、まだほぐれない。

そう思った瞬間、足元の石につまずいて転びそうになった。

「わ」

思わず声が出たところで、路上でスマートフォンのケースを売るおばちゃんと目があった。こらえきれず、口元を押さえて笑っている。

そう、これくらいでちょうどいい。いまのは、まったくわざとではなかったにせよ。

「兄さん、肩が凝ってるなら並びにいいマッサージ屋があるよ」

「それはどうも」

前を向くと、商店の並びから滲《にじ》み出すように、露店や物売りがひしめいている。

煙草《たばこ》をばら売りする少年が目の前を通りすぎようとしたので、喫《す》うわけでもないが一本だけ買い、胸ポケットのノートの横に挿《さ》した。そのうちに、だん、だん、と何かを打ちつける音が聞こえてきた。

道の反対側だ。

上半身裸の青年たちが、暗いなか路傍でバスケットボールをやっていた。

ゴールは一つだけで、リングと網を除いて木製だ。見ると、木材をうまく組みあわせて作られているのがわかる。見た目としては、どことなく昔の攻城櫓《こうじょうやぐら》を思わせる。敵の城壁にぴたりとくっつけて、なかを兵士たちが登るあれだ。ボールが転がってきたので、せっかくだからと遠くからスリーポイントを試みて、外した。

バイクにサイドカーをつけたトライシクルが三台並んで車道を追い越していった。トライシクルはわたしもよく使う。屋根がついていて、乗り心地も案外に悪くないのだ。

さて、祭りはどのあたりだろうか。

たくさんの山車《だし》が街じゅうをめぐっていく、面白いものだということなのだが。

ジーンズを吊りあげるふりをして、腰回りに隠した貴重品袋がよじれつつあるのを直した。ちなみに、袋ごと奪われてしまうことを防ぐため、パスポートだけはジーンズの前ポケットに入れてある。汚職警官に身分証の提示を求められたとき、袋を目に触れさせないためでもある。もっとも、腹の袋まで奪われるケースでは、おそらく撃《う》ち殺されているので、これは気休めに近い。財布はすられてしまう危険が大きいので、現地のペソ札も直接ポケットに入れている。

とにかく、面倒に近づかないこと、面倒に巻きこまれないことだ。

十字路で足を止めた。

なるべく明るい道、人の気配の多い道ということで右を選ぶ。トライシクルに道を阻《はば》まれていた車がわたしを追い越し、先に右折していった。焼売《しゅうまい》の屋台があったので買い食いする。

離れ際に、祭りの場所を訊ねてみた。

「うーん。そこの道が早いかねえ」

わたしの下手なタガログ語を咀嚼《そしゃく》してから、店のおっちゃんが脇道の暗がりを指した。

こちらの不安が顔に出たのか、「大丈夫」と相手が明るく請《う》けあう。

「少し前は麻薬の売人の巣窟《そうくつ》だったけど、いまは問題ない」

「そういうものなのか?」

「大統領が一掃してくれたからね。まったくドゥテルテさまさまだよ」

小径《こみち》を覗くと、少し歩いた先で別の大通りに抜けられるのがわかった。本能が危険信号を発したが、単に暗いからだろうと楽観する。夜道に慣れてきたという自負もあった。

そして、危機管理のその二。

慢心しないこと。

まもなく、甲高《かんだか》いブレーキ音とともに、先ほど追い越していったと思った車が背後に回りこんできた。反射的に駆け出して、道の真んなかにうずたかく積まれたごみの山を越えた。振り向くと、エンジン音とともに車が追ってきて、そして山に乗りあげて後輪を空転させた。

フロントタイヤが右に、ついで左へと向く。

バックしようとして、またタイヤが空をかいた。

車のなかは暗くて見えないが、運転席と助手席で二人組が何かいい争っているのがわかる。つい、その場に立ち尽くして様子を窺ってしまった。

しばらくの静寂《せいじゃく》ののち、ふたたび車がバックしようとして失敗する。手前で休んでいた犬がうるさそうに顔をあげ、ぐるると声を出してから、またその場に丸まった。やがて業《ごう》を煮やしたように勢いよく助手席の扉が開き、したたかに建物の壁にぶつかって端をへこませた。その狭い隙間から、フリルのドレスを着た小柄な西欧人女性が身をよじってわたしの前に降り立った。

「英語はわかる?」

「ええ、まあ」

間抜けな返事をしたところで、今度はスキンヘッドの男がやれやれとでもいいたげな顔で降りてきた。大柄で、身体にぴたりとあったブラックスーツを着こなしている。

「お嬢さん、いけませんや。この車、レンタカーなんですから」

「しょうがないでしょ、あんたの運転が下手なんだから」

「こんな小径に入れというのが無謀ってもんです」

「そこをなんとかするのがあんたの仕事でしょ!」

「あの」

放っておくといつまでもつづきそうな口論に、渋々割って入った。

「で、わたしにどんな用が……」

藪蛇《やぶへび》だった。すぐに、大通りに駆け抜けてしまえばよかったのだ。二人組はこんなときばかりぴたりと息をあわせ、同時にわたしに小銃を向け、同時にいった。

「手をあげて《ホールドアップ》」

一歩あとずさり、ゆっくりと両手をあげた。

しかし、解せない。この二人は現地の強盗ではない。わたしと同じ、外国人だ。

「あんたたち何者なんだい」

「質問するのはこっち。大声をあげたら撃つからね」

照準をこちらにあわせながら、女のほうが一歩踏み出してきた。

「タケウチを追ってるんだって？　知ってることを話しなさい」

思わぬ固有名詞を耳にして、つい両手を下ろしそうになり、あわてて姿勢を固めた。

タケウチ。思いあたる名といえば、もちろん一つだ。

「待て、たぶん誤解がある。わたしが追ってるのは、竹内浩三という昔の日本人だ」

「そう、そのタケウチ。何を知ってる？　どこまで摑んだ？　進捗《しんちょく》状況を教えなさい」

「進捗状況」

「同じ日本人なら、あたしたちの知らないことも知ってるかもしれない。いま現在、どこまでわかってる？　何を根拠にこの町に？　答えなさい、一刻も早く《ASAP》」

「ASAP」

「話すのが速くて通じない？　さあ――」

　ここで女がもう一歩を踏み出し、足元の犬の尻尾を踏んづけた。これには犬もたまらず、すぐさま身を起こし、立ち塞《ふさ》がって威嚇《いかく》した。動揺をあらわに、「ちょっと！」と女が叫ぶ。

「なんとかしなさい、アンドリュー！　狂犬病のワクチン、打ってないんだから！」

「医者代をけちるからですよ」

　アンドリューと呼ばれた男が、面倒そうにあくびをした。

「で、どうします。撃ち殺します？」

「殺しちゃだめ！　犬に罪はない！」

「あの、そうするとわたしには罪があるという――」

「あんたは黙ってて」

「すみません」

　なぜ謝ったのだろうなどと思いながら、さらに二歩、三歩とあとずさる。あと少しというところで、一気に身を翻《ひるがえ》し、大通りに向かって駆け出した。銃声とともに、近くの壁に貼りついていた水道管が破れ、あたり一帯に水をまき散らす。

　上のほうでがらりと窓が開き、「うるさい！」と怒鳴られた。

　わたしにいわれても困る。目の前を横切る大通りに飛び出し、とにかく走った。通りの向こう側は夜市だ。いくつもの露店が出て、客で賑《にぎ》わっているのが見える。あそこだ。人混みにうまくまぎれれば、逃げ切れるかもしれない。

それにしても、どういうことだ。タケウチ？

竹内浩三？

なぜ竹内を追った結果、自分が追われねばならないのか。誰だ。人違いではないのか。

背後を窺った。

二人組が追いかけてくるさらにその向こうから、犬も一緒になって追いかけてきている。車道のトライシクルの列が二人を阻んだところで、女がひょいとドレスを翻してサイドカーの上を跳び越した。怒る運転手のポケットに、男のほうがペソ札を押しこむ。

ここはどのあたりだ？　どうやったら宿まで戻れる？

いや、宿の場所もすでに押さえられているかもしれない。うしろを気にしながら走ったため、近くにいたおっちゃんに強く肩をぶつけてしまった。

ぽっこり出た腹を、まくったTシャツから突き出しているのはよく見るスタイルだ。

「おい！」

「すまん」

胸ポケットから煙草を差し出し、夜市へ駆けこんだ。

歩道のコンクリートが剝がれていたせいで、つまずき、右の手のひらをすりむいた。顔をあげると、ふじ林檎《フジ・アップル》を山と積んだ屋台や鋏《はさみ》やドライバーなどの路上販売、ビニール袋に直接ジュースを小分けするスタンドなどがひしめきあっていた。その向こうに、青地に白抜きの屋台飯の看板が並ぶ。

バルット売りもいる。

孵化《ふか》直前のアヒルの卵を茹《ゆ》でたものだ。フィリピンに来たからには一度挑戦してみなければならないと思いながらも、まだ勇気を出せずにいる。

痛む右手をちらと一瞥し、あとで消毒しておこうと思う。手をすりむいたことも、何年ぶりだろうか。

周囲を観察しながら、人や犬猫や鶏のあふれる夜店の狭間《はざま》をジグザグに逃げた。

「失礼」

一言断って、モツ煮を売る店の裏に隠れさせてもらった。そこを選んだ理由は、単に店主がなんとなく気弱そうに映ったからだ。面食らった店主が何事か口にしそうになったが、新たな客が来てその対応に追われはじめる。

二人組は夜市の真んなかに立ち尽くし、何事かわめいている。

口調や仕草からおおよその想像はつくが、一応耳を澄ませてみる。

「くそ、どこに逃げた？」

「あっちじゃない？　たぶん、市場を突き抜けて逃げようとしてる」

アメリカ英語だ。が、どちらも発音はヨーロッパ出身のそれに聞こえる。おそらく、別の国籍の二人が、英語で意思の疎通をはかっているのだろう。

ため息とともに、男のほう、確かアンドリューだったかが林檎《りんご》の屋台に手をついた。

あ、と林檎売りが口を開くより前に屋台が傾《かし》ぎ、大量の林檎が雪崩《なだれ》を起こし、男もバランスを崩して転び、林檎の海に呑《の》まれた。近くにいた猫が飛びのいてから、邪魔をするなとばかりにだみ声をあげる。呆然《ぼうぜん》とする男を、二度、三度と鶏がつついた。

林檎売りは仁王《におう》立《だ》ちだ。

「ちょっと、これどうしてくれるんだい」

「全部買いとる」

男が立ちあがり、右手を懐《ふところ》に入れる。その手が一度抜かれ、また懐が探られた。

「すまん、すられた。マリテ、なんとかしてくれ」

「ちょっと、しっかりしてよね！」

女は憮然《ぶぜん》とした面持《おもも》ちだったが、自らを落ち着かせるためか、しばし目をつむった。

わたしは屋台の裏から左右を窺った。右か、左か。人混みにまぎれるなら左だろうか。

このときだ。まるで耳許でささやかれるような声がした。

――南のほうへ。

屋台の店主を見あげ、何かいったかと問うと、さっさと出てってくれと答えが返った。

――南に向かって走って。

南といえば、ここから見て右方向か。いよいよ幻聴まで出はじめたかと思いながら、むっとするような煮こみの匂いを離れる。指示に従って、右へ走った。

――そのまま、まっすぐに。車道に出たら左。

こちらに気づいた二人組が、追いかけてこようとして林檎を踏んですっ転んだ。二人の罵声《ばせい》を尻目に、「ごめんよ」と横になっていた犬をひょいと跳び越える。犬の首の動きがわたしの跳ぶ軌跡を追いかけ、そのままこちらを向いた姿勢で落ち着いた。

ちなみに、この国の狂犬病の発生率は世界三位。

最初は犬が怖くてならなかったが、気候のせいなのかなんなのか、どうも覇気《はき》がなくぼんやりしている犬が多く、拍子《ひょうし》抜けする。

まもなく車道に出た。

確か、ここを左だったたか。

暗い道だ。背後に夜市はあるが、道路を挟んだ向かいには、灯りもついていない錆びたトタン屋根の民家が並ぶ。柱が壊れ、トタン材が傾いたまま放置された家まである。

ディレクター時代であれば、「次なる経済大国の闇の側面」とでも題しただろうか。

しかし、いざしばらく滞在してみると、わたしの泊まっている宿といい、そもそもここの人々は衣食住の住にさほど関心がないのではないかという気もしてくる。

また犬がいた。

側溝に身体を埋めこんで、大きなあくびをしている。車道のトライシクルが目につき、一瞬、乗せてもらうべきか迷った。あの二人は車を失った。ならば、遅いトライシクルの足でもひき離せるかもしれない。いや、この先の渋滞状況はどうか。山車の列に遮られでもしたら最悪だ。

その前に、相手もトライシクルで追いかけてくることになる。だめだ。

遠くで、夜を告げる教会の鐘が鳴った。

日はすっかり暮れているが、蒸し暑さは変わらない。

道の行く先は暗く、このまま進めば、街の中心からどんどん外れていってしまうのがわかる。背後から、罵《のの》りあう二人組の声が迫ってくるのが聞こえてきた。足を速めたところで、ハザードランプを点《つ》けて停まっている古いミニバンがあるのを見た。

後部座席のドアが開け放たれている。

そこから細い褐色《かっしょく》の腕が突き出し、こちらを手招いた。

なんだ、あの車は。なぜわたしを手招く？

小走りのまま、思考をめぐらせた。その一、強盗。それはない。ここの強盗であれば、こんな回りくどい真似はせず、堂々とこの夜道でホールドアップをやる。その二、白タク。これならいい。料金はふっかけられるだろうが、少なくとも求めに応じて飛ばしてくれるだろう。

その三、それ以外の何か。たとえば、祭りを見物するために誰かと誰かが待ちあわせている。この場合、わたしは招かれざる客だ。いくらか金を渡して、車を出してもらうことはできるか？

それにしても、こちらが慢性的な運動不足なのに対して、あの二人組はちっとも疲れを見せない。普段、もっとジョギングでもしておけばよかった。

ここまで考えたときだ。

車のなかから犬の吼え声がして、ついで、

「白《バヤック》、こら！」

と男の声がつづいた。

まさか。

まさかとは思うが、あの声は確かに。息も切れつつある。どうする、乗るべきか。

いや、違う。

本能に耳を傾けろ。

こういうとき、人を死地に向かわせるのは決まって一つ、合理性だ。そして往々にして、本能のほうが正しい。矛盾《むじゅん》しているようだが、そうなのだ。

決意して褐色の腕をとり、眼前のミニバンに飛び乗った。こちらがドアに手をかけるよりも前に、車が出た。あたふたと手を伸ばし、ドアを閉める。

はたして、助手席で膝に犬を乗せているのは、あの五年前に会った村長だった。

収録にあたって名前も聞いた。確か、バヤガンといったはずだ。運転席から手を差し伸べてくれた女性は、見覚えがない。顔立ちが似ているので、孫娘だろうか。見たところ、二十歳《はたち》そこそこだ。無表情のまま、左ハンドルを握っている。

バックミラーのなか、二人組が何か叫びながら遠ざかっていく。

二度、三度と深呼吸をして息を整えた。

バヤガンがこちらを振り向き、懐かしげな視線を送ってよこした。五年のあいだに、だいぶ白髪《しらが》が増えている。もう長老という齢だろうか。二人とも、Tシャツにジーンズという出《い》で立《た》ちだ。

「あの」

そういったきり、次の言葉が出ない。

次々と湧いてくる疑問をまとめきれないからだ。なぜ、彼がここにいるのか。いま会えたのは偶然なのか。あるいは、なぜ助けてもらえたのか。だとしても、なぜわたしの危機に立ち会えたのか。あとは……。そうだ、運転席の女は誰か。

わけがわからず、結局、一言だけ口にするにとどめた。

「お久しぶり、村長。あと、バヤックも」

うむ、と相手が頷いて白犬の首元を撫でた。

「いまはもう村長ではないがな。わたしたちの村では、公平を期すために位階《いかい》の高い者同士で村長職を回しあっている。まあ、一応、投票も行われるんだがな」

位階。

山岳民イフガオの、社会的な地位を示す言葉だ。

「いまは、わたしの甥《おい》っ子があそこの村長だよ」

「それで……」

再会を祝すより前に、わたしは訊かずにはいられなかった。

「この状況はいったい？」

「おまえさんがまたやってくることはわかっていた。今日、危機に陥《おちい》るだろうことも」

バヤガンが運転席を一瞥する。

「孫娘一人にまかせてもよかったんだが、久しぶりにおまえさんの顔も見たくてな」

「ええと……」

何も疑問が氷解していない。

そうだった。ここの人たちはときおり、質問を具体的にしない限り、望む情報を返してくれないことがあるのだった。とはいえ、何をどこから訊いたらいいのだろう。

正面に目を向けると、バックミラーに吊り下げられたスヌーピーのぬいぐるみが揺れていた。なんとなしに眺めていると、不意にその上、鏡越しに孫娘と目があった。意志の強そうな、黒い瞳だ。

「占い」

孫娘がぽつりとつけ加えた。

「占いはあんたたちの国にもあるよね？　それと同じようなもの。お祖父《じい》ちゃんの場合、鶏の胆嚢《たんのう》を使うんだけどね。これがよくあたる。で、あんたのことがわかったってわけ」

そういえばわたし自身、神社に寄った際などはおみくじをひく。このごろは凶が多い。しかし、だからといって、なるほど占いかと鵜呑《うの》みにはできない。

超自然的だからではない。危険だからだ。

この状況に合理的な説明をつけるなら、それは一つしかない。

バヤガンとあの二人組が裏で組んでいる可能性だ。わたしだって人を疑いたくはない。が、母国を離れて全財産を腹に巻いて歩いていると、否《いや》が応《おう》でもそういう思考になる。

とはいえ、この説にも問題はある。

わたしがフィリピンにいることを、どうやって知り得たのか。わたしの逃走ルートに先回りできたのはなぜか。そういえばすっかり忘れていたが、夜市で聞こえてきたあの声はなんだ？

「……その占いによると、わたしはこのあとどうなる？」

——ひとまず信じることにする。

——あなたたちは味方なのか。

その二つを含めた質問だ。

「心配しなさんな」

バヤガンが温和な笑みを浮かべた。

「日本にいるときのおまえさんは凶兆《きょうちょう》ばかりだった。が、すべてを捨ててここへ来てから変わった。おまえさんの行く先は、吉兆《きっちょう》だよ」

間違えた、質問が具体的ではなかった。

そう思ったときだ。車が大通りに出て、ぱっと視界が明るくなった。まず目に入ったのが、大きな聖母マリア像を載せた山車だ。マリア像は黒衣を着せられ、山車とともに行列をなす人々も、皆、黒い衣服を身にまとわせている。

「おまえさん、せっかくの祭りを見てないだろう。わたしたちはカトリックではないが、彼らの信仰は尊重している。いまのうちに、じっくり見ておくといい」

車が曲がり、山車の列の横につけて停車した。マリア像のほかには、聖ペテロ像やキリスト像。わたしにわかるのはこれくらいか。

窓を開けた。

人々の歌声とともに、蒸すような熱帯夜の空気と排ガスが入りこんでくる。かすかに香ってくるのは、ロウソクが燃える匂いだろうか。そうだ。山車の向こうの道沿いで、商店街の人々がロウソクを手に皆と歌っている。歩道に椅子を置いてくつろぐランニングシャツ姿のおっちゃんが、団扇《うちわ》をあおぎながら、野太い声でやはり何事か歌っていた。

「あれは受難詩《パシヨン》」

説明をしてくれたのは、片手にハンドルを握る孫娘だ。

「このあたりに聖書を持つ人たちは少ない。かわりに、キリスト受難の叙事詩《じよじし》が広く愛されてきて、いまもまだ根づいている」

頷こうとしたそのとき、わたしは見てしまった。

山車の上で生身の男が十字架を背負い、鞭《むち》打たれながら血を流しているのだ。見てはいけないものを見てしまった気がして、窓から顔を出して背後に目を向けた。行列のうしろにも、やはり同じように十字架を背負う男たちが多くいた。そして、家や商店の軒先《のきさき》に、点々とロウソクの炎がつらなっている。

黒衣の列は、どこまでもつづいていく。

キリストの受難を、自ら体現しようというのだろう。が、これには言葉を失ってしまった。やがて、黒い大きな棺《ひつぎ》が担がれていった。

「あのなかには、ちゃんとキリスト像が納められてる」

説明してくれるのは助かるが、孫娘の口調がどうも無機質なのが気になった。

その理由は、次の一言で明らかになった。

「ねえ、お祖父ちゃん。なんで日本人なんか助ける必要があるの？」

ここまで現地の人々は皆明るく、ときに歓迎されないことはあっても、こうも直截《ちょくせつ》にいわれたことはなかった。三四半世紀を経て、戦争の記憶は薄らいだ。が、まだある。あるのだ。それから、遅れて気がついた。この一言こそを、わたしは聞きたかったのかもしれない。

しかし、さすがにこたえる。またあの感覚が来た。ゆっくりと、胸に石を詰めこまれるような。

孫娘の問いに、バヤガンはしばらく答えなかった。

「……すべてはつながっている。定めというものは、あるのだ」

「そんな定めなんか――」

「いいか、ナイマよ。おまえが日本人を憎むのはわかる。それが無理からぬことであるのも。だが、もういいだろう。ほかならぬおまえ自身が、すでにわかっていることだ」

孫娘、ナイマは何かいいたげだったが、このとき歌声が一段と高まった。黒い棺が、ゆっくりと通りすぎていく。それを見届けたナイマが、「蚊《か》が入る」とわたしが開けた窓を指した。

頷いて、窓を閉じる。

車内に残った熱帯の空気を、徐々にエアコンが冷ましていった。

「わかってやってくれ、悪い子じゃないんだ」

眠たそうな犬をゆっくりと撫でながら、バヤガンが静かにいった。

「努力家で、飛び級で大学まで出た。わたしたちの土地や伝統を守るためだといってな」

「どこの学校へ？」

「マプア工科大……いや、いまはマプア大学と名を変えたか」

驚いた。

バヤガンが口にしたのは、首都マニラにおいても有数の名門校だったからだ。わかりやすくいうなら、フィリピンにおけるマサチューセッツ工科大学といったところか。それにしても、自慢の孫娘であることがありありと伝わってきて、微笑《ほほえ》ましくもある。

「十五歳で入学したから苦労もあったようでな。学友からストーキングされたりとかな」

「ちょっと、お祖父ちゃん話しすぎ」

ナイマは憤然とした顔だが、表面上のものだ。祖父の愛情に反抗するほど、子供でもない。わたしは漠然とした好感を抱《いだ》きながら、お祖父ちゃん子なのかな、などと勝手に想像した。

それに、山岳民がマニラで勉学を修《おさ》めることには苦労もあったはずだ。

しばし黙考してから、わたしは「かまいません」と応じた。

「恨《うら》まれることは仕方がない。それに、はっきりいってもらえたほうがいいこともある」

一番嫌なのは、心中で蔑《さげす》みながら、普通に接してこられることだ。

バヤガンが軽く頷いた。

「さて、そろそろいいか。出してくれ」

祖父の言《げん》に従って、ナイマがアクセルを踏む。

祭りの傍《かたわ》らを、のろのろと車が走り出した。

「わたしは一足先に夜行バスで山へ戻る。あとはそうだな、若いもん同士でやってくれ」

「冗談やめてよね」

文句をいいながらナイマがハンドルを切り、ふたたび暗い夜道へ入っていく。

わずかな灯りのなか、わたしは胸元のノートを出して、いましがた見た祭りの光景を書き出した。

メモをとるわたしの姿を、ナイマがちらとバックミラー越しに見たのがわかった。

やがて闇の一角に、そこだけぼんやりと明るく、人々やトライシクルが密集する場所があった。その一帯に向けて、速度が落とされる。あれが、北へ向かう長距離バスを待つ一団だろう。

バヤガンは「ここでいい」といったが、見送るべくナイマと一緒に車を降りた。

風が吹き、ざあっと木々が揺れた。

やっと少し涼しくなってきたなと思った。

バスが来るまで十五分ほど。いや、小一時間は待ったろうか。異国にいると、ときおり時間の感覚がおかしくなる。周囲は待つ人々やその家族、降りる客をあてこむトライシクル、車内販売をするべくバスを待つパイ売りやナッツ売りなどだ。ナッツは砂糖とともにローストしたものだった。つい手にしてしまったが最後、うまいから買えとしきりに勧《すす》めてくる。

やがて、白い車体に赤字でロゴを記《しる》したバスがやってきた。

バヤガンは犬を片手に抱いたままこちらを向くと、空いた手でわたしの胸元のノートを指した。

「おまえさん、今回はカメラを持ってこなかったんだな」

図星《ずぼし》だ。

別にドキュメンタリーを撮りに来たわけではない。そしてカメラがあると、おのずと周囲の反応も変わる。カメラがあるとないとでは、がらりと見える世界が変わるとさえいえるだろう。

今回、わたしはカメラなしの世界を見てみたかったのだ。

「正解だ」

バヤガンはそれだけいうと、車内の切符売りに行き先を告げ、それから一度だけ振り向いた。

「ナイマも達者でな。判断はおまえにまかせる」

「わかってる」

応えて、ナイマが一歩バスに立ち入り、バヤガンの肩を抱き寄せた。

まもなくバスが出て、あたりに誰もいなくなった。一台残ったトライシクルの運転手がわたしたちに行き先を訊ねたが、「車があるから」とナイマが応じると、あてが外れた顔をして暗がりの向こうへ消えていった。

残るは、ナイマとわたしの二人だ。

送ってくれるつもりらしいのはありがたいが、先の一件もある。しばらくのあいだ、気まずい静寂がつづいた。ナイマはというと、顎に手をあてて何事か思案している。

その彼女が、「ねえ」と車を顎で指した。

「わたしはマニラに用事がある。その前に送ってくけど――」

そこまで彼女が口にしたときだ。

突如《とつじょ》、強いヘッドライトの光に照らし出された。車が一台、わたしたちの目の前で停まったのだ。一瞬、またあの二人かと思ったが違った。

黒塗りの高級車だ。

それを見たナイマが、深くため息をつく。

「さっきお祖父ちゃんが話してたやつ。わたしのストーカー」

「知りあいか？」

ナイマがいい終えるより前に、現地人が二人、車から降りてくる。

そのうちの背の低いほうが、手に持っていた一輪のジャスミンの花をうやうやしくナイマに差し出した。ナイマはわずかに身をこわばらせてから、とりあえず花を受けとって、それからなぜかわたしの胸ポケットに挿した。

「わたしはごみ箱ではないんだが」

「一事が万事、この調子」

わたしの抗議を無視して、ナイマが肩をすくめた。

「たまたま大学の同じ教室にいたってだけで、なぜか好かれちゃって」

頷きながら、二人を観察してみた。

花を差し出した男はカジュアルなシャツだが、よく見てみると、だいぶ仕立てがいい。

一方の背が高いほうは、どこかのメタルバンドのTシャツ姿だ。

あの高そうな車といい、どこぞのボンボンとその太鼓持《たいこも》ちといったところか。

「やめてよね、こういうこと。アントニー、どうしてここがわかったの？」

「ナイマのためならなんでもするとも！」

花を拒《こば》まれたのにもめげず、アントニーとやらが高らかに宣言して胸をはる。

つづく言葉を待ったが、どうもそれだけのようだ。ええと、と長身のほうがとりなすように口を開いた。

「つまり、坊ちゃんはこうおっしゃってる。ナイマさんのためならなんでもすると」

「ジェレミー、きみは黙っててくれたまえ」

アントニーが釘《くぎ》を刺し、また沈黙が流れる。

もどかしそうに、ナイマが首筋のあたりをひっかいた。

「質問を変える。どうやってわたしの居場所を突き止めた？　一行で答えて」

「なに、すこぶる簡単なことさ！　あれだ、ナイマのスマートフォン、プロープ社のものだろ。だから携帯会社ごと買いとって、ＧＰＳで位置を特定した」

コンビニで茶でも買ったみたいな口調だが、ずいぶんと豪快なストーキングだ。

呆《あき》れつつも、これでわかった。あの高級車といい、気の強そうなナイマがどこか拒絶しきれない様子であることといい。

またた。

この国の陰の権力者、財閥。

「ああ、どうして神はぼくらの仲をひき裂こうとするのか！　いかなる御心《みこころ》から、ぼくにこのような試練を課されるのか！　でも、道がなければ切り拓《ひら》くまで。さあ、手をとっておくれ、マドモアゼル――」

「こいつに話は通じない」

横から、そっとナイマが耳打ちしてきた。

「三つ数えて車に逃げる。三、二――」

先に気配を察したアントニーが、すかさず自分の車に向けて身を翻した。同時に、わたしたちも走り出す。なんだか今日は走ってばかりだ。

「坊ちゃん！　ちょっと待って！」

背後から、そんな声が聞こえてくる。

ナイマが遠隔操作《リモート》で車のキーを開け、二人で乗りこもうとしたそのときだ。先に車に乗ったアントニーが、威勢よくエンジンをふかすのが聞こえた。

お伴《とも》のジェレミーはというと、ヘッドライトの逆光のなかにいる。

「坊ちゃん、ちょっと！」

なんとしても逃がすまいと焦《あせ》ったのか、あるいは逆上して理性が飛んでしまったのか、アントニーはかまわずに車を発進させる。

どん、と鈍《にぶ》い音がした。

遅れて甲高いブレーキ音が響き渡ったが、もう遅い。ジェレミーが撥《は》ね飛ばされて宙を舞い、わたしたちのそばに仰向けに落下した。

すぐにナイマが駆け寄り、目を見開いたままのジェレミーの鼻先に耳を寄せる。

「息してない。……脈は？」

アントニーも車を停め、こちらへ駆け寄ってくる。

「なんてこった、ジェレミー！　ああ、いいやつだったのに……」

「邪魔」

ナイマがアントニーを押しのけ、ジェレミーに馬乗りになって胸を圧迫しはじめた。

「一分間に百回。あんた、時間はかって」

わたしはアントニーと目をあわせ、二人同時にスマートフォンのストップウォッチを起動させた。一分が過ぎたところで、ナイマと交代する。ＡＥＤ、と一瞬思ったが、あるわけがないと首を振る。三分ほど圧迫をつづけたところで、アントニーに目配《めくば》せを送った。

「替われ」

「できない」

アントニーが涙目で首を振るので、そのままつづけることにした。

心臓マッサージは、肋骨《ろっこつ》を折ろうがどうしようが、胸骨《きょうこつ》を五センチ押しこむ必要がある。ナイマがやるよりは、わたしのほうがいいだろう。

「救急車は！」

「あんたの国とは違う」

低い声でナイマが応えた。

「このあたりだと三十分は待たされる。来ないことさえある。軽いんだよ、命が」

思わぬ強い口調に、軽く殴《なぐ》られたような衝撃を覚える。手を止めることはできないので、そのままさらに五分、マッサージをつづけた。が、やはり蘇生《そせい》する気配はない。

ふと、残りの二人がわたしを窺っていることに気がついた。

仕方がない。そう自分にいい聞かせて、わたしは手を止めた。例のジャスミンの花を、ジェレミーの胸元に添えて十字を切る。遅れて、ナイマとアントニーが十字を切った。

身を屈めて、ジェレミーの両目を閉じてやる。

胸元の花が、やたら白く浮き立って見えた。

「警察を。わたしは番号がわからない」

ナイマが軽く頷き、スマートフォンをとり出した。それを見たアントニーが、二度、三度と口を開いては閉じ、「頼む!」と頭《こうべ》を垂《た》れた。

「わが恋人、そして異国の友人よ、このぼくを憐《あわ》れんで助けてやってくれ!」

「恋人って誰のこと?」

面倒そうにナイマが目をすがめる。

「だいたいフェイ財閥の力なら、こんなのいくらだって揉《も》み消せるでしょ」

またフェイ財閥か。

なんとなくうんざりした心持ちでいると、アントニーが大きく両手を広げてみせた。

「親族での立場が悪いんだ！　勉強しないで留年の危機、そこに携帯会社まで買ったりしたもんだから……。この上、こんな事件を起こしたとなったら、あれだ、ええと……」

「勘当？」

「そう、それ！　勘当されちまう！　どうしてくれるんだよ！」

「で、どうしようっての。ジェレミーは置き去り？」

「隠そう。どこか見つからない場所がいい。幸い、道は暗いし人の気配もない」

「おまえな」

あまりのいいぐさに口を挟もうとしたところを、ナイマに遮られた。

「いいでしょう。皆で運ぶよ」

「なんだって？」

突然のことに理解が追いつかず、一瞬、身を硬くしてしまった。ナイマなら毅然《きぜん》と拒むと思っていたからだ。

まさか死体遺棄《いき》の手伝いをしろというのか。冗談じゃない。こんな異国の地で、犯罪者になどなりたくない。なりふりかまわず、そう訴えようとしたときだ。

やや掠《かす》れた声で、ナイマがわたしに釘を刺した。

「立場がわかってる？」

「どういうことだ」

「相手は財閥。殺人犯にされるのは、わたしたちかもしれないってこと」

そうか。

まずそう思った。それから、そうか、ともう一度腹の底でつぶやく。ここでは、日本の常識は通用しない。買えてしまうのだ。命も、警察も。そして、少なくともこいつはやりかねないと思わせる何かがアントニーにはある。

強めに頭をかいて、わたしは渋々ながらに頷いた。

「おお、わかってくれたか、友人よ！」

「男二人で頭と胴を支えて。わたしは足を持つ」

とんだことになってしまった。

カメラは置いてくるにしても、ICレコーダーの一つくらい持ってくればよかったかもしれない。ふと閃《ひらめ》き、「すまん、メールだ」とスマートフォンをとり出し、録音アプリを立ちあげておいた。こんなものの証拠能力が認められるのかは疑わしいが、それでもやらないよりはいい。

かけ声とともに、皆でジェレミーの身体を持ちあげる。アントニーが頭で、わたしが胴だ。意外に重く、数歩進んだだけで息が切れそうになった。

アントニーが車を一瞥してから、それとは逆の方向に向かおうとした。

「車で運ばないのか？」

「いいからまかせておけ」

こんなときばかり、妙な自信を見せる。なんだか癪《しゃく》だが、何か意図があるのだろうと従うことにした。

「人に見られたらなんて答える？」

「病人を運んでるとでもいうさ。いいか、〝友人が病気なので運んでます〟だ」

「わかった」

そこからは一気に口数が減った。

アントニーが真っ先に息を切らし、少し進んでは休むをくりかえす。道沿いに竹藪があったので、あそこなどはよいのではないかと思ったが、アントニーもナイマも藪には目もくれない。

途中、頭より胴が楽そうに見えたのか、

「交代だ」

とアントニーがいい出し、配置換えがなされた。

まもなく、胴を支えながらの横歩きはもっと大変だと気がついたと見え、「交代だ」の一言で、また頭からアントニー、わたし、ナイマの順になる。

せっかく涼しくなってきたのに、また汗が噴き出してきた。

それにしても、沈黙が重い。アントニーに向けて、わたしは小さく顎をしゃくった。

「そういえば、きみもマプア大学なんだよな。専攻は?」

短い間があった。

「建築だ。それがどうかしたか?」

息を切らしながら、急に何を訊くんだというように相手が答える。

「フィリピンだと法学が花形だろ。財閥なら経営学もありそうだ。なぜマプアに?」

そう訊ねたのは、マプアが工学方面に強い大学だからだ。

アントニーがわずかに眉を持ちあげ、いったん足を止めて息を整えようとした。が、残り二人が止まらなかったために手を滑《すべ》らせ、ジェレミーの頭がごつりと歩道に落ちた。

しばし身体を硬直させてから、アントニーが落ちた花を拾って元の位置に戻した。

「ああ、ジェレミー! すまん、悪気はなかったんだ、わが友よ!」

「わたしなら化けて出るぞ」

皮肉をいってみたが、都合の悪いことは耳に入らない性格のようだ。アントニーが腰の位置を落とし、うながされるように皆でふたたび身体を持ちあげた。

「やっぱり車がよかったんじゃないか」

「いや、もうそのあたりなんだ」

アントニーがこちらを見て、文句をいうなとばかりに目をすがめた。

「で、さっきの話だが……。ぼくは一族のなかでも落ちこぼれでね。残念ながら、いっさい期待されてない。兄貴二人は、それぞれ法学と経営学に進んだよ」

「なるほどね」

意外と正直なところがあると思ったが、このある種の無垢《むく》さが怖くも感じられる。

「でも、ぼくは昔から建物のデザインとかを考えるのは好きでね。だから、建築科に行きたかった。兄貴二人には笑われたけどな。でも、いつかぼくがデザインしたビルをマニラに建ててやるんだ」

「卒業は大丈夫なのか。……あ、もう少し持ちあげてくれないか」

「これくらいでいいか？　まあ大学は大丈夫さ。いざとなったら親を頼る」

また竹藪があり、そこから夜の虫の声が静かに聞こえてきた。

こんな状況でさえなければ、悪くなさそうな雰囲気でもある。藪を覗きこんでみた。暗くてよくわからないが、ビニール袋や何かの廃材といったごみばかりなのはわかった。

ナイマが足を止め、大きく息を吐いた。

「疲れた。ちょっと置かせて」

今度は落とさぬように音頭《おんど》をとり、三人でゆっくりとジェレミーを横たえる。

「担架みたいなのがあればいいんだがな」

わたしはまた藪を覗き、古い看板が捨てられているのを見つけた。

「あれなんかどうだ？」

「ちょっと短すぎるな。足がはみ出ちまう」

「なら仕方ないか……」

目を凝らしてみたが、ほかに使えそうなものもない。

アントニーはというと、ジェレミーを下ろしたそばから、もうそわそわしはじめている。

「もういいだろ、さっさと片づけたい」

「手が痛い。誰のせいでこんなことになったと思ってるの」

「ぼくのせいだというのか」

「一から十まであんたのせいだよ！」

このとき足音が近づいてきたので、し、とわたしは二人を制止した。

ややあって、酒に酔っているらしい住民のおっちゃんがわたしたちの前で足を止めた。

「なんだこりゃ、いったいどうしたんだい」

わたしたちは目をあわせて、

「友人が病気なので運んでます」

と三人同時に答えた。これで納得したのか、おお、そうかと男が通りすぎようとする。

が、ほっとしたのも束の間《つかのま》、男が振り向いてジェレミーを指さした。

「俺にもなんか手伝えるか？」

「いいからさっさとあっちへ――」

アントニーの口元を押さえ、あいだに割って入った。

「ありがとう。でも、ただの飲みすぎだと思うので」

「ふむ、ならいいか。酒はほどほどにしとけよ」

そんなことをいいながら、男は千鳥足《ちどりあし》でゆっくりと去っていく。ふと、その男の手中でスマートフォンが灯ったので、緊張が走った。

「通報されるかも」とナイマが声をひそめる。

「どうする？」

「死体を二つに増やすか」

しれっと口にしたのは、もちろんアントニーだ。いっそすがすがしいくらいだが、こんなのにつきまとわれるナイマには同情しかない。

「ハニー？」

男の声が響いた。

「ああ、いまから帰る。すまん、ちと飲みすぎちまってよ……」

やれやれと胸を撫で下ろし、再度、三人でジェレミーを持ちあげた。疲れがたまってきたのか、先ほどより重たく感じられる。

汗が乾いたところに風が吹いたせいで、咳《せき》が出た。

「おい、ぼくに感染《うつ》すなよ」

「だから誰のせいだと思ってる」

「不幸な事故だ。だってそうだろ、ジェレミーが突然車道に飛び出してくるから」

「突っ立ってるこいつを、おまえが真正面から撥ねた」

「細かいことを気にするやつだな」

「おまえが大雑把《おおざっぱ》すぎるんだよ！」

「ふむ、ものさしの違いってやつだな。まあいい。どれ、着いたぞ」

「はあ……」

眼前の光景に、無意識に声が漏れた。

「そういうことか」

「この広場のことを知っていてね。使えると思ったのさ」

それは街外れの暗い空き地だった。

だだっ広い空間に、今日使われた山車が野ざらしに集められている。いったんジェレミーを下ろしたところで、アントニーがスマートフォンの懐中《かいちゅう》電灯機能を立ちあげた。

「あれだな」

山車が密集するその真んなかあたりを、アントニーが指さした。

祭りで最後に目にした、黒い大きな棺だ。彼もどこかで祭りを見ていたのだろう。山車の棺に、ジェレミーを隠そうというわけだ。

「この街では使われた山車を最後に燃やす習慣がある。だから、うまくすれば事件そのものが自動的になかったことになる」

得意気に話しながら、アントニーが重たそうに棺の蓋をずらし、腰を押さえた。

「うーん。イエス様が邪魔だな」

「外に出したらどう?」

「そしたら目立っちまうだろ」

「適当な十字架を探して、そこにくくりつけておくとか」

不謹慎きわまりないやりとりを、わたしは手をあげて制した。

「棺が大きいから、もう一人納まるくらいの隙間がある。まさか棺桶に二体入ってるとは思われにくいんじゃないかな」

「それはいい。イエス様と一緒ならジェレミーも寂しくないだろ」

ナイマを窺うと彼女も頷いたので、アントニーと二人でジェレミーを棺に放りこんだ。

ところがジェレミーの姿勢が悪く、足が棺から突き出てしまった。

「死んでまで使えないやつだな」

アントニーが最低なことをいいながら、足を押したりひいたりする。

「この際だし折っちまうか」

「待って、イエス様のほうを少し回転させられる」

ナイマの助言に従ってイエス様に手をかけ、心中でごめんなさいとつぶやきながら、アントニーと二人で強引に回す。新たに隙間ができ、ジェレミーの足が棺のなかへ落ちた。それから、棺の蓋を二人で元通りに閉める。

アントニーが満足そうに汗を拭った。

「完全犯罪終了だな」

「何から何まで不完全だよ！」

叫んだところで、下の暗がりを鼠《ねずみ》か何かが走り去っていった。

わたしはジェレミーが発見されないことを棺のイエス様に祈った。それから、何をやっているのだと我に返る。わずかな時間のうちに倫理観がめちゃくちゃになってしまった。あちこちを蚊に食われている。二の腕をかいたところで、アントニーが声をあげた。

「ずらかるぞ」

頷いて棺を離れ、それから振り向いて胸元で十字を切った。

遅れて、残りの二人も十字を切った。

すぐに広場を出て、早足で来た道を戻っていく。皆、疲れ切って無言だ。わたしはというと、屋台で聞いた台詞を思い出していた。

——まったくドゥテルテさまさまだよ。

ドゥテルテは辣腕《らつわん》で知られるこの国の大統領だ。法の手つづきを経ずに薬物犯罪者を殺害して国際社会の批難を浴びたことが記憶に新しい。が、このことには理由がある。

警察と売人が、裏で手を組んでいるからだ。

汚職が蔓延《まんえん》している状況で、どうして法が機能するだろうか。だから、民もこの方法を望んだのだ。少なくとも、立派なお題目を唱《とな》えられない複雑な事情がある。

かくいうわたしも、こうなっては立派なお題目は唱えられそうにない。

そんなことを考えているうちに、気がつけば車を残した場所に戻っていた。アントニーの自慢の車のエンブレムが折れているのが目に入り、少しだけいい気味だと思う。

「では、わが恋人と異国の友人よ！　今日はいい一日だった。いずれまた会おうぞ！」

「二度と現れないでちょうだいね」

「なに、我らが運命の糸は、全能の神をもってしても切れないとも！」

この前向きさには見習うべきものがあるかもしれない。そう思った直後、車に戻ったアントニーが威勢よくエンジンをふかし、ナイマとともにヘッドライトに照らし出された。

慌てて散開すると、その空いた隙間を通ってアントニーの車が帰っていった。

やっと静かになったところで、ナイマがぽつりと詫《わ》びた。

「とんだことにつきあわせちゃった」

「きみも災難だな」

少しだけ考え、結局それだけを応えた。

静寂のなか、ナイマが車のドアを開ける音がやたら大きく聞こえる。わたしは助手席に乗りこみ、シートベルトをつけようとしてバックルを探した。

「あ。それ壊れてるから」

ナイマの一言に小さく頷き、背もたれに体重を預けた。身体がずしりと重たく感じられる。

「宿はどこ?」

「そうだな……」

いい淀《よど》んだのは、あの二人組のことが頭をよぎったからだ。

宿の場所を押さえられている可能性は? 大いにある。だからこそ、彼女らもわたしを追跡できたのではないか。では、宿に戻るのは危険か? なんともいえない。あの二人は、あえて暗い小径でわたしを襲った。なるべく人目のあるところを避け、行動に出たのは確かだ。

どちらにせよ、荷物一式は宿に置いてきてしまっている。

このまま戻って、宿でタクシーでも呼んでもらって移動するのがいいかもしれない。

「サンパギータ・ロッジ。オールド・マーケットの近くなんだが……」

「待ってね、検索する」

ナイマの声は後半が溶け、かわりにかつて住んでいた駅前の商店街が浮かびあがってきた。客を呼びこむ八百屋のかけ声や、やたらと安い居酒屋、五時を過ぎれば客が飲みはじめる路上の椅子がわりのビールケース。うまくもないが下手でもない路上の弾き語り。

夢の入口だ。

強引に意識をたぐり寄せ、目を開けた。疲れが来ていたのか、眠りかけてしまったらしい。心地よい車の振動に耐えながら、眼前のフィリピンの夜闇《やあん》に向けて目を凝らした。

カーブ沿いに、ガレージのような建物がある。

コンクリートブロックとトタン屋根のほかは、閉じたシャッターがあるだけだ。そのシャッターをヘッドライトが撫で、スプレー書きされた教会《CHURCH》の文字が浮かんだ。

「教会？」

思わず口を衝《つ》いて出たが、ナイマが「さあね」というので真相は不明だ。

やがて道沿いの灯りが増え、見覚えのある夜市に出た。まだ人がいる。とはいえ、さすがに店じまいしているところも多い。しばらく直進したところに警察署があった。

ナイマは慣れたもので、澄ました顔で署の前を通り過ぎる。

「ねえ、あんた、ええと……」

「須藤宏《ひろし》。ヒロとでも呼んでくれ」

「ヒロは一人でここに？　家族はいないの？」

両親はすでに他界した。

かわりに思い浮かんだ顔があったが、首を振って忘れようと努める。

「いない。一人だよ」

「そう」

「ナイマは？」

「あのお祖父ちゃんだけ。お父さんとお母さんは早くに病気で死んだ」

何か応えたかったが、慰《なぐさ》めはいらないという顔だ。しばし目をつむり、うん、と小声を出した。

「大学はもう出たんだっけ」

「ちょうど先月にね」

「仕事は？」

何気ない質問だったが、わずかに不可解な間があった。

「求職中。できれば政府関係がいいけど、無理ならコールセンターで食いつなぐ」

――わたしたちの土地や伝統を守るためだといってな。

そういっていた、祖父のバヤガンの言が思い出された。政府関係というのは、やはり故郷のイフガオのためだろうか。

それから不意にわが身を思い、恥ずかしいような心持ちになった。わたしは、わたしと郷土とをうまくつなぎとめられない。人並みに郷土愛はある。しかし、日の丸だけでは埋められない何かがあり、その何かを探しているとでもいうべきか。だからだろうか、作った番組が反日的とまで評されたこともある。そんなつもりはなかったのだが……。

「ねえ」

つい黙考してしまったところを、ナイマにひき戻された。

「昔、わたしたちの村を撮影したんだって？　どうして？」

「それは……」

答えようとしたところで、車が停められた。緑地に白の「サンパギータ・ロッジ」の看板が、すでに懐かしくも感じられる。あの暗いレストランは、まだ営業しているようだ。ナイマが額先に触れ、それからバックミラーに吊るされたスヌーピーの位置を直した。

「あそこ、コーヒーか何か飲めるかな」

「昼に飲んだよ。インスタントだったが……」

頷いて、ナイマがキーを抜きとって率先《そっせん》して夜道に出た。

わたしもドアを開け、歩道に降り立つ。二台、宿の前にトライシクルが駐《と》まっていた。一台は無人で、もう一台はバイクのシートで犬が眠っている。その犬が眠たそうにこちらを見て、またすぐに目蓋《まぶた》を閉じた。

念のために周囲を見回すが、二人組はいない。

今度はカウンターに人がいて、ナイマが二人ぶんのコーヒーを頼んだ。テレビは、アメリカのバスケットボールの試合を映し出している。

出るときに会ったあの男もまだいた。

椅子についたまま眠っていたようで、いましがたの犬みたいにうっすらと目を開け、こちらを一瞥してくる。

「なんだい、おまえさん道づれがいたのかい」

「道づれというか、まあ……」

軽く目をそむけて、なるべく遠くの席をとった。

ややあって、熱湯を注がれたカップとインスタントコーヒーの袋のセットが二つ置かれる。指先で袋の切れ目を探し、湯に粉を流しこんだ。夜なので、本当はカフェインを摂りたくない。が、注文されてしまったものは仕方がない。

ナイマはというと、スプーンで粉をかき混ぜて一口飲み、ふう、と息をついた。

「話の途中だったよね」

わたしが彼女たちの村を撮影した理由、だ。

戦争を記憶にとどめるため、とその一言が出なかった。いざナイマに問われてみると、欺瞞《ぎまん》があるように感じられたからだ。正確に答えるならば、歴史や戦争を感じにくくなっているように思えるから、だろうか。

しかしそんなことを、事実わたしたち日本人に侵略されたフィリピン人にいえるのか。

それに、あの村を優先したのは、それが絵になるからという大人の都合にすぎない。だいぶ、間が空いてしまったと思う。結局、わたしはこう答えていた。

「あの棚田、日本のみんなに見てほしくてね」

「それだけ?」

鋭く視線を向けられる。

だめだ、このマプア卒の才女はごまかせそうにない。と、そう思ったときだ。あの男がおもむろにわたしたちのテーブルまでやってきて、割って入るように腰を下ろした。またプラスチックの椅子が傾いで割れそうになり、男はばつが悪そうに椅子を二脚重ねた。

「おい、お嬢ちゃん、この男はなかなか面白いぜ」

瞬《まばた》きをするナイマに向けて、男がかまわずに話しかける。

「俺はこういってやったのさ。このあたりはいいが、ミンダナオ島へは行くな。悪いムスリムに、とって食われちまうぞ、ってな」

いい回しは違うが、確かにそれに近いことはいわれた。

「そうしたら、こいつどう答えたと思う?」

「なんて?」

「これが傑作でよ。〝するとあなたはカトリックなのかな〟と来たもんだ」

ナイマが口元に手を添え、小さく笑った。

すっかり置いていかれたまま、話はつづく。

「で、とんだお説教をされちまったよ。〝もともとミンダナオはムスリムの土地だった。そこに、アメリカ人にそそのかされたあなたたちが無知なムスリムにつけこんで土地を奪った〟とかなんとかね。ムスリムが闘う原因を作ったのは、どうやら俺たちなんだとさ」

男がげらげらと笑い、ナイマもおかしそうに口元を押さえている。

しばらく考え、ためらいがちにあいだに入った。

「非礼は詫びる。ただ、わたしなりに勉強してきたつもりだったが……。何か、変なことをいってしまっただろうか。この国への無理解があれば、それも詫びたい」

「一つも間違ってないよ」

ナイマが笑うのをやめ、まっすぐにこちらを見た。

不意を衝かれ、わたしはなんだかどぎまぎしてしまった。間違っていないという彼女の目は、これまでと異なり、慈愛のようなものさえ感じさせるものだったからだ。

「だったらどうして……」

「わからない?」

男のいたテーブルに、ナイマが目を向ける。

「わざわざ閑散とした店に長居して、といって、食べるものもなくジュースを飲んでる」

——別に好きってわけじゃないんだがな。いい食いもんがあるってわけでもないし。

そういえば、そんなことを男は口にしていたが。

「答えは、食べないんじゃなくて食べられるものがなかった。それでも、人目を忍ぶことができるこの場所がよかった。こんなことをいわれなくても、フィリピン人なら一目でわかるんだけどね」

ナイマの言を反芻《はんすう》するうちに、やっと一つ思いあたった。

「もしかして」

「その通り。この人はイスラム教徒。あなたを試したんだよ」

「ま、そういうことだ。さっきはご高説《こうせつ》どうもな」

なんということか。得々と諭《さと》してしまった自分の台詞が思い出され、消え入りたくなった。が、そのときだ。目を伏せているところに、男の手が差し出された。おずおずとその手をとると、男がじっとこちらの目を覗きこんできた。ありがとう《サラーマ》、とその口元が動く。

「ありがとう、俺たちのことを知っていてくれて」

皮肉も含羞《がんしゅう》もない、雨あがりの新芽のような一言だった。それがすっと胸に落ちてくる。不覚にも打たれてしまい、何も応えられなかった。このような澄んだ言葉を、いったいどれだけのあいだ、わたしは口にしてこなかっただろう？

「決めた」

ナイマが深く頷いたのは、このときだ。

「もう少し、わたしにつきあってくれないかな。もちろん、あなたさえよければだけど」

わたしはしばし言葉につまった。

これまでと同じような声の調子だが、彼女の身にまとう空気が変わっていた。

話の内容次第でもあるが、無下《むげ》にするという選択はなかった。わたし自身が、彼女に助けられている。そしてそれ以上に、わたしがフィリピンまで来たその意味を問われる、そのような分岐《ぶんき》がいまここにあるように感じられたからだ。

「この通り、暇《ひま》な身だよ。事情を聞かせてくれるか?」

「占い」

「え?」

「お祖父ちゃんの占いなの。〝これから出会う日本人に助けてもらえ〟って。でも……」

信用できるかどうか不安だった、ということだろう。わたし自身とてそうだ。夜道を逃げながら彼女らの車を見たときは逡巡《しゅんじゅん》したし、車に乗ったあとでさえ警戒しつづけた。

「わかるよ」

と先回りして応えておいた。

「せめて、無精髭くらいは剃っておいたほうがよかったかな」

「髭は関係ない」

ナイマが大真面目に応え、それから考えを整理するように、しばし横を向いた。

「実は、これからマニラで人と会う約束があるんだけど――」

この国の首都だ。

入国時に数泊したものの、あまりに渋滞がひどく、ごみごみしているので早々に離れた町でもあった。

「占いによると危険があるみたい。だから、お祖父ちゃんはあなたに同行してもらえと」

「約束というのはいつ？」

「明日の昼過ぎ」――また、ずいぶんと急な話だ。「だから、今晩のうちに出ないといけなくて」

「かまわないよ。この町に来たのは祭りを見るためだったし」

マニラへの道は、ここからだと平均して五時間ほど。日中だと大渋滞に巻きこまれて丸一日かかるが、夜も更《ふ》けたこの頃合であれば三時間程度だろうか。いずれにせよ、早く動くに越したことはない。

そうと決まれば、チェックアウトだ。

わたしは二階の自室に向かい、荷物をまとめることにした。例の、あの鍵のかからない部屋だ。電気を点けると、垢抜《あかぬ》けない俳優の笑顔のポスターと目があった。

荷物をまとめ、フロントに事情を話したところ、今晩の宿代をまけてもらえた。もともとがただみたいな値段だが、他国でのこのような親切は沁《し》みる。

階下へ降りる前に、廃墟めいた二階の大部屋に足を踏み入れた。

窓から外を眺めてみると、藍《あい》色の空に月が出ていた。その下で、立派な石造りの教会がライトアップされている。町に短い別れを告げて振り向くと、いつ使われたものだろうか、埃をかぶった赤ん坊用のベッドに、段ボール箱が二つ積まれているのがわかった。

レストランに降りると、わたしの荷物を見たナイマが、

「それだけ？」

と目を丸くした。

イスラム教徒の男も何かいいたげだったが、もう言葉はいらない。肩を抱きあい、「また」と短い挨拶をして店を出た。

「詳しいことは行く途中で話す」

トランクを開けてもらい、そこに荷物をしまった。ナイマのスーツケースのほかに、釣《つ》り竿《ざお》が二本収められている。あの祖父と、渓流釣りでもやるのだろうか。それから助手席に入り、習慣的にベルトのバックルを探し、壊れていたことを思い出した。

「明けがたには着くだろうから、向こうで六、七時間は寝られる」

運転席についたナイマが、慣れた手つきでキーを挿す。すぐに車が出された。

「宿を押さえてくれないかな。駐車場があって、二部屋とれるところ」

「ほかに条件は？」

「お湯が出て、あとはベッドさえ存在すればいい」

「わかった」

とはいえマニラの宿は高い。自分一人のときは、ガイドブックにも載っていないスラム近くの安宿街に泊まったが、治安は悪いし、駐車場のあるような宿もなかった。結局、繁華街のそばの安ホテルで手を打つことにしたものの、それでも、さっきの宿の五倍以上の値段だ。

予約の電話を入れ、明けがたに着くので入れるようにしておいてくれと頼んでおく。

「……タガログ語は日本で勉強したの？」

「独学だけどね。あと、日本でも場所によっては教会の日曜ミサにたくさんのフィリピン人が集まって、小さな出店なんかが並ぶ。そこで教わったりもしたよ」

外に目をやると、もう街の中心から外れ、錆びたトタン屋根の並ぶ暗い一角に出ていた。わたしは胸元のノートを手にとり、目に入ったものを列挙していった。古いビールケース。穴の空いたトタン。破れた歩道から生《は》える雑草。

ナイマがこちらを一瞥するのを感じた。

「〝フィリピンにおける貧困の現実〟とか？」

「そうだよ」

答えにくい質問だが、即答した。ほかにいいようもあっただろうが、こういうことは正直にいうのが一番失礼がない。それに、この相手は新市街のきれいなビルだけを見てほしいと思うようなタイプとも違う。それはもうわかっていた。

「ふうん」

少し意外そうに、ナイマが口先を尖《とが》らせた。

「真面目なんだね」

「よくも悪くもね」

「そう、それで明日会う相手なんだけどね……」

そこまでいって、珍しくナイマが口ごもる。

「昔のボーイフレンドなんだ。もう長いこと会ってなかったんだけど」

「事情がありそうだな」

「四年くらい前かな。もっとこの国のことを知りたくて国内を旅して、そのとき出会ったのが彼。場所は、ミンダナオ島のマラウィ」

地名が耳に入った一瞬、真空めいた何かが横たわったように感じられた。

マラウィ。そうか、そういうことなのか。

「生まれ故郷のために、分離独立を求めて闘うイスラムの青年だった。出会った瞬間から、心が惹かれあうのを感じた。わたしも、イフガオのために勉強してきたから……」

わたしが口を開きかけたところで、「わかってる」とナイマが打ち消すようにいった。

「別々の故郷のために闘う者同士が、一緒になるのは難しい。相手がイスラムであれば、改宗の問題もある。でも、わたしたちは若すぎた。わからないままに、将来を誓いあった」

フロントグラスに目を向けたまま、わからなかったんだ、とナイマがつぶやいた。

わたしは目をそむけ、窓を一センチほど開けた。

「……そして、マラウィは戦場になった。そうだな」

「何もかもが突然で……。ISが占拠して、ミンダナオ島全域にいまもつづく戒厳令が布かれて。長く会ってなかったせいもあって、わたしはすっかり彼を諦め、いつしか心も離れてしまった」

「が、対IS戦も終わった」

夜風を感じたくて、もう少し窓を開けた。

「彼は生きていて、きみを迎えにマニラまで長旅をしてきた。そういうことだね」

「わたし、ひどい人間でしょ。がっかりしたかな」

いや、と答えたきり、つづく言葉につまった。男女などそんなものだと口にしかけたが、軽い言葉を口にするのは憚《はばか》られた。それに、そう。

その青年とナイマは、少なくとも歴史のなかを生きている。

そして、わたしはそうではない。その一事実が、まるで重石《おもし》みたいにのしかかる。だいぶ、間を置いてしまった。結局、わたしはこんなふうに答えていた。

「きみはいま苦しんでいる。それをひどい人間だとは誰にもいえない」

「そうかな」

「でも、その青年の理解を得るのは難しそうだな」

「死地をくぐり抜けて会いに来てくれた。それなのに、わたしのほうはもう……」

こちらまで胸が苦しくなってきてしまった。ナイマも、その青年も気の毒だ。

それから、いま一度、ナイマの話を反芻してみた。

青年はＩＳではないだろう。政府側に協力したイスラム勢力の一派だ。ＩＳのグループは二百人ほどを残し、すでに殺されている。残った二百人も、多くは隣国のマレーシアへ逃げたと聞く。

そして、南部のイスラム勢力は、いま政府と和平プロセスを進めている。

そうだとしても、はるばるマニラまで来るのには、危険と覚悟があったはずだ。やはり、ナイマのことを思いながら、対ＩＳ戦をくぐり抜けてきたのだろうか。

「しかし、そうするとわたしの存在が邪魔だな。突然見たこともない日本の親爺《おやじ》がくっついてきたら、そいつだっていい気はしない。まとまる話だってまとまらないだろう」

「お祖父ちゃんの代理として、立会人になってほしい。難しいだろうと思うんだけど」

「代理か……」

そんなものが務まるのだろうか。

しかし、この状況でナイマを一人で行かせるのは確かに危険だ。

「まあ、なんとかそれらしくやってみるさ」

「助かる。なんとかなるよ《バハラナ》」

もう街の外に出ていた。

街灯が少ないため、日本よりも闇が濃く感じられる。生《お》い茂る竹林や月を映す水田、「麻薬をやめましょう」の看板、それからガードレールがわりの低いコンクリートの塀《へい》。それらが、粘《ねば》つくような闇のなか、ヘッドライトに照らされては過ぎ去っていく。

高速道路に乗った。

速度があがったのはいいが、単調な一直線の道路を前に、また眠たくなってくる。うつらうつらしながら、一時間ほどが過ぎたろうか。

「ねえ」

ナイマに声をかけられ、わたしは身を起こして目をしばたたかせた。

「何か音楽とかかけられない？　眠気覚ましがほしくて」

「カーオーディオがあるだろ」

「日本の歌とか聴いてみたいな、せっかくだから」

スマートフォンがあるにはあるが、音楽はもっぱらストリーミングだ。それ以前にフィリピンのＳＩＭカードを買っていないので、ウェブに接続しづらい。そう伝えると、

「じゃあ歌ってよ」

といわれてしまい、渋々頷いた。

しかし、いざ外国へ来てみると、普段聴いているロックやポップスが冴えなくも感じられる。この好奇心旺盛《おうせい》な女性には、いったいどんな歌がいいだろう。

考えたのち、口を衝いて出たのはサノサ節《ぶし》の替え歌だった。

一つには　光り輝く日本国　日本の光増さんぞと
万里荒浪ネ　厭《いと》なく　マニラ国にと赴《おもむ》いた　サノサ
二つには　再び他国に渡航は致さんぞ　一度出稼ぎした上は
雨の降る日もネ　照らす日も　道路にのたれて苦労する　サノサ

二番まで歌ったところで、「それは?」とナイマが訊ねてきた。

「大戦が起きるよりずっと前、確か一九〇四年ごろかな……たくさんの日本人が、フィリピンに出稼ぎに来たんだ。ちょうど、いまフィリピン人が日本に出稼ぎに来るみたいにね。そして、バギオに通じる山道のケノン道路が造られた。七百人余りが死んだ工事だった。そのとき、出稼ぎの日本人たちがこの歌を歌っていたそうだ」

「道ができたあと、彼らはどうしたの」

「大戦で元の木阿弥《もくあみ》。バギオで店を開いた日本人なんかもいたみたいだが、その多くが大戦中に住《す》み処《か》を追われ、命を落とした。百万というフィリピン人の死者とは比較にならないにせよね」

「そう」

ナイマがわずかに目を細め、考えこむ素振りをした。

わたしもわたしで、考えこんでしまった。なぜ、いま自分はこんな歌を選んだのだろう。しかし、いまこの場、この瞬間において自然に出てきたのも確かなのだ。

音を立てながら、車が一台、わたしたちを追い抜いていった。

無意識に目で追い、それから空を見た。スモッグでくすみ、月のほかは何も見えない。

「それじゃ、わたしもお返ししないとね」

ナイマが片手にハンドルを握り、空いた手でダッシュボードを指した。

「それ、ちょっと開けてくれる？」

いわれるがままに開けてみると、何かのレシートと、石ころが一つ収められていた。レシートは車検のときのものだ。だったらこの壊れたシートベルトはなんだと思うが、おおらかな国民性なのだろうと自分を納得させる。

石は黄緑がかった蛍石《ほたるいし》の原石だ。

色味が薄いので、石としての価値は低いかもしれない。が、大切にそこにしまっていることは窺えた。もっとよく見てみようと、何気なく手を出したときだ。わたしの手から逃れるように、石が右へ転がった。ハンドリングのせいだろうかと思い、また手を伸ばすと、今度は左へと転がる。それからだ。

音もなく、ふわりと石が浮かびあがった。

訝しむわたしの目の前を、右へ、左へと石が宙を舞いはじめる。試しに捕まえようとすると、ひょいと逃げて上へと跳ねた。

ナイマに目を向けると、軽くウインクを送ってよこされた。

蛍石はまだ目の前に浮いたままだ。糸か何かのトリックを疑い、前後左右を両手でかきわけてみたが、吊られている様子もない。諦めて腕を組んだところで、手品じゃないよといわんばかりに、石がわたしの胸元にぶつかり、また眼前に浮かんだ。

わけがわからず、しばらく放心してしまった。

「なんだ、こりゃあ……」

ナイマからの答えはない。そのあいだにも、今度は蜜蜂《みつばち》のダンスみたいにゆっくりと空中で8の字を描きはじめる。たわむれに、その軌道を人差し指で塞いでみた。石はわたしの人差し指にぶつかったあと、中指、薬指、小指と順に撫でていく。

火照《ほて》りのようなものを感じて、窓から腕を出し、夜風を手のひらに受けた。

「降参だ、種を教えてくれ」

「種なんかないよ。ただ、あなたの見たままのことが起こっただけ」

そしてまた、こちらを幻惑《げんわく》するように蛍石が大きな輪を二度、三度と描く。それから、すとんと行儀よくダッシュボードの元の位置に収まった。

ナイマの手が伸び、蓋が閉められる。

「驚いた？」

「そりゃもう」

そう答えると、ナイマは少し満足げだ。

「誰にもいわないでね」

「きみが動かしたのか？」

「少し疲れるけどね」

実のところ、わたしは手品の種を見破ることにかけては自信があった。

前に取材した超能力少年のスプーン曲げは、こちらの目にもわかるトリックだった。けれど、異国の夜の雰囲気のせいだろうか、わたしは不思議と目の前の現象を受け入れつつあった。

「深く考える必要はないよ。こういうこともあるってだけ」

ダッシュボードのなかから、こつ、と石が跳ねる音が響いてきた。

「あなたもできるようになる。でも、いまはまだ無理」

謎めいた一言を最後に、石の話はそれまでとなった。何か化かされたような思いのま
ま、目の前に料金所が迫ってきた。気がつけば、周囲の車が増えてきている。料金所を抜けたあたりで、ついに渋滞に巻きこまれ、車が動かなくなった。

うんざりしたように、ナイマが「トラフィック」とつぶやいた。

交通を意味するトラフィックは、この国では渋滞を意味する言葉として用いられる。

右手に、灯りを落とした大型ショッピングモールがそびえている。正面の闇の向こうに、黄みがかった淡い光の海がある。マニラは目前だった。

第三章　ミンダナオから来た青年

石造りの城壁の下で、猫が二匹丸まっている。

その傍らを、リュックサックを担いだ学生たちが、笑顔でファストフードのハンバーガーを手に歩く。昼の一番暑い時間帯だ。高い城壁も、日差しまでは遮ってくれない。かつてはスペイン人やスペイン系しか立ち入れなかったという城塞都市、イントラムロスだ。

「卒業したばかりなのに、なんだかもう懐かしいね」

そんなことを口にしながら、ナイマが城壁の上を指した。

「ほら、あそこ。今日は休みだから人が少ないけど」

見あげると、城壁の上に腰を下ろしてファストフードを食べる学生の一団がいた。

「よくああやってお昼を食べたよ。わたしは、中華街のテイクアウトが好きだったけど」

マニラ最古の地区、イントラムロスは街の西にある。

街を横切るパッシグ川とマニラ湾に挟まれた一画が、さらに厚い城壁に囲われた観光名所だ。ほとんどは大戦後に修復されたものだというが、石の門をくぐった内側にはスペイン風建築が並び、世界遺産の教会もある。

同時に、針金と紐のケージをかぶせられた鶏や、トタン材の壁で覆《おお》われた空き地、それからロトくじ屋にマクドナルドといった店が混在しているのが、いかにもこの国らしい。

ナイマの通っていたマプア大学は、城壁内の南東部にある。

イントラムロスに行くなら見てみたいといったところ、彼女が案内をしてくれたのだ。

「ここから中華街は近いのか？」

「パッシグ川を北に抜けるとすぐ。今度、おいしいお店、教えるね」

また猫が二匹、背中あわせに歩道で丸くなって寝転んでいる。

なんの気なしに石造りの建物に手をつき、思わぬ熱さに手をひっこめた。そのままナイマと二人、わずかな日陰を縫《ぬ》って北西のサンチャゴ要塞《ようさい》を目指した。

途中、台車を押しながら売り歩くアイスクリーム屋と目があったので、バニラの棒アイスを一本買った。ナイマにも目を向けたが、いらないと笑われてしまった。

教会や土産物《みやげもの》屋の立ち並ぶ通りを抜ける最中、トライシクルの運転手に声をかけられた。観光客が多く訪れる場所なので、料金が冗談みたいに高い。思わず笑ってしまうと、運転手の男も思うところがあったのか、「だよなあ」と苦笑をよこした。

やっと要塞の南端に着いた。

入場料の七十五ペソを払って鉄柵のなかへ入ると、遠く、奥のほうに堀と城門が見えた。その手前は、日陰一つないだだっ広い空間だ。五人組の子供が、暑さをものともせず馬跳びをして遊んでいるのが眩《まぶ》しく映る。

堀の手前に着いただけで、もう喉がからからだ。

わたしは腰に巻いていたバッグから水のボトルを出し、一口飲んだ。

「ねえ。さっきから思ってたんだけど、そのバッグ何？」

「ショルダーバッグの肩紐を切って腰に結んだ。こうしておくと絶対に盗まれない」

ウエストポーチは簡単に外れてしまうので、気づかぬうちにすり盗《と》られることがある。バッグは紐を切られる。リュックサックは、本体をカッターで切られることがある。

結局たどり着いたのが、この方法だ。

これならいつでも目が届くし、長い時間歩いても疲れにくい。

「ふうん、変なの」

ナイマが予想通りの反応を返す。

わたしは軽く頭をかいて、堀にかかった石橋を先に歩いた。渡り切ったところで、要塞の門を見あげる。門に刻まれている紋章、獅子《しし》と城塞、そして王冠は、スペイン統治時代の国章だ。くぐると、緑に迎えられた。

要塞そのものは、想像していたほど広くない。苔《こけ》むす黒い石壁に囲まれた芝生《しばふ》の中心に、フィリピン独立の英雄、ホセ・リサールの像があった。

リサールはスペイン統治時代の碩学《せきがく》だ。

医師や学者でもあるが、もっとも有名なのは、フィリピン人の覚醒をうながす二作の小説だろう。結果、リサールは当局に目をつけられ、処刑されることになる。しかし処刑前夜、祖国への思いをつづった一編の詩を書き残し、それをランプに隠して妹に託した。

享年は三十五。

「最後の別れ」としていまも残る詩は、広く人の心を打ち、リサールの死は革命の大きなターニングポイントとなったという。俗ないいかたをするなら、言葉によって世界を変えた英雄だ。

像から少し歩いた先に、地下道への階段があったが、水没して入れないとの旨《むね》が書かれていた。確か、終戦間際に日本軍によって数百もの虜囚《りよしゆう》が殺害された場所だ。また、マルコス独裁政権時代、靴収集で有名なイメルダ・マルコス夫人が、夫が日本軍の財宝を掘り出したと証言している。

「しかし、どうしてここで待ちあわせたんだ？」

「間違えようがないし、入場料をとられるから人が少ない」

なるほどと小さく頷き、ナイマのあとをついていった。階段を登り、要塞の裏手に出ると一気に視界が開けた。太い川が、左右に広がっているのが一望できる。パッシグ川だ。川向かいの右手のほうには、林立するビル群や、いままさに建てられている途中のビルがある。けれど左に行くにつれ、剝き出しのコンクリートの古いアパートやトタン屋根の住居が目につきはじめる。左手の橋のたもとには、スラムのような一画があった。目を凝らすと、ピンクや水色の家々の上で、トタン屋根が錆びてひしゃげている。上と下。

そんな言葉をよぎらせてから、首を振った。安易な構図は、人の見る目を狂わせる。

「そろそろ来ると思うんだけど」

ナイマが時間を確認する。

気持ちを落ち着かせるべく、川を見下ろせる石垣に腰かけて待つことにした。風がないので、余計に暑い。マニラ湾はすぐそこなのに、不思議と潮《しお》の香りが漂ってこない。

そんなことを考えていたときだ。

「やあやあ！」

突然、明るい声が響いてきた。声の主に目を向け、わたしは肩を落とした。

立っていたのは、バラの花束を手にしたアントニーだった。

「わが恋人よ、ご機嫌麗《うるわ》しゅう！　それにしても水くさいじゃないか！　マニラへ来るんだったら、一言伝えてくれれば馬車で迎えに来たものを！」

「馬鹿いわないで」

ナイマが冷たく応じたところで、「どけ」とアントニーのうしろに青年が立った。

「ハサン！」

ナイマが名を呼んだので、あれが例の青年なのだろう。

日焼けした肌に、黒髪がよく似あっている。チノパンにワイシャツというラフな服装は、目立たないようマニラまで渡ってきたからだろうか。

その出で立ちからは、わたしとは違う命の濃さのようなものが匂い立っている。

「や、なんだねきみは！　突然出てきて……」

アントニーが抗議しかけたが、途中で気おくれしたらしい。最後のほうはもごもごと口のなかでつぶやくようになり、聞きとれなかった。

結局、矛先《ほこさき》はナイマに向けられた。

「ナイマ、いったい誰だ、この男は」

そういえば、わたしのときは「この男は誰だ」とアントニーから問われることもなかった。別にかまわないが、失礼してしまうではないか。

「聞こえなかったか」

ハサンが回りこんで、アントニーの横に立って強くにらみつける。

「どけ、と俺はいったんだがな」

アントニーがハサンを見あげ、ぐう、と喉から声を出した。なんと眼光一つで、あのアントニーを黙らせてしまった。

救いでも求めるように、再度、アントニーがナイマを向いた。

「いやはや、さすがはわがナイマだ！　こんな思いもよらない異文化交流をしていたとはね。さて、ぼくは用事を思い出したので行かねばならないが、どうかいい時間を過ごしたまえよ！」

懐の深さをアピールしたかったのか、いい回しが妙だ。そのまま、アントニーはそそくさと小走りに階段の下へ消えていく。

たった一言二言で、アントニーを追い払ってしまった。

それにしても意外なのは、精悍《せいかん》な顔つきをしながらも、ハサンの目が深く澄んでいることだ。対ＩＳ戦をくぐり抜けたと聞いていたせいで、もっと険のある目つきをわたしは勝手に想像していたのだ。

その目が、今度はこちらに向けられた。

「おまえは？」

「せっかくの再会に申し訳ない。ナイマのお祖父さんに頼まれてこの場にいる」

何か察するものがあったのか、ふん、とハサンが鼻を鳴らした。

「見張りってわけか。大事なお孫さんを、俺がかっさらっちまわないように」

「そんなところだ。理解が早くて助かる」

ハサンはわずかに目をすがめたのみで、もうわたしには応じずナイマを見た。

「マプアで学んだそうだな。元気にしてたか?」

「ええ」

ナイマは笑みを作ったが、やはり少し硬い。爪先《つまさき》がハサンに向けられていない。

「あなたも。生きてたんだね、よかった」

わずかに間があった。

ハサンが目頭を押さえて、聞こえるか聞こえないかの声で「まあ、なんとかな」とつぶやいた。何一つよくなんかない、とでもいうようだ。戦地からやってきた男だ。きっと、触れられたくないことも少なからずあるのだろう。

そしてまた、わたしは例の感覚に囚《とら》われはじめていた。

この二人は歴史を生き、歴史に翻弄《ほんろう》された。わたしだけが、歴史のなかを生きていない。腰かけている石垣の縁をぐっと摑むと、夜店ですり剝いた手のひらが痛んだ。

西欧人の若い男女が一組、手をつないで石段をあがってきた。わたしたちには目もくれず、川べりの白いベンチに二人で腰を下ろす。

空は晴れているが、川は水質が悪いのか一帯がブルーグレーだ。そこにクリーム色のビルが映りこみ、静かに揺らめいていた。

「あの」

ナイマが口を開いたときだ。遮るように、ハサンがナイマに一歩近づき、瞳を覗きこんだ。そのまま、五秒、十秒と過ぎていく。

「そうか」

ハサンが納得したようにつぶやき、一瞬だけ目を伏せた。

「時が経《た》ちすぎたな」

残念だ、とつづけたハサンの口調は、しかしさっぱりしたものだった。あるいは、この展開も予想していたのかもしれない。

沈黙が訪れ、ナイマが目をつむって半歩ほど身体をひいた。

「ごめんなさい。あの戦争で、わたしすっかり——」

「もういい」

それ以上聞きたくないのか、ハサンが言葉をかぶせた。

「こうして、ちゃんと説明しようと俺とも会ってくれた。それで充分だ」

このドライさは彼の性格なのか、それとも来《こ》しかたによるものなのか。

気持ちを切り替えるように、その彼が口の端を持ちあげた。

「そういや、よくお祖父さんの話を聞かされたな。お祖父さんは元気か？」

「そりゃもう」ナイマが笑って、「このあいだなんて家のペンキを塗ってる最中に——」

「あの、ちょっといいですか」

先ほどの観光客の片方が、スマートフォンを突き出しながら割って入ってきた。

「よければ、写真を撮ってほしいのですが」

あ、はい、とナイマが答え、川を背景にピースサインを作る二人の写真を撮った。相手は喜んで写真を確認してから、仏教国か何かとでも勘違いしたのか、ナイマに向けて合掌《がっしょう》した。つられたのか、ナイマもなぜか合掌を返す。それから、「ねえ」と改めてハサンに向き直った。

「マラウィではあなたたちの一家にも世話になったよね。鶏料理がおいしかった」

「ああ」

ハサンがちらと瞳を上に動かす。

「うちは、客人が来ると必ず鶏を一羽さばくからな」

「あの家は無事なの？　その、あなたのお父さんや——」

無意識に、二人から目をそむけた。

ナイマが「あなたの」をつけたことに、かすかに胃のあたりがつかえる。

「新聞で、爆破された街並みの写真があって……」

「家はなくなった」

端的にハサンが答えた。

「ただ、うちは幸い本家が北の漁村にあってね。避難民のキャンプには入らずに済んだ」

「誰も死んでないの？」

「……誰もだ」

ワンテンポ遅れたのは、家族は無事でも、それ以外の大勢が亡くなったからだろう。

「よかった」

ナイマがそう口にしてから、胸の奥で確かめるように、よかった、とくりかえした。

「それにしても、あのときのお祭り騒ぎったらなかったね」

「そうだったな」

まるで遠い昔の話でもするように、ハサンが応えて笑った。

「ハサンが嫁をつれてきたぞ、ってな」

「……ミンダナオ島にはすぐ戻るの？」

「決めてない。今日会ってどうなるか、わからなかったんでな」

ナイマが口元を押さえて黙考し、それから、ゆっくりと目をつむった。不思議と、わたしは彼女が次に何をいうのかわかった気がした。

やめろ、と口にしかけたのをわたしは呑みこむ。

小さくナイマが頷いた。次に彼女が目を開いたとき、空気が変わった。

「あのさ」

と、意志をこめた瞳とともに口が開かれる。

「すみません！」

ここにふたたび、あの二人組がにこにこ笑いながら割りこんできた。

「もう一枚お願いしていいですか！　ちょうど、向こうの橋が背景になるように」

あ、はい、とナイマが答え、二枚目の写真を撮った。そしてまた、二人組が合掌し、ナイマも合掌を返す。

「なんか調子狂うな」

ばつが悪そうに、彼女が首のうしろをかいた。

「それで、あの――」

「やめておけ」

ナイマが切り出すよりも前に、ハサンが遮った。彼もまた、ナイマが何をいうかわかったらしい。しかし、ナイマも一歩もひかずにつづける。

「異教徒のわたしを、あなたたちは温かく迎え入れてくれた。やっぱり、わたしもあなたのお父さんやお母さんに直接謝りに行きたいし、それが筋だと思う」

やはりそうだ。

ナイマはハサンの恋人として彼の家に招かれ、そして父母とも話している。なんらかの責任を感じているのだろう。だから、同じ船でミンダナオ島まで赴こうというのだ。

しかし、本当にそれでいいのだろうか？

無意識に、わたしもナイマと同じように口元を押さえていた。この際、危険な島であることは措《お》こう。それはそれでかまわない。とにかくナイマがハサンと同行する。わたしはどのみち異邦人に過ぎないので、この場でお役ご免。それが自然ななりゆきというものかもしれない。しかし、何か奥深くで本能がざわめく。

悩むわたしをよそに、

「だがなあ……」

とハサンが目をそらして川を見た。

ちょうど、一隻《いっせき》の貨物船がゆっくり横切りつつある。

「いや、ナイマのことだ。一度こうと決めたら曲げないよな」

「もちろん」

「いいだろう、フェリーのチケットを二枚とるぞ」

「わたしのぶんもいいか」

ほとんど反射的に、自分も挙手していた。

「これでも彼女のお祖父さんの代理だ。安全を見届けないと――」

「そこまでだ」

ハサンがわたしに手のひらを向け、断《た》ち切った。

目に、ナイマを見つめるときとは違う冷ややかな光が宿されている。言葉にされないまでも、その本心はわたしにも理解できた。

勘違いするな、だ。

「どういうところかわかってるのか？」

「わかってる」――つもりだ。

語尾が揺れ、最後まではいえなかった。

ハサンがわたしを止めるのは、お呼びでないからだけではない。危険だからだ。

それも異邦人であれば、特に。島には武装している共産主義勢力や、自治政府が樹立されたばかりとはいえ、イスラム過激派もいる。テロのニュースは新聞でも目にしたし、営利誘拐もまだある。島全域には戒厳令が布かれ、軍が民間人を逮捕する権限を持つ。

マラウィ付近は戦争の傷痕が深く、荒廃している。

外国人のわたしとしては、一番警戒すべきは営利誘拐だろうか。半年くらい前には、日本人夫妻が行方不明になったというニュースを目にした。

しかし、それこそはわたしの向かうべき先ではないのか。ただ一人歴史を生きていないわたしが、そして竹内浩三の影を追うわたしが。

しばらくのあいだ、ハサンがわたしの目を覗き見た。怯《ひる》まずに視線を返すと、やれやれとでもいうようにハサンが肩をすくめた。

「わかった、チケットは三枚だ。まったく、どいつも強情で困ったもんだな……」

汽笛《きてき》が鳴り、ハサンがまた川を見た。

ブルーグレーの水面《みなも》に、ビル群とトタン屋根が逆さに映り、ちらちらゆらめいていた。

照りつける太陽のもと、流線形を駆使した近代的なターミナルの前に出た。

思わぬ近代的な建築を前に、わたしは反射的に胸ポケットのノートを出し、建物をざっとスケッチしはじめた。港への道は治安が悪いから車で行けと宿でいわれただけに、こういっては失礼だが、ターミナルのこぎれいさが意外に思えたのだ。

便が少なく、ミンダナオ島へのチケットをとるのには、一日待たねばならなかった。

問題はナイマの車だった。マニラに置いていくと、一晩でホテルと同等の料金をとられてしまう。そこで彼女は運転手を雇い、車をあの山奥の村へ運んでもらったようだ。

港のターミナルの入口で、チケットの確認と荷物のX線検査があった。

海路を使うのは、ハサンが飛行機を使える身ではないためだろう。しかし当のハサンは飄々《ひょうひょう》と検査を抜け、わたしばかりが荷物を開けて検《あらた》められ、何者かとしつこく問いただされたので、外国人とはいえどうも釈然《しゃくぜん》としない。

やっと皆と合流できたときには、

「自然体でいるのが一番だ」

と微妙に悔しいアドバイスをハサンから受けた。

待合所はやたらと広く、吹き抜けの一階部に白い鉄製のベンチが並ぶ。

その半数ほどが、すでに船を待つ現地客で埋まっていた。壁際に、等間隔に赤い柱が立っているので目がちかちかするが、船の帆柱をイメージした意匠《いしょう》なのだろう。電光掲示板があったので、自分が乗る船を確認しておいた。

早めにチェックインしたため、しばらく、この場で時間をつぶすことになる。

いったん待合所の一角に陣どり、めいめい自由に動くことにした。とりあえずシートにつくと、隣でメールチェックしていたナイマが、ひょいと画面の文面をこちらに向けた。

「それでいい、だってさ。お祖父ちゃんからの伝言」

「ミンダナオへ行くと伝えたのか？」

「まさか。占いの結果だよ。でも、どこかへ移動しようとしてるのは把握してると思う」

「占いで？」

「そ。占いで」

当然のように返してくるナイマを見て、わたしは苦笑してしまった。

「やりにくいな」

「そうなの」とナイマも笑った。「全部筒抜けだから、ぐれることもできない」

「……飲みものか何か買ってくるけど」

ナイマが自分はいいと手を振ったので、わたしは軽く頷いて売店を覗きに行った。パンや菓子類を売る売店の並びに、焼売のチェーン店がある。

カウンターに、カトリック教徒とイスラム教徒が手をつなぐ絵とともに、「マラウィを助けて《SAVE MARAWI》」と書かれた募金の瓶がある。すでに、千ペソほどは貯まっているだろうか。

そのカウンターの前にハサンが腕を組んでつっ立っていたので、わたしは声をかけた。

「意外といっちゃ悪いが、ルソン島でもイスラムへの理解はあるんだな」

「そうか？」

わたしの素朴な感想を受けて、ハサンが微笑を浮かべてカウンターに身を乗り出した。

「サイドメニューでもなんでもいいんだが、ここにハラルフードはあるか？」

「え？」

瞬間、店主が営業スマイルを凍りつかせた。

「申し訳ありません、あいにく……」

「気にすんな、ただ訊いただけさ。この日本人に日本風焼売《ジャパニーズ・シオマイ》を一つ」

まもなく焼売が五つ載った紙皿を手渡された。

「これが現実だ」

どこか達観したように、ハサンが口のなかでつぶやく。

焼売をどうするか迷ったが、これ自体は彼の好意だろう。見ると、皮の内側に軍艦状に海苔《のり》が巻かれているのがわかる。これが日本風の由来だろうか。

一個、口に放りこんでみた。

ほどよい汁気の焼売だ。皮は薄めで、海苔が香ばしい。海苔を消化できるのは日本人か韓国人くらいだと前にウェブの記事で見たが、あれは嘘だったのだろうか。

すぐに全部がなくなった。

紙皿を店に返して、二十ペソ札を募金箱に入れようとしたときだ。同じように、二十ペソ札を摑んだもう一つの手とぶつかった。

「失礼」

自分の札を差し入れてから相手を見て、それから見覚えのあるスキンヘッドに、反射的に飛びのいてしまった。

前に夜道で襲撃してきた男女二人組の片割れ、アンドリューだ。

重たそうなスーツケースを足元に四つも並べているのは、お嬢様の衣服だろうか。

「おっと、待ってくれ」

努めて柔らかい声音《こわね》で、アンドリューが手を伸ばしてきた。

「もう、俺たちにあんたをどうこうする気はないんだ」

「だったら、どうしていまここにいる？」

「マニラまでは尾行した。街で見失ったんで、酒にも女にも興味のなさそうな日本人はいるかと宿を総当たりして聞きこんだ」

これを聞いて、ふうん、とハサンが興味深そうに頷く。

しかし、やっぱり追いかけてきていたのではないか。半身をひいたままでいると、

「そこまで！」

横から聞き覚えのある女性の声がした。ドレス姿の小柄な女性が、なぜかこちらに向けてピースサインを突き出している。

もう一方の手にあるのは、わたしたちと同じ便のチケットだ。

「あんたについていけば何かある！　あたしの嗅覚《きゆうかく》がそう告げてる！」

「ええと……」

「自己紹介が遅れたね。あたしはマリテ・マルティノン。トレジャーハンターだよ。で、こっちは手下のアンドリュー」

「共同事業者のアンドリューだ」

スキンヘッド頭が、うやうやしく英国紳士みたいに一礼をした。

「ちなみにお嬢さんがフランス人で、俺はベルギーから来た」

「危害は加えない！　とにかく、ついていくからよろしくね！」

ここまで様子を窺っていたハサンが、面倒そうに頭をかいた。

「なんだい、このご機嫌な二人組はよ」

「……マニラに来る前、どういうわけかつきまとわれたんだ」

面倒な説明を避け、とりあえずそう答えた。

「で、あんたたちは何等？　あたしたちは二人部屋をとったんだけど」

ノートと一緒にチケットを挿した胸ポケットを、マリテがつついてきた。

それにしても二人部屋とは。確か、料金表では飛行機の倍ほどの値段だったはずだ。

「一番安いやつだよ。スーパーバリュークラスっていったかな」

「だってさ。アンドリュー、聞いた？」

「ええ、まあ。ここにいますし」

「あたしたちもスーパーバリューにしよう。ちょっと手配してきて」

「エアコンもない大部屋ですよ」

「旅の道づれは多いほうがいい！」

勝手に道づれにされてしまった。

横目にハサンを窺ったが、渋面《じゅうめん》が返ってくるのみだ。

「そうだ、お嬢さん。スーツケースが重たいんで預けようと思うんですが」

「それは大事だから手荷物！　絶対なくさないでよ」

アンドリューの苦労を尻目に、売店でミネラルウォーターのボトルを買い、待合席の様子を窺った。歩き出すと当然のようにマリテがついてきて、さらにそのうしろからアンドリューと、鴨の親子みたいに一列になる。ナイマのところへ戻ったところで、四つのスーツケースを置いたアンドリューがふうと息をついた。

ナイマが読んでいた新聞を下ろし、視線でわたしに説明を求める。

それよりも前に、ナイマの向かいに席をとったマリテが、右手を差し出してきた。

「マリテ・マルティノン。トレジャーハンターだよ。こっちは手下のアンドリュー」

「共同事業者のアンドリューだ」

斜向《はすむ》かいの席から、不機嫌そうな訂正が入る。

ナイマが小首を傾げ、諦めたように新聞をたたんだ。

「あの晩の二人だね。バックミラーで見た」

「反応薄いなあ」

不満そうなマリテに向けて、ナイマがスマートフォンの画面を覗かせた。

「お祖父ちゃんの占いがまた来てね。〝旅行、道づれが多いほど吉〟っていうから」

マリテが眉をひそめながら、画面に向けて前屈みになって二度、三度と瞬きをした。

「東洋の神秘」

「まあ、そんなようなもの」

「ね。それじゃ、あたしのことも占ってよ！　ずばり、探しものが見つかるかどうか！」

「ううん……ごめんね、お祖父ちゃんのやつは、特定のことは占えないみたいなの」

「残念」

マリテが応え、それからも、やれ好きな映画は何かとか、おすすめの現地料理は何かとかを訊きはじめる。このコミュニケーション力は見習いたいと思ったが、ナイマの反応があいかわらず薄く、結局マリテも諦めてハンドバッグから本を出して読みはじめた。

文庫本だ。

表紙を見て、驚いてしまった。日本語だったからだ。それも、わたしも読んだことがあるルソン島の戦記だ。視線に気づいたマリテが、口角《こうかく》を片方持ちあげて歯を見せた。

「びっくりした？　目的のためならなんでも覚えるよ。日本語も、ピッキングもね」

「射撃も？」

わたしの皮肉を、マリテが肩をすくめて受け流した。

「それにしても、このハヤシ連隊長っての、とんでもないね」

林《はやし》連隊長。

大戦中のルソン島で指揮を執《と》った一人で、あの本には特に多く登場する。帝国陸軍への悪印象も影響しているかもしれないが、強きに媚《こ》びて弱きを挫《くじ》く、典型的かつ類型的な日本の軍人として描かれている。気に入らない部下に対して、「死に場所を与えてやる」と危険な斬込を命じるといった具合にだ。わたし自身、この男については読むたびにやり場のない憤《いきどお》りを覚えた。

そしてまた、皮肉なことがある。

竹内浩三の属する隊は、この林連隊下にいた可能性が高いことがわかっているのだ。

「部下を大切にしない上官は論外」

マリテがそういうので、ついアンドリューのスーツケースに目が行ってしまった。文句でもあるのかという顔をされたので、とりつくろうように、わたしは作り笑いを返した。


一目見て、悪くないなと思った。

上部デッキに屋根がしつらえられ、その下の空間に、二段ベッドが櫛《くし》の歯のようにところ狭しと並んでいる。暑く、側面が海に面しているが、潮風を感じられるところがいい。南下するので、西日があたるのは右舷《うげん》側だ。

だから、海に面した左舷側のベッドをとった。荷物を置いてから、両腕を組んで鉄柵によりかかった。陽光をたっぷり浴びた柵が熱い。

太陽が頭上のやや左寄りにあるので、埠頭《ふとう》の向きは南西だろうか。

空を仰ぎ、目をつむった。目蓋越しのオレンジ色の光を見るのもいつ以来だろう。光のなかを漂う硝子体《しょうしたい》のごみを見て、前よりも増えたな、と思う。

束の間の日光浴のあと、右隣のベッドにハサン、上にナイマが入り、それから「邪魔するよ」とアンドリューがやってきて、左隣にいた夫婦と交渉してベッドを交換した。スーツケースをどうするのかと思っていたら、上下のベッドに二つずつ分けて置くことにしたようだ。

下に入ったマリテは小柄だからいいが、アンドリューは足を伸ばせず窮屈《きゅうくつ》そうだ。

眼下の埠頭に鶏が二羽まぎれこみ、遊んでいるのか、細長いコンクリートの上をばさばさと駆け回っている。足元の鶏を無視して、上半身裸の男たちが荷物を積んでいくのが少しおかしい。首を伸ばして港を窺うと、ターミナルの向こうに積みあげられたコンテナの山が見えた。

汽笛が鳴り、船が動き出した。

「ついてるな」

と口にしたのは隣のハサンだ。

「このクラスは、運が悪いと船尾側だけが開けた、暑いばかりの大部屋になる。ミンダナオまでは三十時間以上。ゆっくり、景色を楽しんでおくといい」

いわれた通りに、わたしはベッドに腰かけ、ゆっくりと流れるルソンの島影を眺めた。ときおり上からがさがさと音がするので、ナイマは新聞を読んでいるのだろう。それからは、誰かが売店やトイレへ立つくらいで、無言の時間がつづいたまま日が傾いた。

夕食がわりの簡素な弁当が配られた。

「二人部屋だったら、洒落《しゃれ》たレストランで食事も愉《たの》しめたのに」

「何いってんの。このデッキ、最高じゃない！　ここにして本当によかった」

ぼやくアンドリューにマリテがそう応じたので、お嬢様はこのクラスで大満足らしい。

それを聞いて思うところがあったのか、ぽつりとナイマがつぶやくのが聞こえた。

「カサブランカ」

ため息が一つ、それにつづく。

「好きな映画、さっき訊かれたでしょ。だから、カサブランカ。おかしい？」

「〝友情のはじまり〟だ！」

マリテがぱっと声を弾ませて映画から引用し、それから奥の客にうるさいと叱《しか》られ、しょんぼりと顔を伏せた。いちいち、感情の起伏が面《おもて》に出るので面白い。

反省したのか、マリテが声のトーンを落とした。

「じゃあさ、ちょっとゲームやろうよ」

「ゲーム？」

ナイマが鸚鵡《おうむ》返しに訊ねたところで、「待ってね」とマリテが手荷物からミニタブレットをとり出した。しばらく画面上に指を這わせてから、

「これ、なんだ？」

と一枚の写真をこちらに向けてくる。湾曲した、灰色の棒状のものが映されていた。

ナイマが目をすがめて、

「なんだろう、お香《こう》立てとか？」

「残念。あ、アンドリューはだめだよ、答え知ってるんだから」

仲間外れにされたアンドリューが唇を尖らせ、上のベッドで背を向けた。

「ううん、それじゃインドの喫煙具とか」

「それも外れ」

ここでハサンが立ちあがり、わたしの前を横切った。柵に寄りかかって両肘《ひじ》を海に突き出す。その彼が答えた。

「ああ、わかった。骨だ」

「なんの？」

「たぶん、熊の生殖器。その化石じゃないか」

「すごい。あたり」

「偶然知ってただけだ」

ハサンが照れ隠しにちらと海を見て、それから頭上のナイマに向けて顎をしゃくった。

「マプアでは習わなかったようだな」

「わたし工学だもん」

ナイマの負け惜しみは、しかし親しげでもある。

かつては、こういうふうに話していたのだろう。

「じゃ、次の問題行くよ。これなんだ？」

太めの竹が四節《ふし》ほどの長さに切られ、その両端に糸がかけられている。色あいから、かなりの年代物ということだけはわかった。

「狩猟用の弓？」

わたしも挑戦してみたが、「残念」とマリテがにんまりと笑った。

無表情を崩さないまま、ハサンが画面に向けて目をすがめた。

「それじゃあ、やっぱり弓だ。ただし弦楽器を弾くための弓」

「それも外れ」

確かに、狩りに使うには竹がしならなそうだし、楽器を弾くには大きすぎる。

悩んでいると、上からナイマが画面を指してきた。

「ちょっと拡大できる？」

「お、いい着眼点だよ」

マリテが二本指で画面を広げるのを待ち、「うん」とナイマが納得したようにいった。

「何か文字が書いてあるね。それもだいぶ古い文字だ」

「わかっちゃった？」

「……音を出すまでは正解。ただし、使いかたは指で糸をはじく。用途は聖霊との交信」

「やるね」

とマリテがいったので、おお、と皆の歓声があがった。

「二人ともすごいな。それじゃ、これはわかる?」

「今度こそ喫煙具」

ハサンが即答する。

「素材は木と真鍮《しんちゅう》で、昔フィリピンで用いられていた。この国の者ならわかって当然だ」

「いいね、はりあいがある。じゃ、これなんだ?」

やっとわたしにもわかる代物《しろもの》が出てきた。すぐには答えずにいると、

「子供用の船の模型」

「各種スパイス入れ」

と次々に仮説が出た。マリテが首を振ってから、わたしに目を向ける。

「あんた、わかったみたいだね。答えてみてくれる?」

「昔の双六《すごろく》。小さい穴がたくさんあるのは、そこに小石を入れて駒にして遊ぶため」

「うん、正解」

この手のものは、好きで図鑑も持っていたのだ。一人無得点にならなくてよかった。

「みんな手強《てごわ》いね。もっと難しいやつは……。OK、これなんだと思う?」

タイル、皿、屋根瓦《がわら》、と立てつづけに回答がなされる。七回目でやっと、ハサンが「中国の硯《すずり》」と正解をいいあてた。マリテの「これなんだ」ゲームには、いつのまにか見知らぬおっちゃん数名も加わり、日が沈んで暗くなってからも小一時間ほどつづいた。

途中、暇なアンドリューがポテトチップスを食べはじめ、その音がデッキに響いた。

「ずるい、あたしも食べたい」

というマリテのために、アンドリューがベッドの上段から数枚のチップスを差し出し、マリテが口で直接受けとった。

なんだか動物に餌《えさ》を与えるみたいだ。

ナイマもそう思ったのか、くすりと表情を弛《ゆる》ませて笑った。

「ねえ、さっきの写真って何？　博物館のやつじゃないよね。マリテが持ってるの？」

「そうだよ、あたしの宝物！」

「もしかして、自分で発掘したりとか？」

一瞬の間が空き、「マリテ」とアンドリューが上から声をかけた。

「さっきの弁当、小さかっただろ。カフェに買い出しに行かないか、売り切れる前に」

「あ。それもそうだね」

ひょいとマリテがベッドから降り、それからアンドリューも梯子《はしご》を下りてくる。

「ごめん、荷物見ててくれるかな」

わたしが頷いたところで、二人が肩を並べて下部デッキへ向かっていった。

二人の関係性がいまだにわからないが、親しげに話しながら去っていく様子に、わたしは以前襲撃を受けたことも忘れ、微笑ましいものを感じはじめていた。

ハサンが背中が痛いとぼやき、柵から離れて大きく伸びをした。

気がつけばデッキは暗く、そこかしこのベッドでスマートフォンやタブレットを操作する光がちらちらと瞬《またた》いていた。遠くの島影の水際にも、ところどころ街の灯《ひ》が明るく固まっている。

あとは、黒い海と藍色の空が広がるばかりだ。

星が見えないのは、スモッグの影響なのか、それとも曇っているのか。

あたりは静まりつつあり、もう寝息を漏らしている客もいる。マリテたちは水やスナック類を買いこんできたようだ。二人はボトルや菓子袋を分けあい、ベッドに戻ったマリテは毛布をふわりとかぶって全身を覆った。

ややあって、マリテが身じろぎする音が聞こえてきた。

「なあ」

おそらく着替えているだろう彼女を見ないようにしつつ、声をかけてみた。

ベッドのあいだには一応仕切りがあるが、高さがなく、ほとんど素通しなのだ。

「結局、なんでわたしを襲ってまで竹内浩三を追うんだ？　竹内はルソン決戦においては一兵卒《いっぺいそつ》にすぎないし、詩人としては日本国内で知られているくらいだろう。なぜ竹内にこだわる？」

「あたしたちが追っているのは、別に竹内ってわけじゃない」

ひそひそと、マリテがわたしの問いに答えた。

「正確には、目的を追っているうちに、竹内の名にたどり着いた」

「どういうことか教えてくれるか」

「……竹内と同じ部隊にいた兵士の息子さんがいてね。その彼が、父の足どりや竹内とのかかわりをまとめて、二〇一五年になって出版した」

そんなものまで押さえているのかと驚き、呆気《あつけ》にとられていると、

「いったでしょ」

とマリテがつづけた。

「目的のためならなんでも覚える。日本語も、ピッキングもね」

「さっきも気になったんだが、ピッキングは必要なのか?」

「とにかくその本で、彼らの部隊が林支隊、のちの林連隊下にいただろうことがほぼ確定となった」

「支隊が途中で連隊になったのは、確か……」

「前任の連隊長がマラリアに罹って、戦地で林大佐が連隊長に任命されたから。ただ、このくだりがどうもわからないというか、はっきりいって胡散《うさん》くさいんだよね」

くるまった毛布からすぽりと顔を出し、マリテがまた歯を見せた。

笑うのは、情報を追う際のトレジャーハンターの本能だろうか。

わたしもわたしで、だんだんと思い出してきた。確かに、この林という男には謎があるのだ。わたし自身、戦記を読んでいて釈然としなかったのを憶えている。

特に、連隊長になった経緯だ。

記録や証言が一致せず、ある史料では一九四五年の三月十六日に連隊長となり、またある史料では、そのころ林は遠く離れた場所にいる。

連隊長が替わった日時も、場所も、そして林が選ばれた理由も明らかにされていない。

「なんだかよくわからない交代劇なんだよな」

「日本の〝防衛庁戦史〟でも不明瞭《ふめいりょう》なまま。とりあえず、いえることは一つ。そこには、何か事情があった」

おおよそ確かだといえそうなのは、林が連隊長の器《うつわ》でなかったらしいことだ。

本部の壕《ごう》を出ず、第一線の視察もしない。作戦立案の能力が低く、危険な斬込攻撃ばかりをやらせたがる。サンフェルナンド港での闘いでは、いの一番に敗走し、バギオへと南下した。

しかし壕にこもってばかりで、南へ逃げてきたその林が、連隊長に任命されるのだ。一般になされるはずの前任と後任の事務のひき継ぎも、なされた形跡がない。

「それよりも気になるのが、サンフェルナンドからバギオに敗走したそのときのこと」

パジャマ姿に変わったマリテが毛布から出てきた。

「山下奉文将軍と会ってるでしょ」

わたしは眉間を押さえ、虫食いだらけの記憶を探った。

そうだ、戦記にもこのことは書かれていた。しかも、その内容ときたら——。

「林は到着した旨を山下に報告して、司令部付を命じられたと伝える。で、山下が……」

「こういったんだよね。〝ご苦労、金鵄《きんし》に値《あたい》する〟って」

金鵄勲章、の意だ。

ベッドの仕切りを両手で摑み、マリテが身体を乗り出してきた。

「これ、絶対に変だよね？　キンシってのは、帝国軍人にとっては何よりも名誉だったんでしょ？　それなのに、ただ逃げてきただけの林が、それに値するとして労われた。それも、突撃して全滅することが名誉とされた時代にだよ」

「うん。金鵄は確かに重い。簡単に、リップサービスで口にできるものじゃない。そうかといって、後世になってから作られた逸話《いつわ》と考えるには……」

「整合性がなさすぎる」

「そう。だから、実際に将軍がそれをいった可能性はあると思う」

「そこで、あたしは考えを逆転させてみたってわけ。チェス盤をひっくり返す、ってやつ。逆に、この話に整合性をつけるならどういうことになる？」

さあ、と湿りがちに口を開いたわたしに、マリテが人差し指を立てた。

「そもそも、林が敗軍の隊長ではなかったとしたら？」

「え？」

「サンフェルナンドの闘いだけ見れば、確かに林は真っ先に敗走したし、人前にすら出てこなかった。でも、そのことに意味があったとしたら？　もっというなら、山下将軍じきじきの密命があり、林がそれを遂行《すいこう》し、その後もつづけていたのだと考えてみたらどう？」

やっと話が見えてきた。

日本軍が南洋でかき集め、フィリピンに隠したと噂《うわさ》される山下財宝《ヤマシタ・トレジャー》。マリテは、それと林大佐が関係していたのではないかといいたいのだ。

「……林に、財宝を隠す機会はあったか？」

「指揮系統もめちゃくちゃな雑軍の集まり。山中行。それに、林には空白の三日間がある。三月の十四日から十六日にかけて、一人かあるいはごく少数で動いてるんだよね。場所は、バギオから南へ十キロ余りの〝キャンプ４〟で、連隊長になったならないの時期もこのあたり」

「わかった。が、それが竹内とどうつながるんだ？」

「かたや、財宝隠匿《いんとく》の密命を受けた大佐がいたとする。そしてその部下には、まるで出征前から自らの死の予感、自分の命の薄さのようなものを予見していた詩人がいた」

胸がじくりと痛んだ。

そうだ、わたしが竹内に共感するのは、このあたりにも理由があったのだ。そんなわたしの気づきをよそに、マリテがつづけた。

「その詩人は、戦争を見て、それを書き残したいと願っていた。でも、ここにもまた、林の連隊長任命と同じように不自然さがある」

「どういうことだ？」

「死んだら書き残せない。骨は残るかもしれないけど、ジャングルではノートなんかあっという間にだめになる。死の予感と、書き残すという目的は両立しないってこと」

「でも……」

出征前であれば、誰しもそれくらいの矛盾は抱えるだろうとは思った。

が、マリテの指摘は少なくとも間違ってはいない。

「ただ、この問題を解決する方法がある」

もう一度、マリテが指を立てる。

「上官に財宝隠匿の密命があったとする。そして、死してなおノートを残したいと願った青年がいたとする。あなたがその青年だったら、どこにノートを隠そうと考える？」

問われ、わたしはゆっくりと無精髭を撫でた。

「……なるほどね」

「そう。財宝と一緒にノートを隠すのがいい。だから、こういうこと。竹内のノートを探すというのは、イコール、財宝を探すということになる。これが、あんたに目をつけた理由。あ、もちろん番組も観《み》たよ、須藤宏ディレクター」

「元ディレクターだ」

応えて、わたしは気持ち強めに頭をかいた。

「でも、どういうつもりだ？　いま、わたしたちはサンフェルナンドやバギオどころか、遠い南の島に向かおうとしている」

「それはもう伝えた」

マリテが胸をはった。

「あんたについていけば何かある。あたしの嗅覚がそう告げてる！」

上のベッドが軋《きし》む。

いつのまにかラフな恰好《かっこう》に着替えていたナイマが梯子を下りてきた。

「あんたたち、うるさい」

「あ。ごめん、声大きかったね」

謝るマリテに向けて、そうじゃない、とナイマが応える。その口調が妙に鋭く、外の海みたいに暗く響いたことが気にかかった。

わたしたちの前で、ナイマは鉄柵に寄りかかると腕を組んだ。

「ちょっとだけ昔話、いいかな」

マリテと目をあわせてから、二人で頷く。

「わたしは山奥の村の生まれでね。ちょうど、いま聞こえた山下将軍が降伏したあたり」

「イフガオ？」

マリテが問いかけ、ナイマが軽く顎を上下させた。

「いい子供時代だったよ。山々と、それからきれいな棚田があってね……。ずっと、この景色のなかで育っていくんだと思いこんでた。だけど、両親が早くに病気で死んじゃって。本当にあっという間のこと。急な高熱が出て、呪術師《ムンバギ》を呼んだけど助からなかった」

隣で、マリテがしょんぼりしたように顔を伏せた。この共感力の高さは、彼女の長所かもしれない。

船首側、右のほうにナイマが目を向けた。

「で、お祖父ちゃんにひきとられたってわけ。わたしたちは遺体を床下に納めて、それから、折に触れて骨を洗う洗骨儀礼をやった。いまどき、こんなことをやる家も少ないんだけどね。うちは、お祖父ちゃんが信心深かったから。で、何度かの洗骨ののち、代々の墓地に埋葬した」

「洗骨は台湾《たいわん》にもあると聞いた。つづいてるんだな」

つづいていると表現したのは、ふと世界地図が頭に浮かんだからだ。

地図上では沖縄から台湾、そしてフィリピンへと列島がつづく。地震や台風、火山噴火に悩まされるのもそうだ。

このフィリピンという島国は、遠いようですぐそばにある。

「台湾だけじゃない」

マリテが小声で補足した。

「沖縄や奄美《あまみ》にも洗骨はある。あんた、よその国のことは知ってても、自分の国についてはからきしだね。富士山《ふじさん》、登ったことないでしょ」

図星だ。顔が熱くなってくるのを感じた。反日ディレクターと誹《そし》られたこともよぎる。

「面目《めんぼく》ない」

「でも、確かにつづいている。そこはその通り」

「問題は、そのあと」

ナイマが語気を強め、話をひき戻した。

「ある晩、墓が荒らされてたの。それも、手あたり次第に掘り返したみたいな、ひどい荒らされようで。もう、どれが誰の骨かもわからないくらいだった。結局、わたしたちの祖先の骨はまとめて共同墓地に埋葬されることになった」

なぜ、と問おうとして口のなかが粘つくのを感じた。首を振り、唾《つば》を呑みくだした。

「どうして？」

「トレジャーハンター」

この一言で充分だった。

所在なげに、「だからか……」とマリテが語尾をしぼませた。

「最初、あたしに冷たくあたったのもそれで？」

「あなたたち外国人からすれば馬鹿みたいに思えるかもしれないけど、フィリピンには無数の山下財宝の地図がある。日本兵が死にぎわに描き残したとか、そんないわくつきのね。もちろん偽物《にせもの》。その地図が、一攫千金《いっかくせんきん》を目論《もくろ》む連中に売られるってわけ」

あのときも――。ナイマがつづけて、それから宙を仰いだ。

「荒らされた現場に地図が残ってた。いかにも古そうな紙に、わたしたちの村の地図が描かれてて、それからご丁寧《ていねい》に墓地のところにそれらしいバツ印がついてた。犯人はそれに騙されたフィリピン人。前後して、怪しい一団が宿に泊まってたことまではわかってる」

「でも、あたしはそんなことはしない！　ちゃんと調べて、許可をとって――」

「わかってる。あなたは違う。それはもうわかってる。でも、わかってるってのと、心が受け入れるのは違う」

しゅんとしたように、マリテが肩を落とした。

その姿から、ナイマがそっと目をそらした。

「……マルコス政権時代にわたしたちの土地が観光地化されてから、奪われてばっかり。開発が進んで、古い伝統は見世物になって」

ゆっくりと、ナイマがマリテに向けて目を細めた。

「そして、宝探しをする人間も多く入りこんでくるようになった。だからわたしは許せない。日本の財宝なんかに踊《おど》らされる同胞も、その原因を作った日本人も。そして、宝探しに目の色を変える連中も。だから、わたしは――」

船が海をかき分ける波音とともに、重い沈黙が覆った。

やがてナイマもマリテと同じように目を伏せ、「いいすぎた」とぽつりとつけ加えた。

「カフェで頭を冷やしてくるよ。いまいったことは忘れて」

しかし、とり残されたわたしたちも、何を話していいのかわからない。

マリテのベッドから、幾度も毛布をかけ直しては体勢を変える音がする。

「あたしは……」

低く、独言《どくげん》する声が聞こえてきた。

「それでも、あたしには宝しかないんだ。宝を追いつづけるしか……」

別の話に持っていきたい。声をかけるべきか逡巡してから、なあ、と口を開きかけたときだ。

「ねえ」

とマリテに先を越されてしまった。

「あんた、いい齢だけど独身なの？　まったくもてないって感じでもなさそうだけど」

「一人だよ」

少し考えてから、わたしは苦く笑った。

「悪い、ちょっと風にあたってくる。なんだか、眠れそうにないもんだからね」

ゆっくり立ちあがり、船尾方向に向けて歩いた。途中で屋根が途切れ、新鮮な潮の気配がふわりと身体を包んだ。船首側にもオープンデッキはあるが、この船の場合は階層が異なり、金持ちのための場所となっている。

四人の先客がいた。

一人は、隠れて煙草を喫っているところだ。残る三人は、何をするでもなく突っ立っている。わたしが柵に寄りかかったところで、一人が自分のベッドへと戻っていった。煙草を喫い終えた男が、燃えさしを指先で海にはじいて帰っていく。まもなく、わたしだけが残された。

水平線上に、いくつもの光が灯っているのは漁船だろうか。

――あなたは過去ばっかり。

ひときわ強い潮風が、右頰《ほお》を粘つかせた。幻聴はなおもつづく。

――なんで見てくれないの。こっちを見て、いまいるわたしを愛してよ。

あれは、結婚四年目だったろうか。

子供のできない夫婦だった。検査の結果は、わたしの側に原因があるというもの。不妊治療は一度だけうまくいき、着床まで進んだが、それも流産してしまった。わたしが仕事から手を離せず、ケアに手が回らなかったからだと、わたしも妻もそう考えた。

もちろん本当のところはわからない。不運はどこにでも転がっている。

しかし、世界にたった二人しかいない、その二人ともが同じ結論に至った。ならばそれは、事実とそう変わるものではない。

そのころだ。妻は、わたしの視線の先が過去ばかりにあると見抜いた。お互いうまくやろうとしたが、結局は離縁した。そしてわたしは、あいもかわらず過去の大戦を追いかけている。

悪かった、と思う。

仕方がなかったような気もする。何が正解だったのかは、いまもわからない。

口元が寂しく、ずっと昔にやめた煙草がほしくなってきた。いつのまに来たのか、柵の右隣にハサンが寄りかかって、大きく腕を組んだ。

「離婚したのか？」

「……十年も昔のことだ。どうしてわかった？」

「なんとなくな」

ハサンが応えて空を見た。

わたしは下に手を伸ばし、噴きあがってくる水滴を一つ捕らえた。

「そのタケウチってやつが、あんたの尊敬する男なのか」

唐突に問われ、そうだとも違うとも答えられなかった。

尊敬、とは少し違うかもしれない。あえていうなら、共感だろうか。しかし平時に育ったわたしに共感する資格があるのか。

第一、タガログ語でそれをなんというのかがわからない。

目の前の柵を、ハサンがぐっと両腕で押さえつけた。

「盗み聞きするつもりはなかった。あのフランス娘がうるさかったもんだからな」

「竹内ってのはな……」

たどたどしく、わたしは浩三の来歴について語りはじめた。

少年時代は好んで漫画を描いていたこと。映画が好きで、高校のころには、偏光レンズを使ったいまの3D映画の仕組みを理解していたこと。そして映像を志し、姉の力を借りて上京したものの、戦況の悪化を受け、くりあげ卒業で戦地へ送られたこと。

このわずかな期間に、いまも残る詩を書いたこと。

ルソン島で戦死したといわれるが、送られてきた骨壺《こつつぼ》には石ころが一つあったのみ。

金遣《づか》いが荒く、無心の手紙ばかり書くのに、その手紙がどうも憎めない。ほかにも、わたしの印象に残った細かいエピソードをいくつか並べた。もちろん、ノートの話もした。

「ふむ」

小さくハサンが鼻を鳴らした。

「どことなくホセ・リサールにも似てるな」

そうだろうか、と反射的に疑問に思う。

フィリピンの英雄リサールは早くから才覚を発揮し、留学先のヨーロッパで業績を残した。明確に、フィリピンの独立をもたらそうと意欲的に活動していたのではなかったか。最後にはスペイン当局に殺されたとはいえ、その死は革命の起爆剤の一つとなった。

それと比《くら》べれば、浩三は断然消極的だ。ルソン島のジャングルで、世界を変えるどころか、それこそひょんと消えてしまった。リサールとは、だいぶ印象が違うように思える。

「そうでもないぜ」

疑問が顔に出ていたのか、ハサンがそういってこちらを見た。

「そりゃ、一見すると二人は全然違う。リサールの死は、自らをキリストになぞらえ、処刑時の倒れかたまで計算しつくされたものだった。竹内とやらは、骨すら残らなかったんだったな。生前はどうか？　リサールはフィリピン最高の知性とまでいわれたが、竹内は何者でもなかった。……いや、すまん、俺はなんでもリサールに結びつけて考えてしまうもんでな」

「かまわない、つづけてくれ」

「でも、別の側面を見てみるぞ。死地は、どちらもがルソン島だ。どちらもが、若くして命を散らした。どうあれ、祖国に命を捧げたのも同じ。リサールも、幼少から詩を書いていた。留学費用を工面《くめん》してくれたのは兄。二人とも、きょうだいに助けられてるのさ」

「ほかには？」

「金遣いが荒くて、気がつけば金が残りわずかという場面も多々あった。それから、あったかもしれない続編だ。竹内は三冊目のノート。リサールは、三冊目の小説。最後に、遺作。リサールは死にぎわの遺作の詩をランプに隠して妹に託した。竹内は本をくり貫いて姉に託した」

　そうかもしれない。

だが、有事の人間の生きかたに共通点が生まれるのも、自然なことではないだろうか。

「……よければ、リサールの最後の詩を教えてくれないか」

「もちろん。スペイン語で十四節もあるから、俺が好きな箇所を英訳して抜き出すぞ」

目の前の暗い海に向けて、ハサンが背筋をすっと伸ばした。

いつかわたしの墓が忘れ去られ、
その跡を示す十字架や石が消え去れば、
ひとにその土を耕《たが》やさせ、鍬《くわ》でならし、
また、わたしの遺骸《いがい》は、消えないうちに、

その粉を敷きつめて、君の絨毯《じゅうたん》にしてくれ。
そうしてくれたら、忘れ去られてもかまわない。
わたしは君の大気、君の空間、君の谷間谷間にただよう。
わたしは、君の耳にひびきわたる清らかな調べ。
かおり、ひかり、いろ、そよめき、さえずり、うなり、こそ、
わたしの胸中《むなうち》の鳴りやまぬ響き。

わたしが熱愛した祖国よ、わたしの悩みのなかの悩みよ、
愛するフィリピンよ、聞け、最後の声を！
もはや、みなともお別れだ、ちちはは、いとしき人たちよ。
わたしは往《ゆ》くのだ、奴隷《どれい》のいない、冷血漢《れいけつかん》のいない、圧制者のいないところへ、
まことが踏みにじられないところへ、神が治者《ちしゃ》であるところへ。

ハサンがそらんじた詩を、二度、三度と胸のうちで反芻するうちに、だんだんと詩の意味が沁みてきた。彼が入れこむのもわかる気がする。わたしが浩三に出会ったように、彼もまた、人生のどこかの局面でこの詩に出会っただろうことが感じられた。

ただ、わたしは知らず知らずに眉をひそめていた。奇妙にも思えたからだ。

「この詩に出てくる、神というのは……」

「カトリックだ」

澄んだ瞳のまま、ハサンが即答する。

だからどうしたといわんばかりだ。わたしはやや気おくれしながら、質問を継いだ。

「それに、もしかしたら……きみはミンダナオ島の分離独立を願ってきたんじゃないか」

もしそうなら、ハサンのうちにはなんらかの分裂があることになる。

リサールが願ったのは、フィリピン人の覚醒と全土の独立だからだ。そして実際、ハサンはこんなこともいっていた。

――素材は木と真鍮で、昔フィリピンで用いられていた。

――この国の者ならわかって当然だ。

ハサンという男の帰属意識は、最初に受けた印象より、もう少し大きいところにあるのではないか？

「そこが苦しいところでね」

ハサンがこちらを一瞥し、口角を少しだけ歪めた。

「小さいころ、大切にしてたリサールの本を親父に焼かれたよ。でも、リサールが闘ったのは、フィリピン人としてスペインの圧政に対してだ。ムスリムが闘うのも、大多数を占めるカトリックに対して。構造は似てるんだ。親はわかってくれなかったが、あんたならわかるだろ」

わかる、と軽々しくはいえなかった。第一、宗教からして異なっているのだ。この男は、自分の思想にどう折りあいをつけているのだろう。

眼前の夜の海を見た。巨大な黒い旗が、風を受けてはためいているようでもある。

「複雑だな」

無難な感想が口を衝いて出てから、その無難さに自己嫌悪にかられた。それから首を振って、気持ちを切り替える。

いまこの場で、確認しておいたほうがいいことがあるはずだ。

「……それはそうと、あんた、イスラムの武装勢力なんだろ」

周囲に人がいないことを確認してから、低く訊《たず》ねた。

わずかな間があったので、それを肯定と捉《とら》える。

「リサールの行動原理と、イスラムの原理主義。両立が難しいことはわたしにもわかる。あんたもあんたで大変そうだな」

「なぜわかった？」

「マラウィではＩＳの掃討《そうとう》に手を貸していたんだろ。なんとなく、そういう匂いがする」

直感だが、おそらくそうだろう。

対ＩＳ戦において、既存のイスラム勢力が政府側に協力したことは、現地では有名なことだ。そしてハサンがただ巻きこまれただけの市民ではないことは、物腰や佇《たたず》まいから察せられる。

ただ、残念ながらわたしには到底わからない点もある。

「信仰のために闘うというのは、どのような気持ちなんだ？」

日本人が最後に信仰を楯《たて》に闘ったのはいつか。もしかすると、島原《しまばら》の乱とかだろうか。

「考えたこともない」

海を見ながらハサンが即答した。

「俺が俺であろうとした。そうしたら闘っていた。それだけだ」

それからハサンが語気を強めて、

「……そこまでわかってて、なぜついてきた」

探るような、冷たい声だ。

手に汗が滲むのを感じながら、わたしは答えた。

「あんたが住むその場所は、竹内が見た景色に通じる」

「なるほどな」

「そして、わたしに使命があるなら生還できる。そうでなければ、そこまで。それだけだよ。だから、心に従うことにした。あれさ、神の御心《インシャラー》のままにってやつ」

最後の軽口がまずかった。

ハサンはわずかに目をすがめると、

「異教徒が神を語るな」

と短く吐き捨てた。

それからぐるりと体勢を変えて、背中で柵に寄りかかる。ハサンは聞こえるか聞こえないかの声で、ぶつぶつと独語していた。

「俺が……」

「え？」

「俺だけが生かされた。生き残らされた」

仲間たちが死んだ、ということか。それ以上の含意《がんい》もありそうだが、わからない。ハサンはそれ以上は語らなかったし、わたしも訊ねなかった。

「それなのにおまえはどうだ？　衣食住足りた場所から来ていながら、破滅を望んでいるように見える」

「それは」――そうかもしれない。

局や視聴者の顔色を見るのをやめ、部屋もひき払い、すべてを捨ててここまで来た。それ自体もまた、破滅的な欲求といえばそうだ。

「少なくとも俺には理解できないし、好感は持てないさ」

「わたしにリサールほどの切実さはないかもしれない。でも——」

「おまえをどうするかは俺が決める」

ぴしゃりとハサンが遮り、それからゆっくりと柵を離れた。

元反日ディレクター。自己責任。そんな、誰のものともわからぬ言葉が浮かんでは消えた。しかし、皮肉だ。いま目の前の相手に教えられたように、確かに、わたしは心のどこかで死を希求している。それはたぶん、浩三に近づきたいと願っているからではないか。

ざん、とひときわ大きな波の音がした。

第四章　漁村の一族

日の出前に揺り起こされた。

反射的に、ぱっと目を開けてベッドの上で起きあがる。

会社員時代であれば、心臓が身体についてこられず、動悸《どうき》に悩まされたかもしれない。しかしフィリピンへ来てからは、眠っているあいだも集中力のようなものが途切れず、少しの刺激で目が覚める。それでいて寝覚めがいいのは不思議だ。

起こしてくれたのはハサンだ。

こちらが起きあがったのを見て、海の向こうに見えている港に向けて顎をしゃくる。

船が遅れたらしく、到着はマニラから数えて三十七時間。

一行が微妙な雰囲気になってしまってからも、さらに丸一日が経ち、昨日は皆が皆、どことなくぎこちなかった。だから、早く船を下りてしまいたいというのが本心だ。

着港してから、だいぶ船内で待たされた。

空はまだ暗いが、近づく暁光《ぎようこう》を受けて雲が黄やオレンジに輝いている。埠頭には、例によって鶏が二羽歩き回っていた。

ぼんやりと眺めていると、そのうち鶏同士の喧嘩《けんか》になった。

「黒いほうに二十ペソ」

いつのまにかドレス姿に着替えていたマリテが宣言したので、わたしも「赤いほうに二十」とそれに乗った。ところが、あっさり二羽とも闘うのをやめ、暁《あかつき》を告げる鳴き声をあげはじめたので、にわか闘鶏《サボン》は不成立のまま終わった。

やっと、船を下りてよいとのアナウンスが流れる。

アンドリューがやれやれというように四つのスーツケースを持ちあげ、皆で下船の列に並んだ。列がなかなか進まずじりじりとしたが、五分ほど並んで、やっと港に出ることができた。

ずっと船に乗っていたので、陸《おか》がゆっくりと呼吸するように上下する。

乗客用のターミナルには、イリガン港と書かれていた。マニラのターミナルと比べると、だいぶこぢんまりとした印象だ。ターミナルのなかも見てみたいと思ったが、下船時はただだっぴろい港を各自が歩いて横切り、金属探知機のゲートをくぐってそのまま外に出る仕組みのようだ。

ゲートの傍らで、軍人が一人あくびを嚙み殺している。

わたしはゲートで荷物を検められ、穴が空くほどにパスポートを見つめられた。一方で、本来止められるべきはずのハサンはＩＤの提示すら求められず、飄々とゲートを抜けていく。

ぱらぱらと小雨が降りはじめた。

ずっと潮風を浴びてきた身体を洗い流してくれるようで、しばし、わたしはつっ立って天を仰ぎ、顔で雨を受けた。それから、小走りに皆と合流する。ハサンもわたしと同じように上を向いていたが、わたしを見るなり、

「何事も自然体が一番だ」

とまた耳の痛いことをいってきた。

英語版のガイドブックによると、イリガンは風光明媚《ふうこうめいび》なたくさんの滝で知られると同時に、セメント工場や加工食品業などの一大工業地帯であるようだ。滝の水力発電によって、工業が発展したということらしい。ただハサンが話すところでは、島にＩＳが台頭《たいとう》してからは観光客も途絶《とだ》え、荒廃しつつあるそうだ。

日本語のガイド本は捨てた。フィリピンで二番目に大きいミンダナオ島がほとんど扱われていないのはいいとして、そのくせ「ちょっとひと息コラム」「マニラのナイトライフ」などと称し、出会い系カフェの類いが丸一ページ紹介されていたので、嫌になって宿のごみ箱に放りこんでしまった。

「おお、ハサン！　こっちだこっち！」

道路を挟んだ向こう、白いミニバンの前で手を振る男がいる。

船中でハサンが家族にメールを打ち、迎えの車を求めたのだ。皆で、小雨のなかを小走りにミニバンを目指した。車にはマリテやアンドリューのための席もあるという。ハサンがこの二人を迎え入れるのが不思議だったが、

「危なっかしいから目に留《と》まる場所にいてもらう」

とのことで、口調に棘《とげ》はあるものの、もしかしたら親切な男であるのかもしれない。

「ようし、来たかみんな！　俺の名はムラード。よろしくな！」

車の前の男が、陽気に英語で叫ぶ。

「さあ、乗った乗った！　しかし、ハサンにこんなに友達がいたなんてなあ！」

「やめてくれ」

ハサンが助手席に乗りこみ、シートベルトをしめる。まもなく四つのスーツケースもうしろに積みこまれ、二列目にわたしとナイマ、三列目にマリテとアンドリューがついた。

目指すは、ハサン一族が住むという漁村だ。

場所がわからないので、わたしは地図を思い浮かべながら、昇り来る太陽を確認した。沿岸を北に向かっている。途中、大きなセメント工場があるのを見た。軍の検問があったのでひやりとしたが、大型バスの対応に追われ、乗用車は素通しのようだ。

うしろから、マリテとアンドリューの寝息が聞こえてくる。

ナイマが起きたまま物憂《ものう》げに外を眺めていたので、念のため小声で訊ねてみた。

「大丈夫か？」

「なんとかなるよ《バハラナ》」

例の、意志の強そうな眼差《まなざ》しが返ってくる。

そのまま、北に二十キロほど進んだろうか。さらに進めば、戒厳令下のリゾート地、カガヤン・デ・オロだが、そのあたりで車が左折してジャングルの小径に入った。未舗装の道で、二度、三度と尾骶骨《びていこつ》を座席に打ちつけた。椰子が茂るなか、ぽつぽつと、竹を編んで作られた高床式《たかゆか》の小屋《バハイ》があるのが目に入る。

海が見えてきた。

「ここだ」

ムラードが大きな門扉《もんぴ》の前で減速し、開け放たれている扉をくぐった。

トタン屋根の質素な家屋を勝手に想像していたわたしは、その豪奢《ごうしゃ》さに驚かされた。門を抜けた先の庭には噴水や四阿《あずまや》があり、奥のほうには、スペイン風の大きな木造家屋がそびえていたからだ。それをとり囲むように、例の竹の小屋がいくつか建てられている。

車を降りて、手のひらを天に向けた。雨はもうやんでいた。

「……漁業成金だ」

あとから降りてきたハサンが、ばつが悪そうに耳のうしろをかいた。

「昔、本土のカトリック連中がやってきてムスリムから土地を奪い、漁民も大規模漁業によって職を失った。が、祖父さんは字が読めたんでな。土地を騙しとられることもなく、逆に、貯めていた財産を魚群探知機に換えて時代に適応したらしい」

「驚いた」と、このことはナイマも知らなかったようだ。

「祖父母が金持ちだってだけだ。親父とおふくろは、国内で唯一〝イスラム〟と名のつくマラウィ・イスラム市にあこがれて、マラウィで細々と織物業をやる道を選んだ。でも、その工場も対IS戦で焼けちまって、それでここに戻った」

眼前のスペイン風の建築に目をやった。

いくら漁業で成功したとはいえ、フィリピンのイスラム教徒はマイノリティだ。それが、かつての圧制者であったスペイン人風の家を建ててしまうことには、苦い倒錯が感じられる。

ハサンもこれには思うところがあるのか、わたしを一瞥すると、

「見栄《みえ》っぱりな一族なのさ」

と小さく肩をすくめてみせた。

うしろでは、アンドリューがやっと四つ目のスーツケースを降ろしたところだった。運転席を降りたムラードがそれを確認して、うむ、とつぶやいてバックドアを下げた。

「すまんが、客人たちは竹の小屋で寝泊まりしてもらいたいんだ。あいにく、ハサンの両

親が帰ってきたところなんでな……」

母屋《おもや》の部屋に空きがない、ということらしい。

「この小屋は、昔、使用人が使っていたものだから心苦しいんだが……」

「全然！」

マリテが両手をあわせ、それを頬に添える。

「このきれいな網目の小屋、一度泊まってみたかったんだ。風も通るしいいじゃない」

「俺はエアコンが好きなんだがなあ」

ぶつぶつとつぶやきながら、小屋の一つにアンドリューがスーツケースを運びこみはじめる。三つまで運んだところで、その彼がこちらを向いた。

「こっちの小屋がお嬢さんがた二人。俺とあんたで向かいの小屋ってとこか？」

「いいんじゃないか」

外の小屋が安心なのは確かなのだ。戒厳令下の島のこと、ハサンもいまのところ友好的ではあるが、完全な味方ともいえない。万一の際には、母屋よりもこの小屋のほうが逃げ出しやすい。

そこまで考えたあたりで、車をロックしたムラードが母屋に向けて叫んだ。

「おおい、ハサンが嫁をつれてきたぞ！」

ナイマが止める間もなく、ムラードがだみ声をはりあげる。

「しかも驚け、二人だ！　皆、出てこいよ！」

「すぐ行く！」

母屋から女性の英語が返った。

「くれぐれも失礼のないようにね、あんた、ただでさえ粗忽《そこつ》なんだから！」

噴水の周辺にいたナイマとマリテが、目を見あわせている。マリテが自分を指さし、首を傾げた。

「あの」

「いや」

ナイマとマリテが同時に口を開いたところで、恰幅《かっぷく》のいい女性が母屋から飛び出てきた。ナイマを目にして「あら！」と声をはりあげる。

「ナイマちゃん、こんなに大きくなって！」

「ええ……」ぎこちなく、ナイマが作り笑いを返した。

「わたしのこと、憶えてる？　無理かな、これだけ時間が過ぎちゃったら……」

「憶えてるよ、キャサリンさん。鶏料理がおいしかった」

「あらやだ！」

キャサリンが笑ってハサンの背を二度叩いた。

「ちゃんと憶えててくれるなんてねえ、やっぱりハサンの目は確かだったよ！」

「母さん、それなんだけど」

「待ってな、お父さんや祖父ちゃん祖母《ばあ》ちゃんも呼んでくるから。あ、ムラード兄さん、庭に椅子とテーブルを出しといてくれる？　みんな、長旅で疲れてるでしょ。朝ごはん、作って待ってたんだから！　兄さん、テーブルのほう頼んだからね」

割りこむ間もなくキャサリンがまくしたて、そのままサンダルの音をぱたぱたと響かせながら母屋へ戻っていく。その姿が見えなくなったところで、ナイマがハサンに訊ねた。

「なんて伝えたの？」

「これから帰る、ナイマも話があるから同行したいらしいと。すまん、迂闊《うかつ》だった」

ハサンが答えたところで、今度は杖《つえ》をついた老人が母屋から出てくる。

「いや、これはまた大所帯だな！　遠路はるばる、ようこそ来てくれた」

どことなく貫禄《かんろく》が感じられる。あれが、一代で財を築いたという祖父だろうか。

「ムラードよ、来る道で粗相《そそう》はなかっただろうな」

またそんなことをいわれているので、なんだかムラードが気の毒になってくる。

さらに、壮年の男性がやってきて祖父と並び、一緒になってナイマを見つめた。

「やあ、ナイマちゃん……」

おそらくハサンの父だろう。ただ、語尾に何かいいたげな、完全には歓迎していない綾《あや》めいたものがあり、それが少し気にかかった。

いや、そうではない。

拒絶だ。異教徒を迎え入れること自体、この父親は望んでいないのだ。直感だが、この直感はたぶん正しい。しかし考える暇《いとま》もなく、次の声が飛んでくる。

「はい、どいたどいた！」

大皿を四枚持ったキャサリンが出てきて、庭の隅にあったテーブルをムラードが慌てて真んなかにひっぱってくる。アンドリューが協力して、椅子を重ねて運んできた。

「はい、男どもも手伝って！」

号令のもと、頼みのハサンも配膳に駆り出されてしまった。この騒ぎで目を覚ましたのか、母屋の向こうから鶏の鳴く声と犬の吼え声が響き、やがてかけあいがはじまった。

ナイマが困った顔をしているのに対して、マリテは憤然とした様子だ。

「ええと、あたしは第二夫人？　すごく釈然としないというか、腹立たしいんだけど」

「まったくだ。俺というものがありながら」

「いや、アンドリューは関係ない」

あいかわらず、二人の関係がよくわからない。

また、ぱたぱたとサンダルの音が聞こえてきた。母のキャサリンが盆にポットを一つと、たくさんのカップを載せている。手早くカップが並べられ、コーヒーが注《つ》がれた。

「ちゃんと豆を挽《ひ》いたコーヒーだよ。本土のコーヒー、まずかったでしょう？」

「あの」

ナイマの声は耳に入らなかったようで、キャサリンはまた母屋に戻ってしまう。

たちまち、庭に即席の宴《うたげ》のセットができあがった。まずハサンの右隣、花嫁席にナイマ。左隣に第二夫人のマリテ。わたしはナイマのさらに右、アンドリューがマリテの左に配置された。

向かいあう形で、ハサンの一族が席につく。

皿に盛りつけられているのは、きれいに炊《た》かれたインディカ米の山、魚の煮物、そしてアスパラガスの炒めものだ。宿の朝食の定番といえば米にコンビーフやソーセージをあわせたセットなので、野菜の存在がありがたく、嬉《うれ》しい。

わたしやアンドリューが何者だと思われているのか気がかりだったが、ハサンが適当に「同行者」とわたしたちを紹介し、それから一族が自己紹介する番になった。

「サラマトだ。ここの当主で、ハサンの祖父にあたる」

「祖母のイナ。ハサンのおむつの交換は幾度となく――」

「ちょっと祖母ちゃん」

「俺が伯父のムラード。かつては神童とあがめられ、いまは、そのなんだ、自宅の警備というか……」

「ハサンの父、アフマドだ。遠いところをご苦労だった」

「キャサリン、ハサンの母親。もう夢みたい、こんな日を迎えることができるなんて」

「それなんだが――」

ハサンが口を開きかけたところを、祖父が手で制した。

「さて、一族恒例の遊戯《ゆうぎ》だ。まずきみから」

突然に指をさされ、わけがわからずにおろおろしていると、祖父が面白そうに笑った。

「さて、お祖母ちゃんの名前はなんでしょう？」

そうきたかと思いながら、わたしは眉間を親指で押した。

「……イネ？」

「惜しい、だがなかなかやるな」

祖父が笑い、次にアンドリューを指名した。

「では、わたしの名はわかるか？」

「サラマト。タガログ語の〝ありがとう《サラーマ》〟と似ているのが面白いな。でも由来はアラビア語、〝安全〟を意味するムスリムネームだ」

名前あてはここで終わり、ささやかな朝の宴がはじまったので、なんだかわたし一人が馬鹿みたいになってしまった。やがて、ハサンがいかにいい子であったかを祖母や母がかわるがわる語り、そのたび、決まって伯父のムラードがひきあいに出された。

いわく、ムラードは子供のころは成績優秀であったのが、なんとかと天才は紙一重《かみひとえ》とい

うやつで、ある日部屋にこもって丸一週間も流体力学の勉強をしたかと思えば、

「最適な砂金のとりかたがわかったぞ！」

と装備一式を携えて山に砂金とりに向かい、そして共産主義者の山岳ゲリラに身ぐるみ剝がれて帰ってきたとか。当人には申し訳ないが、この伯父の逸話がいちいち飽《あ》きない。

ほかには、街で銀行員をやっている幼馴染《おさなな じ》みにそそのかされて、

「これからは仮想通貨の時代だ！」

と一族に伝わる金貨を勝手に売り払ってサーバー一式を組みあげ、ところがミンダナオ島の暑い気候にやられてコンピューターが煙をあげ、母屋の一角でボヤを出した上に、せっかくのサーバーも壊れてしまったとか。

金貨を売り払った件は、いまだに祖父母も根に持っているようだ。

そんなことをくりかえしているうちに、ムラードは一族の財をつぶす面汚《つらよご》し、欲にかられた粗忽者だという評価が定着し、街に出ても「よう、粗忽者のムラード」などとからかわれるものだから、次第に外出も減り、もっぱら自宅を警備しているのだとか。

「それって、要は無職？」

との無慈悲なマリテの質問には、

「俺だってこの家の未来を考えて……」

と目に涙をためて訴えるので、なんだかムラードという伯父にまた同情してしまった。

もっとも、いまは例によって部屋にひきこもり、ＸＭＰＰ技術とやらを駆使して、政府にも盗聴されない暗号化されたスマートフォンの情報網を開発しているとのことで、あまり反省の色が見られない。祖父は祖父で、「そんなことより漁に出ろ」と手厳《てきび》しい。

「そんなことはない！　これは本当に次世代の通信システムなんだ！」

ムラードが叫んだところで、皆の皿もきれいにたいらげられ、誰も彼に耳を貸さないままお開きとなった。

「金にもなるし、世界のためにもなるんだ。監視にさらされた中国人とか……」

「はいはい」

流しにかかったのは、母のキャサリンだ。

「世界より自分のことを考えなさい。それよりナイマちゃん、マリテちゃん、あとで向こうの小屋に来てくれない？　二人に似あいそうな衣裳がいっぱいあるの！」

婚礼衣裳、ということだろうか。

どうなるかと思っていると、ナイマとマリテが互いに目を見あわせ、

「ええ」

「はい」

と力なく答えた。

テーブルが片づけられ、ナイマとマリテはそのままキャサリンにつれていかれてしまっ

た。残されたわたしたちはやることがない。アンドリューは早々に竹の小屋にこもり、横になってペーパーバックの本を読みはじめた。

潮騒《しおさい》が聞こえてきたので、わたしは祖父のサラマトに出歩いてもよいかと訊ねた。先ほど一瞬だけ目にした海辺に、出てみたいと思ったのだ。

大きな門を抜けて二、三分歩くと、もう浜に出た。

ごみの少ない、きれいな浜だ。居心地のよさそうな岩場があったので、坐って大きく深呼吸をした。肺に海が満ちるような、浜の空気が心地いい。

岩場の陰を覗くと、棒状のものが厚く富士壺《ふじつぼ》に覆われていた。

その傍らで、二匹の蟹《かに》が鋏をからませあう。

わたしは胸ポケットからノートをとり出し、海沿いの景色をスケッチしはじめた。浜辺の光景は、日本とそう変わらないものだ。軽い郷愁《きょうしゅう》がよぎり、そのことに自分で驚いた。

海の向こうには、イリガン湾を挟んで西ミサミス州が見える。

大きくそびえている火山は、ガイドブックの地図によると、確かマリンダン山といったはずだ。これで、いまどこにいるかはだいたい把握できた。

木製の波止場《はとば》に小ぶりの漁船が結《ゆ》わえられているので、あれが祖父の船だろう。

周囲を見回すと、ここにも竹を編んで作られた小屋がいくつかあった。ドアはなく、網やタオル、長靴といった漁具が覗き見える。

そのまま、十五分ほどスケッチに没頭した。

やがて、さく、さくと浜を歩く二つの足音が近づいてきた。ハサンと、それからはじめて見る現地の女の子だ。顔立ちからすると、十四、五歳だろうか。

小声でひそひそと話しあっているが、この地方の言葉らしく、意味はわからない。そのうち女の子のほうが叫び声をあげ、ハサンがなだめに入った。しばらくやりとりがつづいたのち、女の子は走り去ってしまう。

ハサンがこちらを見て、ばつの悪そうな苦笑をよこした。

「いまのはマラナオ語か？」

そう問いかけると、一瞬、相手が目を見開いた。

「わかるのか？」

「すまん、わからない。ガイドブックに、このあたりはそうだと書かれてたから」

フィリピンには七千以上もの島と、百七十以上もの言語があるといわれる。

わたしは話者の多いタガログ語を学んできたが、それでも、タガログを母語とする人々は三割ほどしかいない。たとえば、ハサン一族の母語はマラナオ語だろう。それに加えて、タガログ語や英語などを覚え、社会生活を営《いとな》んでいるはずだ。

女の子が走り去ったあとを、ハサンが目で追った。

「小さいころに面倒を見たんだ。ほんの少しだがな」

話しながら、ハサンは襟元《えりもと》のあたりをひっかいた。

「それで、俺と結婚するといって聞かなくてな」

だいぶ昔のことだが、やはり面倒を見たことのある近所の女の子を思い出した。わたしも同じようなことをいわれたが、気がつけば大学を出て、その後結婚をしたと聞いた。

「……人類共通の現象だな」

わたしの言葉の選びかたが面白かったのか、ハサンが喉元でおかしそうに笑った。

「そこにきて、俺が誤解の種をつれてきちまったもんだから」

「早く誤解を解いてくれよ。正直、家族のみんなに申し訳ないし、居心地が悪い」

「ああなると聞かなくてなあ……」

困り切った様子で、ハサンがこめかみを撫でた。そこに、マリテの声が飛んでくる。

「ちょっとなんとかしてよね」

振り向くと、作り笑いを貼りつけたナイマと、ふてくされた顔のマリテが並んでいた。

ナイマは頭を隠した白いレースのドレスに、淡いピンクのスカーフを首回りに巻いている。マリテのほうは、白地のしっかりした生地《きじ》の全体に金の刺繍《ししゅう》を入れたドレスだ。

たぶん、あの母親の秘蔵のドレスなのだろう。二人とも、よく似あっている。

「あのお母さんの喜びよう、あたしもう耐えられない！」

「全然打ち明けられそうなタイミングがないの。ハサン、なんとかして」

ハサンが嘆息《たんそく》して屋敷に向き直ったときだ。

「あら、あなたたちそこにいたの！」

母のキャサリンが、例のサンダル履《ば》きでぱたぱたと浜へやってきた。

「もう一つ箪笥《たんす》が見つかったの。おいで、着つけてあげるから！」

母が二人の手をひいていき、瞬く間に二人ともつれ去られてしまった。

残されたハサンは、立ち尽くして頭をかきむしっている。やや顔色がすぐれず、目眩《めまい》でもしたのか、右手で両のこめかみを摑んだのが気になる。

普段は積極的なこの青年が、早急に誤解を解きに動かないのは、母へのうしろめたさや、そしてまだ残っているナイマへの思いがあるのではないか。そう思うと、ことさらに彼を責める気にもなれなかった。

そのうちに、盆にカップを並べた祖母のイナが浜へとやってきた。

「お二人さんとも、暑いでしょ。そこの小屋に入りなさいな。ハサン、あなたもだよ」

イナについて小屋に入ると、なかは思いのほか涼しいことがわかった。

乾燥を終えた椰子の葉があるほかは、色あせたカーペットが敷かれているだけの小屋だ。ハサンも気まずそうな面持ちであとから入ってくる。

カップの飲みものはアイスティーだ。

ずいぶんとハイカラな印象がしたが、そういっては失礼だろう。しかし氷が入っているのが困りものだ。煮沸《しゃふつ》されただろう茶はともかく、氷には感染症の危険があるからだ。学生時代、勢いでインドのガンジス川の水を飲んだときは無事だったが、会議のたびに腹を壊すいまとなってはどうだろう。とはいえ、好意を無下にはできない。

頭を下げて一口飲むと、暑さにやられつつあった胃腸にすっと染みわたっていった。

それを見たイナが満足そうに微笑み、それからハサンに目をやった。

「ハサン。気持ちはわかるけど、早いうちに本当のことを話すんだよ」

思わぬ忠告に、ハサンはわずかに目を丸くすると、

「ごめん、祖母ちゃん」

と小さな声で詫びた。

イナが軽く頷き、それから慣れた手つきで椰子の葉を編みはじめた。このあたりでよく見る屋根材だ。なるほどこれがそうかと無意識に身を乗り出すと、イナが作業の手を緩め、子供に手順を教えるように、ゆっくりと一つひとつの所作《しょさ》を見せてくれた。

「わたしは一九五〇年くらいの生まれでね」

「くらい、というのは？」

「わたしたちのころには、誕生日の概念がなかった。だから、きっとそれくらいというだけ。生まれはこの近くじゃなくて、南西の海沿いのほう。畑仕事を手伝う子供時代だったけど、本当は漁を手伝う兄のことが羨ましかった」

「このあたりのムスリムは、女性が店を開いたりと社会進出していると聞きますが……」

何気ない疑問のはずだった。が、それがはたとイナの作業の手を止めさせた。

「紛争」

胸のつかえを吐き出すように、低く、その口から声が漏れる。

「わたしが年ごろになったころ、反ムスリム集団が勢力を伸ばした。名は、イラガ」

いまもその名を口にしたくないかのように、区切って発音される。

「イラガたちはわたしたちを殺して、財産を奪って、そしてムスリムの女とあれば犯した。だから、わたしは年ごろの娘に見えないよう、ぼろぼろの服を着せられて、髪に土をつけて白髪みたいにさせられたもんだよ」

こんなふうにね、とイナが右手で髪をくしゃくしゃにしながら苦く笑った。

「そんなある日、モスクに火がつけられて家族みんなが死んだ。わたしだけが、熱を出して臥《ふ》せっていたから助かった。わたしたちムスリム女性が社会に出たのは、そうやって家族を失ったり、あるいは男たちが闘いで死んだりしたから。……それからは、魚を仕入れて市場で売ったりしはじめた。こういう物売りは、ティンガ・ティンガと呼ばれててね」

——わたしはしばらく市場でティンガ・ティンガをやって過ごした。最初は慣れなくて、お客さんと話すのも大変だった。しかも、どのみち日銭《ひぜに》を稼ぐのがやっと。わたしは暇を見てボランティアの識字教室に通いながら、同じような境遇の女たちに話を聞いた。

それで、政府がイリガンを産業都市として重点的に開発しているのを知ってね。学校の卒業証明書や出生証明書をでっちあげてもらって、イリガンの工場で働くことにしたのさ。旦那《だんな》のサラマトと出会ったのは、そのころ。

サラマトは、ほかのありきたりな男と少し違っててね。「子供を学校へやったら豚肉を食わされて馬鹿になる」とか、そういう考えは持っていなかった。それどころか、両親の目を盗んで自ら学校へ行っていたくらい。わたしは字が読めなくて苦労したから、いずれ生まれてくる子供たちは学校へやりたかった。そういうこともあって、サラマトと一緒になったのさ。

待ち望んだ娘のキャサリンができたのは、二十五歳のころだったかな。

キャサリンという名前にしたのは、あの子があとあと社会で苦労しないようにと思ってね。ああ、そういえばその前にムラードを産んだね――。

「ムラードは本当にろくでなしさ。頭だけはよくて、成績優秀だったんだけど、せっかく学校へ行かせたってのに、考えることといえば楽して金を儲《もう》けることばっかり」

なるほど、と腑《ふ》に落ちるものがあった。

一族がムラードに厳しいのは、学校というものへの思い入れがその背後にあったからなのだろう。

「さあ。二人とも、そろそろお行き」

椰子を編みながら、イナが柔らかな声でいう。重ねて、外から波が砕《くだ》ける音がした。

「ハサン。あまりお嬢さんがたを困らせるんじゃないよ」

小屋を出て、わたしはふたたび浜辺を一望し、一族を救った魚群探知機つきの漁船を眺めた。その漁船も、長年の酷使でだいぶ古び、色あせている。

「祖母ちゃんはお見通しだったな」

うしろでハサンがつぶやくのが聞こえた。

「いつもそうなのさ。だいたいのことは、祖母ちゃんが見抜く。昔、ムラード伯父さんが海老《えび》の養殖に投資するといい出したとき、祖母ちゃんが車を走らせてその場所を見に行った。あったのは養殖場じゃなくて子供たちが遊ぶ砂浜だったよ。土地の所有者も関係のない人でね」

ここまで話したところで、不意にハサンが足をふらつかせた。

「大丈夫か？」

「なに、疲れただけさ。マニラとの往復が強行軍だったからな」

軽く頷きを返し、わたしは先ほどの話をノートに書きつけようとした。紛争、ティンガ・ティンガ、学校……。しかし脳内のイナの声はすでに潮騒と溶けあい、うまくまとまらない。書き残してはならない秘密であるような気もして、結局、わたしはそのノートのページを破った。

「すまん、肩を貸してくれるか」

ハサンが珍しくわたしを頼ったのはこのときだ。

「どうも目眩が止まらなくてな……」

わたしが無言で左肩を差し出すと、ゆっくりと青年が体重を預けてきた。その身体にまとわりついていた潮の香りが、一瞬だけ鼻腔《びこう》を衝き、散っていった。

ハサンの顔色は前にも増して悪くなっていた。

さすがに心配になって、声をかけようとしたときだ。

ハサンの身体が急に冷えていき、その右手がわたしの肩をしっかり摑もうとして空を切った。そのまま、ハサンは砂がこぼれるみたいにその場に崩れ落ちてしまった。

「ハサン？」

わたしは慌てて彼の身体を仰向けにして、その口元に耳を寄せて呼吸を確認した。息はある。しかし、固く目をつむってしまっている。

「おい、聞こえるか。自分の名がいえるか？」

「……ハサンだ」

ゆっくりと目を開き、なんとかハサンがわたしに答えた。

「なんだい、そこにいたのか。アブドゥル、ジャック、ムハメド、アリー……」

譫妄《せんもう》だ。

突然のことに、パニックに陥りそうになってしまった。深呼吸をして、落ち着けと唱える。こんなとき、救命のイロハはなんだったか。まず呼吸。それからそう、脈だ。手首をあちこち握り、なんとか脈を探り出せた。ある。相手の右手に手を添えた。

「わたしの手があるのがわかるか。握り返せるか?」

弱く、手を握り返される。次に左手を握った。

「こっちの手はどうだ?」

こちらも反応がある。となると、脳は大丈夫だろうか。しかし、人を呼ぶべきか、ここから動かすべきなのか。いや、どのみち浜辺までの道に車は入ってこられない。

「イナ祖母ちゃん!」

先ほどの小屋に向け、わたしは大声をあげた。

「ハサンが倒れた!　誰でもいい、男手を呼んでくれ!」

出てきたイナがハサンの姿を見て、「あれまあ」と少し間延びしたような声を出した。その声の調子で、わたしも少し落ち着くことができた。ふたたびハサンの目が閉じてきたので、わたしは目蓋を押し広げてスマートフォンの灯りを突きつけてみた。

瞳孔《どうこう》反射はある。

イナが屋敷の門のほうへ歩いて行き、やがて入れ替わりにムラード伯父が早足でやってきた。これまで余計な話を聞かされたせいで、ムラードか、とつい思ってしまう。

「身体が冷えてて、幻覚を見てるみたいだ。息や脈はある。一緒に運んでくれないか」

「わかった」

ムラードが屈みこみ、ハサンの両脇をうしろから抱きあげた。わたしは足の側に回りながら、どこかでこんなことがあったな、とふと思った。

「なんだい、この冷たさは。海にでも入ったのか？」

「入ってない。突然のことなんだ」

そして案の定というべきか、門に着くまでにムラードが二度手を滑らせ、二度、ハサンの上体がぶらりと万歳《ばんざい》の姿勢をとった。

ただ、このろくでなしの伯父に驚かされる場面もあった。

「低体温症だ。こうなる前、目眩か何かを訴えてなかったか？」

と鋭く見抜いてきたからだ。

「すると自律神経をやられたのか。いや……脳血管か、それとも内分泌疾患《ないぶんぴつしっかん》か？」

もしかすると、この伯父は本当に優秀さを秘めているのかもしれない。単に知識の使いどころを間違えているのか、あるいはとことん運に恵まれていないのか。そんなことを考えながら門をくぐると、たちまち皆が周囲に駆け寄ってきた。

ナイマとマリテは、まだ婚礼衣裳のままだ。

「ハサン！」

真っ先に母のキャサリンが叫び、それから父のアフマドがハサンの右手をとった。

「うむ……確かに、こいつはいかんな」

「どれ」

父を押しのけ、サラマト祖父さんがハサンの頭上に屈んだ。

「では、わたしが人工呼吸を」

「呼吸はあるんだ」

手早く伝えると、祖父がわたしを見あげ、そうかと頷いた。

「ならば、心臓マッサージを……」

「心臓も動いてる」

祖父が残念そうに立ちあがり、無言で周囲の輪に戻った。それはいいのだが、横でハサンの両親がやりあいはじめたので困った。

「罰《ばち》があたったんだ。勝手にマニラなんぞへ行くから」

「あんた。この子はナイマちゃんを迎えに行ったんだよ？」

「第一、俺は反対だった。そもそも異教徒の……」

「この子もいい齢なんだから、いちいち干渉しないの！」

「ちょっと黙ってくれるか」

ここは、ムラードが割って入ってくれた。

「とにかく低体温が危険だ。震えが見られないから、体温は三十五度を切ってる。それに、錯乱があったらしい。とすれば、二十五度から三十度くらいだ。下手をしたら多臓器不全が……」

「人間の言葉で喋《しゃべ》って。というか兄さんこそ黙ってよね」

せっかくハサンを心配して、しかもまともな指摘をしているのに冷たい。

「ねえ、アフマド。あんた、どうなんだい。ゲリラ時代の経験とかに鑑《かんが》みて、どう?」

マリテとアンドリューが目を見あわせたが、すぐに、いまのは聞かなかったことにしようという空気が生まれた。皆の目が、いっせいに父のアフマドに向けられる。父は少し宙に目を泳がせてから、努めて落ち着いた口調で「一刻を争う」とだけ口にした。

ハサンの横に膝をつき、もう一度手を握ってみた。

心なしか、先ほどよりも冷えて感じられる。

「このあたりの救急車は?」

「来たところで一時間後」と、これは祖父のサラマトだ。

「スマートフォンで呼べるタクシーがあったはず。確か、グラブタクシー」

「ここはマニラとは違う」祖父が首を振った。「それより、こちらから運んだほうが早い。ムラード、車を出してくれ。イリガンの病院まで運ぶぞ」

「それがよ……」

急にムラード伯父がおろおろしはじめたので、嫌な予感がした。

案の定だった。申し訳なさそうに、その口が開かれる。

「今朝ここに戻ってからエンジンの調子が悪くて、動かないんだ」

「ここで対処するしかないってことか？」

アンドリューが割りこみ、皆も黙りこんでしまった。とにかく、早く全身を温めてやったほうがいい。わたしは周囲を見回してから、ふと閃いていった。

「そうだ、その空《から》の噴水に入れよう。キャサリン母さん、湯を沸《わ》かせるかな」

「なるほど、待ってな」

キャサリンが屋敷に向かい、わたしはムラードと一緒にハサンを抱えあげて噴水内のタイル上に移した。排水口は、手でもなんでも使って塞げばいいだろう。

このとき、ナイマが「ちょっと」と鋭い声をあげて身を乗り出してきた。

「突然のことなんだよね？　さっきまでは元気だったし」

「ああ。いましがた、突然に……」

ナイマが腕を組み、その片手を持ちあげて顎に添えた。

「どうしたんだ」

訊いてみたが、返事がない。それから、急にナイマが祖父のサラマトを向いた。

「ねえ、この家にひよこはいない？　もしいたら、三羽ほどほしいんだけど」

問われ、サラマトが一瞬何を訊くのだという顔をしたが、「必要なことなんだな？」と確認して、ひよこをとりにムラードを走らせた。

「あと、藁《わら》があったらそれもほしい。一束でいいんだけど」

「椰子を乾かしたやつならあるよ」と、これにはイナが答えた。「それでいいかい？」

「お願い」

イナが父アフマドに目配せを送る。頷きを一つ残し、父が椰子をとりに走っていった。

「どういうことなんだ」

もう一度訊ねると、やっとナイマがこちらを向いた。

「昔、村で同じようなことがあったの。それまで元気だったのが、突然に、身体が冷えていった人がいて」

「それでどうなった？」

「村の呪術師《ムンバギ》が助けた。見よう見真似だけど、やってみようと思う」

「呪術師」

「うん、呪術師」

鸚鵡返しをするわたしに、ナイマが生真面目《きまじめ》に答えた。

しかし、そうするとどうなるのだろう。噴水で温める作戦は、呪術の邪魔になりそうでもある。となれば、中止したほうがいいのか。さりとて、呪術の効果とはこれいかに。

噴水の真んなかに突っ立って、しばし悩むはめになった。ナイマの一言で、優先順位がぐちゃぐちゃになってしまった。

「身体は身体で温める。それでいいか？」

「うん、そっちはそっちで進めて」

わかった、と頷きを返す。

「誰か、噴水の水を出してくれ。この暑さだから水も温い。そこにキャサリン母さんの湯を混ぜよう。この排水口を塞げるものはないか？」

「そいつはもともと詰まっちまってる」

祖父がわたしに答え、噴水のスイッチを入れた。ノートを濡らしたくなくて、わたしは咄嗟に上着を脱いで外に放った。

水が噴きあがり、日にさらされた皮膚を冷ましていく。

「適当なところで水を止めてくれ。合図を出すから」

そこに父アフマドが椰子の一束を持ってきた。

ナイマが火を求め、アンドリューがジッポーライターを放って渡す。

「……わたしたちの村では、病《やまい》は他者の嫉妬によってもたらされると考えられることが多い。その嫉妬を鎮《しず》めるために、さまざまな儀式が執り行われる」

「こいつはどうするんだ？」

訊ねるムラードの両手には、三羽のひよこが収まっている。

「その子たちはあとで使う。逃げないように見ててね」

ナイマがそう答えたそばから、一羽がムラードの手から飛び出て逃げていく。アンドリューが腰を屈めて捕獲したところで、二羽目がぴよぴよと逃げた。

ナイマがそれを横目に、やや不安そうな表情を覗かせる。

「とにかく、まず椰子を焼いて嫉妬を鎮める」

地面の椰子の束に火が点けられ、ぱちりと爆《は》ぜた。

キャサリンがたらいに湯をはってきたので、わたしは水を止めてもらった。それからハサンが溺《おぼ》れそうなのに気づき、慌てて噴水の外側に落ちていた煉瓦《れんが》を枕がわりにする。

湯を注ぎ足しながら、温度を見た。

「これくらいか」

いい塩梅《あんばい》の温度になったところで、水に膝をつけてハサンの手足をマッサージしはじめた。服が濡れるのはかまわない。この気候なので、どうせ着ていれば乾く。

「ひよこを」

ナイマの求めに応じて、ムラードが一羽、つづけてアンドリューが両手に持っていた二羽を差し出した。

「邪術返しの儀式もやるよ。ひよこを依《よ》り代《しろ》として悪意を憑依《ひょうい》させ、それを供犠《くぎ》に——」

「ちょっと待て、こいつら、殺しちまうのか？」

「かわいそうだけどごめんね」

気が進まなそうなムラードからひよこを奪い、ナイマが縊《くび》り殺した。愕然《がくぜん》と、口を半開きにするムラードが気の毒だ。アンドリューの二羽も殺され、まとめて火にくべられた。

「たぶん正式な方法じゃない。でも必ず効果はある」

ナイマが三羽の頭を撫でてから、目をつむって天を仰いだ。

「ハサンの祖先の霊よ！　すでに亡くなりし親族のすべてよ！」

低い声で、呪文《じゅもん》が唱えられる。

イフガオの言葉ではなく英語なのは、ハサンたちの母語が異なるからだろうか。

「この祭宴に来たりて、子孫、ハサンを病より守りたもう――」

呪文はしばらくつづいた。

この霊験《れいげん》があってか、はたまたキャサリンの母の愛ゆえか、ハサンが目を開いてむくりと上体を持ちあげた。

「なんだこりゃ、いったい何が起きた？」

ハサンが二度、三度と瞬きをしてから、こちらを向く。

「で、なんでおまえは上半身裸なんだ」

「やった、奇跡だ！」

説明するよりも前にムラードが叫び、祖父のサラマトも胸を撫で下ろす。ナイマの肩を、アンドリューがぽんと叩いた。次第に、皆のうちに喜びが広がりはじめる。が、すぐに冷水を浴びせかけられた。

「異教のみならず、よりによって神秘主義とは……」

父のアフマドが、そうつぶやいたからだ。

「ハサン。おまえはなんて娘をつれて来たんだ！」

「あんた、ナイマちゃんはハサンを助けようとして……」

「それとこれとは話が違う。こいつらは禍々《まがまが》しい術をこの敷地に持ちこんだ」

これを聞いたマリテが表情を一変させ、アフマドの胸元に人差し指を突きつける。

「ちょっとあんた。ナイマは頑張ったんだよ。感謝ってもんを知らないの？」

「なんだと？」

「あんたのその立派なおつむに、ありがとうの一言はないのかってこと」

「そうだよあんた、とにもかくにも、ハサンはこうして——」

「だいたい」ムラードもこれに加わって、「この日本人の処置のおかげかもしれないだろ」

「うるさい！」

アフマドが吼え、そのゲリラ時代を彷彿《ほうふつ》とさせる迫力に皆も気圧《けお》されてしまう。

「とにかく縁談はとりやめだ」

厳しい一言だが、これでナイマとマリテの緊張が弛むのが見てとれたのは皮肉だ。

「問題は、こいつらをどうするかだ。祖父ちゃん、どう思う？」

「うむ、そうだなあ」

皆の目が、順に祖父のサラマトに向けられる。

「でも、現にハサンは元気になって……」

「祖父ちゃん！」とアフマド。

「うむ、しかしわが家としても妖術めいたものは――」

「祖父ちゃん！」とキャサリン。

「とはいえ、彼らなりに我々の孫を大事に――」

最後のほうはもごもごと聞きとれない。ええい、とアフマドが面倒そうに声をあげた。

「この場はいったん俺が預かるぞ」

「預かるっていっても、あんたどうする気？」

「客人には悪いが、とりあえず我々の母屋で軟禁させてもらう。そのあいだ、彼らをどうするかは俺たち親族で話しあって決める」

「待ってくれ」

おおごとになってしまいそうな気配に、たまらずわたしも割りこんだ。

「今回はナイマからご両親にお話があって来た。一度、その席を設《もう》けてくれないか。そうすれば、あとはわたしたちはおいとまする」

「いまさら聞く話などなかろうよ。ムラード義兄《にい》さん、とりあえずこいつらを大広間へつれてってくれ」
・これを聞いて、アンドリューが肩を落として小屋のスーツケースを運び出しはじめる。
こうなったらハサンに状況を打開してほしいが、いまだに、何が起きているのかわからないという顔だ。

「こっちだ」

ムラードが先導して、母屋のほうを向く。

それにしても、これはどれくらい危険な事態なのだろう？　見ようによっては、漁村の騒動にわずかのあいだ巻きこまれるだけともいえる。が、見ようによっては、これからゲリラに監禁される、まさにその瞬間だ。

「なあ」

わたしは小声でナイマに訊ねてみた。

「こんなときこそあれだ。お祖父さんの占い、来てないか」

「ちょうど来たとこだよ」

ナイマが答え、わたしにスマートフォンの画面を見せた。

「〝迷ったときは、流れにまかせて動かぬが吉。無理に動けば凶〟だって」

「なるほどね」

まるきり信じたわけでもないが、ここはハサンの一族にまかせてみることにした。ちらと振り向くと、マリテとアンドリューの背後を、アフマドが見張っている。スペイン風の邸宅は、もうすぐそこだ。

広い玄関を抜けると、すぐに階段があった。それを登るムラードについていき、つらなった客間やベッドルームを通っていく。紫檀《したん》だろうか、深い茶色の木材がどこもふんだんに使われている。寝室には細かな装飾が施《ほどこ》された鏡台や、いつ使われたものか、細い木材を上品に組みあわせた赤ん坊用のベッドがあった。

スペイン風というよりは、植民地建築《コロニアル》というのが正確か。

それからまた、最初に抱いた感覚が蘇った。

字が読めたがゆえに、歴史をくぐり抜けて漁業成金になった一族。それが旧支配層の様式にあこがれ、実際にそのような家まで建ててしまうのは、彼らには悪いが残念に感じる。そう思ったときだ。

——それは先輩の価値観です。

自動的に、脳内で井上の声が再生される。確かにそうかもしれない。でも、残念に思う理由は説明できる。わかってしまうからだ。彼らはイスラムの誇りよりも、借りものの意匠を選んだ。それは、背後にコンプレックスがあったからだろう。

「しかし、どうして石造りじゃないのかな。気候的に、木のほうがいいのか？」

素朴な疑問を誰にともなく投げかけたところ、ナイマが思わぬ答えを出してくれた。

「それもあるけど、この木材は石より高い。高級志向なんだ。だいぶ、お金かかってる」

なるほどそんなものかと思いながら、あちこち見回していると、

「おい、あまりきょろきょろするな」

とムラードに怒られてしまった。

それにしても少し気になるのは、客間が余っているように見えることだ。なぜ最初は母屋に通されず、外の竹の小屋で寝ろといわれたのだろう。別に、招かれざる客ではなかったはずだ。少なくとも、ナイマとマリテは大歓迎を受けていたし、あの父とて当初は静観していた。

「ここだ」

最終的に通されたのはダイニングだった。広さにして、二十畳くらいはありそうだ。それが長方形に伸び、キャンドルの飾られた立派なテーブルが中央に配置されている。部屋の端の窓際には小さなテーブルと灰皿、それから椅子が二脚ある。細かく格子状に組まれた窓は涼しげで、ほどよい日差しがそこから注いでいる。

壁には食器棚のほかに、高そうな壺が置かれた台や宝石を飾る棚もあった。

わたしはバックパックを床に下ろし、ふう、と息をつく。

「おまえら、そこを動くなよ」

ムラードがいい残して、さらに奥の部屋へといったん消えた。

監視の目がなくなるなり、マリテが興味深そうに台の壺を手にとり、ひっくり返して裏側を見たりとお宝鑑定をはじめた。

「なんだ、最近作られた模造品か。細工はいいけど二束三文《にそくさんもん》だね」

それから戻そうとして手を滑らせ、あわや落ちて割れそうになったところに、なんとかわたしの手が届く。

マリテはなんら気にする素振りを見せず、今度は食器棚に目を移した。

「うん、この銀のスプーンはいいね。一本もらっちゃおうかな」

「だめです」アンドリューが大真面目に止めるのは、前科があるからだろうか。

「一本くらいわからなくない？」

「動くなといわれただろ」

二人のやりとりを横目に、わたしは宝石棚を見てみた。ガーネット、ラブラドライト、煙水晶《けむりずいしょう》、アクアマリン、……わたしにわかるのはこれくらいか。

「ナイマ、あの蛍石は置いてきちゃったのか？」

「持ってきてるよ。お祖父ちゃんからもらったものだからね」

ナイマがカート式のバッグを少しだけ開け、前にも見せてもらった蛍石を出した。手のひらに置いて、ふわりと宙に浮かせてみせる。

食器に気をとられていたマリテがそれを見とがめ、

「ちょっと、いま何かやった？」

と眉間に線を作った。

「なんか、浮かんだように見えたんだけど」

「邪教の妖術」

自嘲《じちょう》するようにナイマが答え、それから少しばかり唇を尖らせた。マリテはしばらく口を開けたり閉じたりしたのち、考えるのをやめたようで、

「なんか、ちょっとやそっとじゃ驚かなくなってる自分がいる」

と妙に抑揚《よくよう》なく応えた。

わたしは棚からラブラドライトを手にとって、ナイマに差し出してみた。

「こいつも浮かせられるか？」

「どうだろう」

きれいに磨かれた、五百グラムくらいはありそうな塊だ。

ナイマが石を受けとり、蛍石のかわりに手に載せた。わずかに数センチほど浮かびあがったが、たちまち元通り手に落ちる。

「ううん、だめみたい。ちょっと重いかな」

次に軽めの煙水晶を渡してみると、不思議なことに、今度はまったく持ちあがらない。すると、あの蛍石が特別なのだろうか。そんなことを思っていると、やはり気になってきたのか、マリテがナイマに近づいて彼女の正面の空間や頭上に糸がないか探りはじめた。

「それはわたしもやった」

苦笑を漏らしたところにムラードが帰ってきたので、わたしたちは慌てて出した石を戻そうとした。

「いや、かまわんよ」

ムラードが無表情のままわたしたちを止める。

「そいつは義弟《おとうと》……アフマドのコレクションだ。残念ながら、俺には価値がわからん。せっかくだから、見てやってくれ」

「値段は二束三文」

そこにまた、マリテが余計なことをいう。

「でも、石としての佇まいがいい。あたしは好きだな。まさかあのおっさんに、こんな趣味があったなんてね」

「そう伝えておく……といいたいところだが」

ムラードが首を鳴らし、天井を仰いだ。

「いま様子を窺ってきたんだが、だいぶおかんむりみたいでなあ。こうなると数日は梃子《てこ》でも動かない。祖母ちゃんが説得してるが、あれはもう少しかかるな」

「アフマドさんはなんていってる?」

数日も足止めされてはかなわないので訊ねると、思わぬ答えが返った。

「コーラン四十七章四節だとよ」

顔を見あわせたが、わかる者がいない。いいにくそうにムラードがつづけた。

「不信仰者と出会ったときは、その首を――」

先を口にするかわりに、右手で自分の首をかっ切る仕草をする。どこまで文字通り深刻に捉えていいか誰も皆目《かいもく》わからず、しばし、沈黙が訪れた。

マリテがなぜかやたら丁寧に水晶を棚に戻したのは、現実逃避だろうか。

「ま、イナ祖母ちゃんに期待だな。おまえらも祈っとけ。たぶん大丈夫さ」

「たぶんでは困る」

わたしが抗議すると、ムラードが困惑したように後頭部をかいた。

「わかったよ、俺からもいってみるさ……。ところで、こいつを見てくれないか」

ポケットに手を突っこんで、ムラードが四つ折りにされた用紙を出してきた。印刷されているのは、大きなQRコードだ。

「俺が開発したアプリへのリンクだ。固有の電話番号が割り振られて、政府にも俺にも盗聴できない通話やメッセージのやりとりができるようになる。でも、この家の誰もわかってくれなくてな……。いまのところ、ダウンロード数も少ない。外から来たおまえたちだったら価値をわかってもらえるんじゃないか」

また、わたしたちは顔を見あわせる。ためらっているところに、ムラードが重ねた。

「おそらくだが、このアプリは遅かれ早かれ、いまの強権政治につぶされちまう。そうなる前に、いろんな人に使ってもらって、先に世界に広めたいんだ。どんなスマートフォンでも使える。試してみちゃくれないか」

そう頼まれてしまうと弱い。

わたしはスマートフォンのカメラをＱＲコードに向け、読みとってみた。実際のところ、この南の島の漁村で誰にも理解されない研究をつづけるムラードという男がわたしは気になってきていたのだ。

監視にさらされた中国人のためになる、と彼が口にしたことも憶えている。

「ナイマ、きみも入れたほうがいいんじゃないか」

「どうして？」

「その電話、例のあのボンボンに筒抜けなんだろ」

なるほどね、とナイマが口のなかでつぶやいて、同じようにムラードのＱＲコードを読みとった。あたしも、とマリテがそれにつづき、渋っていたアンドリューにもアプリを入れさせた。

試みにアプリを起動すると、いくつかの手順ののち、固有の番号が割り振られた。

しきりに感謝をくりかえすムラードの姿が、なんだかこの屋敷みたいに切ない。

「ゲリラの闘いなんかにも役立つはずなんだ。誰も、これまでわかってくれなくて……」

それから、ムラードが急に表情を輝かせる。

「でもいい。これで一攫千金だ！」

一攫千金はともかくとして、軟禁状態に入ったことで一つ変化が生まれた。遠慮がなくなったことだ。まずマリテがシャワーを浴びたいと言い出し、わたしたちもそれに賛同した。それもそのはずで、長い船旅のせいで皆、潮風にさらされたまま丸二日は身体を流せていないのだ。

「待ってくれ、俺にそんな権限は……」

一歩ひくムラードに、いっせいにブーイングが飛ばされる。我々に風呂を、とマリテがシュプレヒコールをはじめ、わたしも勢いに乗ってムラードに頼んだ。

「きみにしかできないんだ。交渉してきてくれ」

義弟の怒る顔でも浮かんだのか、ムラードは煮え切らない様子だったが、結局は多勢《たぜい》に無勢《ぶぜい》で伝令に飛ばされることになった。

戻ってきたムラードは明らかに憔悴《しょうすい》しきった様子で、女性だけは一階の水場を使ってよしと折衷《せっちゅう》案を提示し、タオルと石鹼《せっけん》を差し出してきた。するとと今度はアンドリューが

不機嫌になり、

「さっき、奥の部屋に骨董《こっとう》のピアノが見えたんだが、あれ弾いてみてもいいか？」

などと新たな要望を出す。

「もうなんでもいいよ。勝手にしろ」

ムラードが答え、ふてくされた顔で「家族会議だ」と階下へ降りていった。すぐにアンドリューが奥の部屋に入り、やや調律《ちょうりつ》の狂ったピアノでショパンの幻想即興《そっきょう》曲を弾きはじめる。

女性二人はコインで順番を決めることにしたようだ。

ナイマが五ペソ硬貨を宙に放り、「裏」「表」とやりとりがなされる。ナイマが勝ち、タオルと石鹸を持って階下へ降りていった。ピアノはまだつづいている。自分が弾いているわけでもないのに、マリテが得意気な顔を見せるのが微笑ましい。実際、ところどころテンポが揺らぐくらいで、演奏は立派なものだ。それからふと、わたしだけ特技がないな、などと思った。

調律が狂っているせいか、二曲目は昔の酒場で弾かれるような曲になった。

ラグタイムピアノだ。

左右の手が激しく上下するので難しそうに聞こえるが、アンドリューは持ち前の手の大きさでなんなく弾きこなしている。そこにふと、ピアノの音を聞きつけたハサンがあがってきて、壁に寄りかかりながらしばし演奏に耳を傾けた。

「おまえたちが助けてくれたんだって？」

問われ、ゆっくり頷くと、

「そうか」

とだけいい残し、ハサンはまた階下へ戻っていった。

入れ替わりに、ナイマが風呂を済ませて戻ってきた。その彼女がタオルを手にしたまま、アンドリューにピアノを止めてくれないかと頼んだ。

「すまん、うるさかったか」

「気にしないで、そうじゃない。ただ……」

ナイマが声のトーンを落とした。

水場で声が聞こえた気がする、というのだ。

「何か呻き声のような、叫び声のような……。気のせいかもしれないんだけど、マリテ、ちょっと気にして耳を澄ませてみてくれない？」

「わかった」

湿ったタオルと石鹸を受けとり、マリテも小声で応じる。アンドリューがピアノの蓋を閉じ、その場で大きく伸びをした。

ナイマがわたしの前を通りすぎ、部屋の端の、あの柔らかな光の射《さ》す椅子についた。髪はまだ濡れていて、石鹸を使ったせいか少しカールしている。

しばらく、木材の軋む音や虫の声だけがあたりを包んだ。

ナイマの表情が硬いのが気にかかる。それから十五分ほどしてマリテが戻ってきた。

「聞こえたよ」

単刀直入《たんとうちょくにゅう》に彼女が報告する。

「ナイマ、あんなのよく聞こえたね。かすかな声だからわかりにくかったけど、助けを求めているように聞こえた。何語かはわからなかったんだけど、もしかしたら……」

そこでふとマリテがこちらを見た。

「いや、なんでもない。それよりどうしよう?」

「もちろん」

格子状の光が落ちるなか、ナイマがすっと立ちあがった。

「声の主を捜しにいく。マリテ、どこから聞こえてきたか、だいたいの場所はわかる?」

「たぶん地下室。戻るときに下への階段らしいドアを見つけたけど、施錠《せじょう》されてた」

「開けられる?」

問われ、マリテがやや気が進まなそうに、耳のあたりからヘアピンを二本抜いた。

「やってみる。これを使うのは、お宝のためだけと決めてたんだけど……」

「わたしも行かせてくれ」

どんな危険があるかもわからないので、わたしも参加することにした。

「全員がいなくなるのもなんだから……。アンドリュー、きみは留まってくれるか？」

アンドリューが頷き、ピアノの蓋の上で両腕を組んだ。

マリテによると、古い錠なので数十秒もあれば開けられるという。ピッキングが宝探しにどう役立つのかはあいかわらず不明だが、ここは彼女の腕を信じることにした。身軽な彼女が先に錠破りをするのを待って、わたしとナイマが降りることになった。

一族は、ちょうど家族会議の最中のはずだ。

どこでやっているのかわからないが、母屋にわたしたちがいる以上、庭にでも集まっているのだろう。それでも足音を忍ばせながら、少し遅れてナイマとともに階段を降りた。

廊下の向こうでは、マリテが解錠を終えてヘアピンを髪に戻しているところだった。

「行くよ」

暗い地下への階段が、ドアの向こうに口を開けている。いま、声は聞こえてはいない。

先頭にわたし、ついでナイマとマリテの順で、そろそろと階段を降りていった。

眼下を鼠が横切り、つい足を止めたところに、まずナイマが、そのうしろにマリテが玉突き事故を起こした。

「ちょっと勘弁《かんべん》してよね」

すまん、と小声で応え、そのまま降りていく。湿度が高いせいか、黴《かび》の臭気がひどい。

廊下は一本道で、ところどころに暗い裸電球が点いてあたりを照らしている。

「ちょっと、何ここ」

背後からマリテの独言が聞こえてきた。

左右の壁は剝き出しの土だ。右側だけ、いくつかのドアがつらなっている。最初のドアをひいてみると、いっそう強く、黴の刺激臭が鼻を衝いた。使われなくなった家財道具や、壊れたとおぼしき船のエンジン、それから古い農耕具などが並ぶ。

「倉庫だな」

抑えた声とともに、わたしはドアを元通りに閉めた。

「マリテ、声が聞こえたのはどのあたりかわかるか？」

そう訊ねた瞬間、背後で何かを叩きつけるような音がした。

咄嗟に振り向いてから、正体を知って胸を撫で下ろす。階段に、使われなくなったバスケットボールが置かれていたのだ。それが誰かの足に触れ、転がって落ちてきたらしい。

「たぶん、もっと奥のほう」

マリテが先ほどのわたしの問いに答えた。

「でも、手あたり次第に開けていってみようか」

うながされて、わたしは次の扉を開ける。こちらは整然としていたが、感想に困る。壁にところ狭しと突撃銃が立てかけられ、棚に小銃や弾がためこまれていたからだ。映画で見るようなロケットランチャーまである。

ゆっくりとドアを閉め、

「いまのは見なかったことにしよう」

と二人を振り向くと、そうだねというように頷きが返ってきた。その次は空き部屋だった。さらに次の部屋も同じ。が、その場所に近づいていることだけはわかった。黴や埃とは異なる、独特の臭気が濃く漂ってきている。

「そろそろだな」

誰にともなくいうと、うん、と背後のナイマが応じた。

先ほどのボールが、いまさらのように足元に転がってくる。マリテが身を屈めて、音を立てないようそうしろに転がした。ボールは静かに転がり、階段の下あたりで止まる。

また鼠が走った。

このとき、廊下の奥のほうからすすり泣くような声と、それをなだめる声とが聞こえた。しかも、その声といったら——。おのずと、鼓動《こどう》が高まってきた。

考えたくないが、しかし、そうなのだろう。

客間に空きがあるのに、わたしたちが母屋に通されなかった理由。その後に通された先が、地下から遠い二階であったこと。ゲリラというハサン一族のもう一つの生業《なりわい》。符合する。

「行くぞ」

「うん」

ナイマとマリテが、二人同時に応じた。残されたドアは一つだ。

冷たいノブにそっと手をかけ、ひいてみる。この期《ご》に及んで、わたしは心のどこかで間違いであってくれと願っていた。もし想像の通りであれば、ひき返せなくなる。

硫黄《いおう》の間歇泉《かんけつせん》みたいに、饐《す》えたような空気が一気に漏れ出てきた。

それから、内側にもう一つ扉があると気づく。木材が格子状に組まれている。牢《ろう》だ。

「誰?」

と、その奥から怯《おび》えたような声が響いた。

日本語だった。

予感はあたった。いや、あるいは地下へ降りると決めたときからこの事態を予想していたような気もする。排水口が一つあるだけの部屋に押しこめられているのは、一組の日本人夫婦だった。二人とも痩《や》せこけ、生気のない顔をしている。

前にニュースで見た、行方不明になったという夫婦である可能性が高い。

が、報道と異なる点がある。妻が眠っている赤子《あかご》を抱きかかえていることだ。

まず考えたのは、自分も日本人だといって安心させることだ。しかし、それはできないと思い直した。展開次第では、わたしたちも牢に入れられる立場になるかもしれない。まして、このことを知ってしまったとあれば、いよいよ一族もわたしたちを逃がすまいとするだろう。

だから第一の選択肢は、このまま見なかったことにすることだ。冷たいようだが、身の安全を考えるならばそうなのだ。が、うしろの二人はそれをよしとしない気がする。

「ねえ」

マリテがナイマを挟《はさ》んで問いかけてきた。

「この人たちって、やっぱりそうなの?」

「ああ、日本人だ」

牢の夫婦もフィリピンを旅するくらいだから、英語はわかる。

案の定、夫のほうがこれに反応して、わたしたちの目の前の格子を摑んだ。

「日本のかたですか」

「過度な期待はしないでください。わたしたちも、軟禁されている身ですから」

異国の地下の座敷牢に、日本語という母語が異質な響きをもって聞こえた。

そのまま、女性陣に向けて低く訊ねてみる。

「ここでひき返したほうがいいと思う人間は、手を挙《あ》げてくれ」

「待ってください!」

妻が子供を抱いたまま、夫を押しのけて前に出てきた。

「あなたたちにまで見捨てられたら……」

これもまた人の本能なのか、わたしも含め、結局誰も手を挙げられなかった。皆が沈黙したところに、妻が赤ん坊を差し出してきた。

「お願いです、もう母乳も出なくて……。どうか、どうかこの子だけでも！」

獄中出産かもしれない。

痩せていて、格子を通れるくらいに小さい。迷いなく、赤ん坊をナイマが受けとった。

「ヒロ、通訳してくれる？　子供は絶対に助ける、って」

「通訳はいらない。もう、充分に伝わった」

しかし、ここからどうしたものか。気がつけば、頭のうしろをかきむしっていた。

「この子だけでも、いい環境に移せるよう交渉する。このなかで、銃を扱える人間は？」

まずナイマが空いた手を挙げ、ついでマリテが肘から先だけを持ちあげた。

「マリテ、さっきの武器庫から小銃と弾を三セット持ってきてくれ。だが、本当にいいんだな」

何を当然のことをという顔をして、マリテが廊下をひき返していく。

マリテを待ちながら、獄中の妻に訊ねてみる。

「この子、名前はあるのか」

「のぞみ。希望の希に、美術の美」

つけてしまったのか、とまず思った。

一度だけ不妊治療がうまくいきかけたとき、わたしと妻はその新たな命に名をつけた。結果は失敗だったが、その名はいまも心の核に深く刻みこまれている。

やっと、わたしの腹も決まった。

マリテが持ってきた小銃と弾を受けとり、かつて本で読んだ手順に従って弾をこめる。片手が塞がったナイマのぶんも、かわりに弾をこめて渡す。マリテはすでに安全装置を外し、壁にくっついて両手に銃をかまえていた。

「新婚旅行か何かか?」

「昔、夫が医療ボランティアをしていた町に泊まって……。いい場所だったっていうから、どうしてもわたしも見てみたかったの。でも、帰り道に拾ったタクシーが」

目的地へ行かず、そのまま拉致《らち》されてしまったということか。

ただ、腑に落ちない点もある。

いまが、営利誘拐に適したタイミングとは思えないからだ。武装勢力は和平プロセスに入っているし、マラウィ市の復興が急がれるいま、ことを荒立てるのは誰にとっても望ましくない。おそらく、タクシー運転手のミスではないか。現に、夫婦が放置されたままなのがその証左《しょうさ》だ。

「もしかしたら、チャンスはあるかもしれないぞ」

そうわたしが口にしたときだ。上の階から、アフマドの声が響いてきた。

「おい、おまえら何をしてる！」

来た。わたしもマリテにならって銃をかまえ、ナイマを背後にかばった。

第五章　菊の名残《なご》り

海辺の竹の小屋に、さあっと夜風が吹き抜けた。運びこんだマットレスの上では、赤ん坊を挟んで、ナイマがこちらを向いて寝息を立てている。眠る赤ん坊の頭頂部に、そっと指で触れてみた。柔らかい、ゼリーのような感触が返ってくる。大泉門《だいせんもん》だ。

わたしも眠らなければならないと思うが、疲れているのにどうも目が冴えてしまって寝つけない。一つには、ここのハサン一族への恐怖心がある。母屋の地下には、日本人の一家三人が幽閉されていた。あの善良そうなハサンの一族がなぜ、と思う。いや、事実善良であるようにわたしには見える。だからこそ、その落差のようなものに、何か空恐ろしいものを感じるのだ。

眠れない理由のもう一つは、この子がいつ起きて泣き出すかわからないことだ。

赤ん坊は胃が小さいので、頻繁《ひんぱん》に母乳やミルクを求めてくる。昔読んだ本では三時間おきとあったが、この子の場合は、一、二時間おきに目を覚まして泣きはじめる。

——わたしもこうだったのかな。

とナイマがいっていたが、彼女の場合、もう確かめる相手がこの世にいない。

わたしたちはローテーションを組んで面倒を見ることにしたものの、思いのほか目が離せないし、気がつけばすぐうつ伏せに寝ていたりする。

うつ伏せは乳幼児の突然死につながりうるし、ましてや預かった子だ。慌ててひっくり返して、それから赤ん坊の顔を見て疲れを忘れたりもする。

まったくの手探りだった最初のころよりは、だいぶ楽になった。

何しろ、まず哺乳瓶《ほにゅうびん》からミルクを飲むことからしてやってくれなかったのだ。

はじめにナイマがこわごわ試したものの飲んではくれず、次にわたしが抱いたら、その瞬間にわんわんと泣かれた。見かねたイナ祖母ちゃんが慣れた手つきで抱きかかえて、はじめてミルクを飲んでくれたが、マットレスに横にするなり吐かれてしまった。

それでもしばらくイナがミルクをやっているうちに、赤ん坊も慣れるものなのか、やっとわたしやナイマの手からも飲んでくれるようになった。

印象的だったのは、おむつ替えのときにイナが蒙古斑《もうこはん》を指さして、

——ずいぶん大きいね、ハサンもこんなじゃなかった。

としみじみ口にしたことだ。

たまたまそうであったのか、それともこの子に流れるモンゴロイドの血が濃いからなの

かはわからない。ただ、ここにもわたしは日本からフィリピンにつづく列島のグラデーションを見たような気がした。

ナイマが何事か寝言を漏らす。

聞きとれなかったが、顔は笑っている。あとで、どんな夢を見たのか訊いてみよう。二人を起こさないよう、ゆっくりとマットレスから降り、小屋の戸口に腰を下ろした。

工業地帯のイリガンが近いせいか、満天の星ではない。それでも、天の川《あまのがわ》のあたりが紙に落とした滴のようにぼんやりと滲む。そうだ、確かフィリピンでは南十字星《みなみじゅうじせい》が見えるはずだと思い出し、北斗七星《ほくとしちせい》を起点に探しはじめ、その途中で赤ん坊が泣きはじめた。

哺乳瓶にミルクを量り入れ、母屋から定期的に届けられる魔法瓶から湯を注いだ。

衛生面が気になるが、どうせ一族もこのように育てられたのだと割り切る。湯がまだ熱かったので、わたしは赤ん坊を抱きかかえて浜に降り、海水で哺乳瓶を冷やした。

飲み口を顔に近づけると、安心したようにこくこくと飲みはじめる。飲み終えたのを見計らって、背中をさすってげっぷをさせる。

次は寝かしつけだ。ゆらゆらと揺すりながら、

「よし、いい子だ、希美《のぞみ》」

と声をかける。

この状況下において、日本語で話しかけるべきかどうかはだいぶ悩んだ。この子の未来

がどうなるのか、母語は何がいいのか、いまの時点で誰にもわからないからだ。結局は、どちらからいい出すでもなく、ナイマがタガログ語、わたしが日本語で語りかけることが多くなった。

赤ん坊の脳は混乱しているかもしれないが、爆発的にニューロンが増える時期だ。言葉についてはどうにかなるだろう。わたしとしては、この子が一家三人揃って無事帰国できることに望みをかけたかった。

だんだんと赤ん坊の目が閉じてきたので、小屋に戻ってゆっくりとマットレスに寝かせる。その瞬間、また目を覚ましてしまったので、最初に戻って揺すりながら抱いた。この子がそうなのか、それともそういうものなのか、マットレスに置いた瞬間に目覚めることが多い。

こんなところでも、世の親たちの苦労が偲《しの》ばれる。

もっとも、わたしたちの場合、時間だけはいくらでもある。問題はこれがいつまでつづくかだ。しかし、体力的には厳しいが、この瞬間だけを切りとるなら、いつまでつづいてくれてもいい気がする。星の下で、わたしは赤ん坊に語りかけつづけた。いい子だ、希美、いい子だ……。

海辺の小屋で赤ん坊を育てはじめるまでには、もちろん一騒動があった。

地下の座敷牢で武装して待ちかまえるわたしたちを見て、アフマドの顔に浮かんだのは、まず明確な敵意、次に逡巡だった。ひき返して銃か何かをとりに行くか、その間にわたしたちが逃げ出さないよう地下に留めておくかで迷ったのではないかと思う。

アフマドはわたしたちの銃には怯まず、むしろどうせ撃てやしないとたかをくくっている様子だったが、それでもゆっくり両手をあげ、こちらをにらみつけた。

——おまえたち、何が望みだ？

わたしは少し考えてから、最大限の要求を述《の》べた。

——この一家とわたしたちを解放しろ。

——それはできない。

——なぜだ？

——我々一族の安全が保障されない。まず、おまえたちはこの場所を知ってしまっている。口外しないと約束されたところで、全員がそれを守り通せるとはとても考えられない。それとも、俺を人質にでもとってみるか？

どうせできないだろうといわんばかりの口調だった。

実際、アフマドは元闘士だ。人質にとろうとしたところで、逆に銃を奪い返されて、揃って幽閉されるのがおちだろう。

——さて、どうするね？

――要求を変える。この赤ん坊を助けてやってくれないか。

この一言で、アフマドの態度が軟化した。アフマドは両手をあげたままナイマに近づき、彼女が抱く赤ん坊を覗きこむと、うむ、と喉の奥でつぶやいた。

――なるほど、こいつはまずいな。

それからアフマドが語ったところによると、一族もやはり、この日本人一家をどうするかで頭を悩ませていたらしい。

地元の住民が金目あてに夫婦をつれてきたのが約半年前。

が、対ＩＳ戦が終わり、復興が進むなか、アフマドら分離独立派は政府との和平プロセスを進めている。樹立されたイスラム自治政府も、一応発足まもない状態だ。少なくとも、営利誘拐などやるべき時期ではない。本来なら、その場で解放してやるべきだった。

ところがアフマドらが留守で、そこに、粗忽者のムラードが、これは金になりそうだと夫婦を幽閉してしまった。一度、監禁してしまったものは仕方がない。いっそのこと夫婦を殺してしまう案も出たが、問題は妻のほうが妊娠しており、やがてイナとキャサリンの手を借りて赤子を産んだことだった。

ハサン家としては、小さな子供を手にかけることまではできない。

これはアフマドも含めた皆の総意だった。とはいえ、解放してしまえば今度は自分たちが捕まる番になる。そういう背景があり、特に妙案もないまま放置されていたようだ。

ここまで話されたところで、

──ちょうどいい。

とアフマドが口の端を持ちあげた。

──こうなった以上、おまえたちをこのまま帰すわけにもいかない。それはわかるな？

さて、異教の娘よ。

急に視線を向けられ、ナイマがぎゅっと赤子を抱きしめた。

次に、わたしに目が向けられる。

──それから日本人。おまえたち二人で赤ん坊の面倒を見ろ。こう見えて、俺たちも忙しいんでな。

──なんだって？

──夫婦は人質としてここに閉じこめておく。おまえらが逃げれば、そのときは殺す。

有無をいわさぬ調子に、やや気おくれしながら応じた。

──わたしたちは隙を見て通報するかもしれない。それはどうする？

──したければそうすればいい。だが、おまえたちは赤ん坊を助けたいといって、俺は

それに応じた。その約束が破られるというなら、俺たちは躊躇なく闘うし、夫婦も殺す。

こうして、一種の取引が成立した。

わたしとナイマが子供の面倒を見て、マリテたちもひきつづき軟禁される。高床式の海

辺の小屋を選んだのはわたしの希望だった。一族の母屋は息が詰まりそうだし、開けた場所で波の音を聞かせながら育てるのが赤ん坊にもいいように思えた。

パスポートやスマートフォン、カード類はとりあげられてしまったものの、赤ん坊の顔をときおり両親に見せることや、両親の衛生面や栄養状態を考慮してもらう約束はとりつけられた。

とはいうものの、いつまで子守りをつづければいいのか。

さすがに、このままミンダナオ島に骨を埋めることはないだろう。強《し》いていうなら、和平プロセスの進展次第だろうか。政治さえ安定すれば、一族の安全が保障される形で、わたしたちが解放されるタイミングは訪れうる。

不安とともにナイマに目をやると、柔らかな、しかし決意のこもった視線が返った。

——なんとかなるよ《バハラナ》。

これが、十日前のことだ。

やがて空が明るくなり、朝が来たところで、そのナイマにバトンタッチをした。

緯度の低いフィリピンは夕暮れや朝焼けが短く、明るくなってきたと思ったら、もう朝になる。ちょうど赤ん坊も目を覚ましたので、ナイマが抱きかかえて浜辺に出た。

潮風に乗って、ナイマが何事かささやきかけているのが聞こえてくる。

戸口から様子を窺うと、足首まで海に浸《つ》かった彼女の姿が見えた。髪が風に舞いあがり、朝日を受けて光っている。反対を振り返れば、濃く茂った椰子の林がある。しばし、わたしは戸口に坐ってぼんやりと過ごした。

そのうちに、マリテが二人ぶんの朝食を載せたトレイを手にやってくる。

朝食はキャサリン母さんが作ったもので、皿一枚に目玉焼きとコンビーフ、少しの野菜、それから椀形に盛った米が収まっている。母屋で寝起きするマリテたちが先に一家とともに食べ、残しておいたわたしたちのぶんを運んできたものだ。

わたしたちだけ別であるのは、赤ん坊がいると食卓の雰囲気が重くなるからだ。ちゃんと食事の面倒まで見てもらえるのは奇妙なようでもあるが、そういえば、アラビア半島で拉致された旅行者が太って帰ってきたという報告を聞いたこともある。場所柄によっては、あるいは相手次第では、こういう状況でも客人として扱われるということだ。

小屋の戸口にトレイを置いてから、マリテはやれやれというようにこちらを見た。

「それにしても、あんたたち本当によくやるよね」

「自分でも不思議に思ってる」

苦く笑ったところで、ナイマが戻ってきて朝食の時間になった。

マリテも小屋に入ってきて、声のトーンを落とす。

「ちょっと散歩して周辺の村の人たちと話してきた」

「大丈夫なのか？」

「一応、キャサリン母さんから許可を得たよ。アフマドのおっさんなら絶対に許さないだろうけどね。で、まずわかったのは、あたしたちはここの客人ということになっている」

「そんなところだろうな」

「それから、ここの一族は皆からの信頼が篤《あつ》い」

「万一のときは、村人全員が敵ということか？」

マリテはそれには応えず、新聞を一部わたしに差し出した。

「これ、もらってきたからあげるよ」

今日付の現地の新聞だ。すぐに、ざっと記事をさらってみた。六面に、対ＩＳ戦後の復興が進んできたという旨の記事がある。わたしたちに関係しそうなのはそれくらいで、自治政府の和平状況などについては何も触れられていなかった。

「さて、どうしたものかな……」

「まずは現状把握と情報収集。じたばたしてもはじまらないからね」

マリテはさばけた口調でそういうが、さすがに不安が滲み出ているのが感じとれた。

ナイマが赤ん坊を横に寝かせて、朝食の皿をひき寄せた。

「わたしたちは放っておくと行方不明扱いになるよね。すると、どうなるだろう？」

「日本だったら……」

わたしは無意識に腕を組んだ。

「わたしたちの目撃情報があるから、救助される。でも、ここの警察は……」

三人同時に、ため息を漏らしてしまった。

何も知らない赤ん坊だけが、笑みを浮かべながらこちらを見ている。その頭を軽く撫でてから、ふとハサンのことを思った。あの青年はあれから顔を見せていない。ナイマやわたしたちがここへ来る原因を作った彼は、この状況をどう受け止めているのだろう？

しかし考える間もなく、急に赤ん坊が泣き出した。

ナイマが食事を中断して抱きあげる。

「はい、ママのかわりはここだよ……」

「やれやれ」

焦《じ》れたように、マリテが強めに頭をかいた。

「あたしは子供が苦手だからこのへんで。また何かあったら伝えるよ」

軽く手を振りながら、さくさくと浜辺を母屋へ歩いていく。

ナイマに目を向けると、赤ん坊を抱きながら、指先でこめかみのあたりを撫でてやっていた。二人で見つけた、この子のお気に入りのスポットだ。

きゃっきゃと子供が笑い、先に朝食を終えたわたしは、マットレスに身を横たえた。

そよ風のなか、戸口の向こうに椰子の葉が揺れて見える。まるで楽園だ。わたしたちは地下室よりはだいぶましな、けれども袋小路《ふくろこうじ》の海辺の楽園に閉ざされていた。

明るいので目の上をタオルで覆い、しばらくしたところで微睡《まどろ》んできた。潮騒の奥に、ここにない人々の声が聞こえはじめる。タオル越しの明るい闇は、やがて懐かしい日本の学校になった。音楽室だ。わたしは吹奏楽部の一員として、ホルンを手にしている。目の前の譜面台が古くて、高さの調節がうまくいかない。

わたしはやや窮屈な姿勢で、木管楽器と金管楽器をつなぐパートを吹く……。

焦《こ》がれてフィリピンへやってきたのに、不思議と、渡航してきてから日本の夢ばかりを見る。もっとも会社で働いている場面は見ない。これは、脳が無意識に拒絶しているからかもしれない。わたしは現実との境目で、漠然とそんなことを考えていた。

「ヒロ」

揺り起こされたときには、もう昼を過ぎていた。

「ねえ、ヒロ」

夢に流れていた音楽が、ゆっくりと海の波の音に戻っていく。少年時代に戻っていた心が、風に流された煙みたいに散り、消えた。それにしても、まだ交代の時間には遠い。そう気づいた瞬間、不安とともに赤ん坊の顔が浮かんだ。

「何かあったのか」

「起こしてごめん」

ナイマは赤ん坊を抱いたまま、小屋の戸口に立っていた。

「赤ちゃん、便秘みたいで。どうしよう、大変な病気とかだったら」

「見せてくれるか？」

戸口越しに赤ん坊を受けとって、マットレスに寝かせてみる。血色は悪くなさそうだ。口元のあたりをつつくと、笑顔が返ってきた。これは、昔カメラマンが使っていた術の一つだ。神経の反射か何かなのだろうが、驚かされたことを憶えている。

「ちょっと、変なことやらないでよね」

「たぶん、大丈夫だと思うよ」

「でも……」

「それじゃ、ちょっとおまじない」

そういって、わたしは人差し指を赤ん坊の腹に押しあて、渦を巻きはじめた。便秘に効くというマッサージだ。指を動かしながら、わたしは先ほどの夢の内容をナイマに語って聞かせた。

人の夢の話はつまらないというが、ナイマは興味深そうに耳を傾けてくれる。

「その学校、家からどれくらいだった？」

「近かったよ。公立校で、歩いて七、八分」

「いいな。わたしはあの村の出身だったから、学校が遠くて」

「ああ……」

「学校がある村まで、教科書を持ってみんなで歩くの。尾根道を延々と歩いて、片道で一時間くらいかかった」

「それは大変だ」

そこまで話したところで、赤ん坊の気配が変わったので、わたしは恐るおそる紙おむつを開いてみた。よかった、してくれている。すぐにおむつを替えて、それからもう一度、赤ん坊の口元をつついた。相手が笑うのを見て、おのずとこちらも破顔《はがん》する。そのことに気がついた赤ん坊が、また笑う。

赤子が笑うのは面白いからではなく、周囲に可愛がってもらうための本能だとも聞くが、それでもいい、嬉しい。何しろこちらときたら、他者の笑顔を見るとこちらまで嬉しくなるという、たったそれだけのことさえ、長いこと忘れてしまっていたのだ。

「ねえ」

ナイマが目を丸くしながら、高床の戸口に両手をついて身を乗り出してきた。

「さっきのおまじないって？」

少し考えて、「日本の妖術」と冗談をいってみたが、特に反応はない。

「……昔、子供ができるかもしれないチャンスが一度だけあったんだ」

結局、わたしは過去の不妊治療のことをナイマに打ち明けた。

産後を考え、育児に関する本を読みあさったのはそのときだ。

「その本に書いてあった。赤ちゃんが便秘のとき、どうすればいいのか」

話しながら、わたしは赤ん坊の足裏や爪先を撫でた。

「やっと役に立った」

赤ん坊を見下ろすと、壁の竹を編んだ隙間から温かな光が射していた。遠くの港のほうから汽笛が聞こえる。ナイマは「そう」とだけ応えて、それ以上は何もいわなかった。

蠅《はえ》が入ってきたので、団扇を使って追い払う。

それからまた眠気が来た。傍らに赤ん坊を寝かせたまま、仰向けになる。ナイマも腰を下ろして壁に寄りかかり、涼をとった。


夕方ごろ、ふたたび交代となった。ナイマがシャワーを浴びに母屋へ向かい、入れ違いに、粉ミルクや替えのおむつ、それから新しい湯を入れた魔法瓶をムラードが持ってくる。そもそもの元凶であるこの男には文句の一つもいってやりたかったが、向こうもそれを察知しているのか、ばつが悪そうな顔とともにすぐに退散していった。

赤ん坊はマットレスで寝息を立てている。

子育てをしたことがないので比較できないが、手のかからない子ではないかと思う。

やることがないので、マリテからもらった新聞をもう一度頭から全部読み直した。もっと情報がほしくて、焦れる。日本にいたころは絶え間ない情報の洪水にまいっていたというのに、皮肉なものだと思う。結局、また同じ新聞の一面に戻った。

ページをめくると、浜辺をさくさくと歩いてくる音が聞こえてきた。

すっかりナイマが戻ってきたのだと思いこみ、気にせず戸口に背を向けたまま記事を読んでいたが、やがて気配の違いのようなものを感じとり、振り向いた。

ハサンだった。

戸口に寄りかかり、じっとこちらを見下ろしている。この青年の顔を見たのは十日ぶりだ。日本人一家を見つけるよりも前、最初に母屋に通されたとき以来か。身体はもういいのかと問うと、おかげですっかり元気だと答えが返った。

「念のため医者にも診《み》てもらったが、疲れているところに雨にあたったからだといわれた。様子を見てまた起きないようなら大丈夫だとよ」

それからしばらく無言のまま目をあわせたのち、

「後悔しただろう？」

とがめるような口調で、ぽつりとハサンが訊いてきた。

彼が止めるのを聞かずに、ここまで渡航してきたことについていっているのだろう。

「少しね」

答えながら、わたしは新聞を元通りに折りたたんだ。

「だが、変な話、感謝してもいる。ミルク類はイリガン港まで買いに行ってるんだろ」

「そいつは伯父のムラードの担当だ。さすがに責任を感じているみたいでな」

「なるほどね」

先ほどのあれは、買い出しに行って、その足で届けにきたということだろうか。何か一言二言でも話しておけばよかったかもしれない。

ハサンが抑揚なくつづけた。

「ここまでついてきたのが間違いだったな」

どうだろうか。

中空《ちゆうくう》に視線を這わせ、しばし考えてから「わからない」と応えた。

普通に考えるなら、来なければよかったに決まっている。しかしこの浜辺を気に入ったのか、それとも叶わなかった赤子の面倒を見られたからか。

わたしの心は、確かにわからないと告げていたのだった。

「変なやつだな」

ハサンはそういうと戸口に腰を下ろし、片膝を立てた。

「ナイマは？」

「シャワーだ。母屋にいると思うが」

「……俺はあの日本人一家のことなんか聞かされちゃいなかった。そうと知っていれば、ナイマを迎えに行く時期も変わっていたはずなんだ。悪かったと伝えてくれ」

「あんたは――」

口を開きかけて、壁のようなものに遮られた。

青年の仕草やまとっている雰囲気から、複雑な感情が滲み出てくるのが伝わってきたからだ。いまわたしの置かれている状況は、けっしてよいものではない。けれど、それなのに、この青年はわたしを羨み、いまわたしがいる場所にこそ坐りたいと考えている。

彼と、もう少し話をしてみたい。そう思ったところで、相手がすっと立ちあがった。

「長居した」

ほんの一、二分のはずなのに、そんなことをいう。ハサンは赤ん坊を一瞥してから、足早に元来た道を戻っていった。やがて赤ん坊がミルクを求めて泣き出したので、わたしも機械的に空の哺乳瓶に粉を量り入れた。このとき、濡れた髪のナイマが戻ってきて、

「あれ？」

と戸口で身を屈めた。

「これ、どうしたの？」

彼女が手にしていたのは、プラスチック製の赤ん坊用のガラガラだった。こんなものはなかったはずだ。首を傾げてから、やっとそれが置き土産であったことに思い至った。

「さっき、ハサンが訪ねてきてね。それで」

「ふうん」

ナイマが無表情にガラガラを振って、音が出たところで微笑を浮かべた。手から手へ、玩具《おもちゃ》が赤ん坊の手に渡される。赤ん坊は一瞬不思議そうにそれを見て、やがて音が出るとわかると、ミルクを求めていたのも忘れて嬉しそうに遊びはじめる。

ちょんと、ナイマがその額に指先を触れさせる。

なぜだろうか、世界中でなされている営為《えいい》のはずなのに、隠された神秘でも垣間《かいま》見たような気にさせられる。魔法瓶からミルクに湯を注ぎながら、わたしはそんなことを考えていた。

そして思い出したのが、浩三の一編の詩だ。

　冬に死す

蛾《が》が
静かに障子《しょうじ》の桟《さん》からおちたよ
死んだんだね

なにもしなかったぼくは

こうして
なにもせずに
死んでゆくよ
ひとりで
生殖もしなかったの
寒くってね

なんにもしたくなかったの
死んでゆくよ
ひとりで

なんにもしなかったから
ひとは　すぐぼくのことを
忘れてしまうだろう
いいの　ぼくは
死んでゆくよ
ひとりで

こごえた蛾みたいに

この入営前の詩は、おのが未来を冷徹に見通しているようでもある。

浩三は生きたかったのか、それとも書かれている通り、一人での死を願ったのか。どちらともとれる。ただ、この詩には一つだけ謬《あやま》りがある。

わたしたちが、彼を忘れなかったことだ。

それにしてもだ。浩三の影を追って、その浩三がついに目にできなかった生殖の神秘が、いまわたしの目の前にある。これは全体、どういう皮肉なのだろう？

赤ん坊にあわせて、寝たり起きたりと細切れの睡眠をしているものだから、昼になってもうまく眠れない。わたしはぼんやりと浜の岩場に腰を下ろし、海辺の景色をスケッチしていた。

――先輩の興味って、人より風景にありますよね。

と、これはかつてADの井上に指摘されたことだ。いわれてみれば、心あたりは多々あった。使っていたコンピューターの壁紙はセルビア共和国の山中の写真だったし、ゴシップ好きの同僚の話についていけず、翌朝にはきれいさっぱり忘れてしまったりもした。そして、あまり人に質問をぶつけない。どこか根の深いところで、人とのかかわりを避けているのだ。

よくディレクターなんかやっていけたものだと思う。

最たるものは、やはり、うまくいかなかった結婚だろうか。

——なんで見てくれないの。こっちを見て、いまいるわたしを愛してよ。

こんなことを考えるようになったのは、あの赤ん坊がいるからだろう。最初は戸惑《とまど》い、赤ん坊と接することなど到底無理だと思った。現実は悩む暇もなく、泣かれ、ぐずられ、全存在を委《ゆだ》ねられる。そしてたった十日余りとはいえ、わたしはかつてあった人間性のようなものをこじ開けられつつある。

共依存と似ている、と思う。

そういえば会社の同僚に、過剰に甘え、そして狂言自殺をくりかえす恋人に振り回されている男がいた。しかし同僚は生き生きとして、むしろ事態を歓迎して楽しんですらいるように見えた。

典型的な例だ。もとより人への興味が薄いわたしは、何が楽しいのだろうと冷ややかな目で見てしまったのだが、共依存とはそもそも、人類が子を育てる一過程で必要な本能なのかもしれない……。

そこまで考えたところで、急に首筋に冷たいものをあてられた。

振り向くと、髪をツインテールに束ねたマリテがにやにやしながらペットボトルを突き出していた。受けとってから、マニラのコンビニでも見かけた緑茶だとわかる。

「キャサリン母さんからの差し入れ。〝わたしは知ってる、日本人は緑茶だ〟とかいって、ムラードのおっさんを買いに走らせたみたい」

「これは地下の夫婦にも？」

マリテが頷いたので、わたしはプラスチックの蓋を開けて一口飲んだ。

「甘いな」

「文句いわない。あんただって紅茶には砂糖入れるでしょ」

「わたしが紅茶を飲むとこ、見たことあるのかよ」

苦笑いをしながら、わたしはスケッチ途中のノートをたたんで手をついた。何か刺さるような感触があったので、ペットボトルを片手に身をよじって確認してみた。

前にも見た、富士壺に覆われた棒状のものだ。何気なく持ちあげて、眼前にかざした。

「古い船の一部とかかな」

「待って」

マリテがひょいと岩場に飛び乗ってきて、わたしから棒を奪った。しばらく、手の中で回してみたり、陽光に透かしてみたりしている。

「これって……」

「どうかしたか？」

「節穴もほどほどにしてよねってこと。あんたにだって、まるでかかわりのない代物でもないよ。けど、こんな浜辺にあるなんてね。やっぱり、あんたについてくると何かある」

棒を返されたが、しかしそんなことをいわれても、わたしにはこれの正体が皆目わからない。マリテを真似して回したり日に透かしたりするが、やはり細長い富士壺の塊にしか見えなかった。

見るに見かねたのか、マリテが答えを出してくれた。

「日本の軍刀」

「え？」

「よく見て、太くなってるあたりに刀の鍔《つば》が見えるから。あんたの国の戦争の遺物だよ。これを腰にさして、誰かが闘ってたんだ」

にわかには信じがたく、実感もなかった。また、手のうちで回してみる。

それから、だんだんとその重さが感じられてきた。まさかこんなものが浜辺に眠っていたとは。三四半世紀という時間が、ごつごつした手触りとともに流れこんでくるようでもあった。

そうだ。わたしはこういうことを知りたくてこの国に来たのではなかったか。

それが、かりそめの楽園に囚われてから、はじめて目の前に現れたことに皮肉を感じる。わたしはもう一度棒を眺め回してから、マリテに差し出した。

「コレクションに加えるか？」

「そりゃ、できればそうしたいけど……」

一瞬、ものほしげな空気が伝わってきたが、返答は逆だった。

「見つけたのは、あんた。大事に持っておくことだね。あたしは、自分がほしいものは自分で見つけ出す」

そういって、マリテは視線を海のほうに向ける。

このとぼけたトレジャーハンターにも、彼女なりの線引きがあるようだ。わたしは富士壺に覆われた刀を傍らにそっと置いた。それから、「なあ」と相手の横顔に声をかける。

「結局、きみたちは何者なんだい」

「いったでしょ。トレジャーハンターだって。お宝のためなら――」

「ただのトレジャーハンターじゃない」

刀の富士壺の凹凸《おうとつ》を撫でながら、わたしは指摘した。

「きみとアンドリューの関係はよくわからないし、金目あての人間の匂いもしない」

「や、あたし好きだけどね、お金」

明るく応じるマリテの笑顔には、しかし、とりつくろった感がある。

「それに、あの船のなかでのクイズだ。古物の写真を見せて用途をあてさせるまではいい。問題は、その内容だ」

「別に何もおかしくないでしょ」

「最初は化石だった。あとは、古い喫煙具やら双六やら。確かに価値はあるんだろうが、いかにも渋い。お宝で一攫千金とか、そういう方向性からはかけ離れている」

やや面映《おもは》ゆそうに、マリテがうなじのあたりをかいた。

「朴念仁《ぼくねんじん》だと思ってたけど、案外見てるんだね、須藤元ディレクター」

元ディレクター、の箇所だけマリテが嫌みっぽく発音する。

「それで、だからなんだっていうの？」

「きみの興味の対象は、考古学か、あるいはそれに近い何かだ。だから、トレジャーハンターという肩書きが、どうも煙幕か何かをはられたみたいに感じられる」

「そこまで。仲間同士、詮索《せんさく》はやめない？」

人の経歴には迫っておきながら、そんなことをいう。

ここは、ストレートに行くことにした。

「仲間だからだ。まして、この状況。互いのことはもっと知っておきたい」

ふう、というため息がまず聞こえた。それから、すっとマリテが無表情になる。

くるくると移り変わる表情に隠されていた彼女の一面が、垣間見えたように感じられた。おそらくこれが、一人でいるときの、彼女の素の姿なのだろう。

「名乗りたくても名乗れない」

「え？」

「……パンテオン・ソルボンヌ大学、博士課程修了。専門はお察しの通り、考古学。だけど、アカデミズムにあたしの席はなかった。なぜだと思う？」

性格、と答えそうになるのを押しとどめた。

「教授がカツラなのを皆の前で暴《あば》いたとか」

「それはやったけどそうじゃない」

やったのか、と思ったが黙って相手がつづけるのを待った。

「男手一つで育ててくれた父がいてね。その父というのが考古学者で、昔、シバの女王の伝説にあこがれてイエメンのマーリブを発掘していた。女王が治めていた国がどこにあったかは、まだ明らかにされてないからね。旧約聖書にも登場する王国の謎を解くこと、それが父の夢だった」

マリテが足元の小石を拾って、海に投げる。

小石が放物線を描いて、波間のどこかへ消えた。

「シバの時代の碑文《ひぶん》が出た。少なくとも、あたしはそういうメールを受けとった。でも、それを最後に連絡が途絶えてね。理由を知らされたのは、だいぶあとになってから。当時、政府と対立していたフーシ派イスラム教徒に誘拐されて、出土品から何から、すべて奪われたみたい」

「それは……」

言葉につまってから、似た状況に置かれながらよく平気でいられるなと思った。

いや、平気なわけがない。わたしもナイマも、不安を圧《お》し殺して顔で笑っているのだ。

「やがて父は帰国したけれど、世間の風あたりは冷たかった。一学者の夢のために身代金を払うのはどうかとか、そりゃもうさんざんでね。いまも検索すれば、そのころの話は出てくるよ。おのずと、大学にも身の置き場がなくなったみたい」

「では、きみが学者になれなかったのも……」

「父も父で、すっかり覇気を失っちゃって。十歳も二十歳も老けて見えたよ。まもなく心を病《や》んで、ドアノブで首を吊っちゃった。アンドリューはその父の最後の教え子」

「だから――」

アカデミズムの外でトレジャーハンターを名乗り、弔《とむら》い合戦に身を投じた？

先をつづけられずにいると、きっと鋭い視線を向けられた。

「あたしたちはいずれ必ず、イエメンでシバ王国の痕跡を見つけ出す」

「でも、イエメンはいま……」

「内戦状態」

無表情のまま、マリテが即答した。

「まず、二〇一五年にフーシ派がクーデターを起こした。そこにアルカイダ傘下《さんか》の組織も加わり、いまに至る内戦がはじまった。悪いことに、サウジアラビアやイランが介入して代理戦争をはじめ、戦況が泥沼化した。これが、世にいうところのイエメン内戦」

でも——。ぽつりと、マリテがつけ加えた。

「あたしは終戦を待つ。それが、十年後だろうと二十年後だろうと……」

もう、わたしには何もいえなかった。

かわりに、きみもか、と心中で語りかけた。この飄々とした自称トレジャーハンターもまた、戦争を生きている。心の奥底にいる誰かが、わたしの喉元に閂《かんぬき》をかけていた。

そこにちょうど、赤ん坊を抱えたナイマが母屋のほうから姿を現した。

あの地下室で、子供を両親に見せてきた帰りのようだ。どうだったかと訊ねると、

「喜んでたよ」

と短い返事があった。

「夫婦の様子は?」

「だいぶ疲れてるのは確かだけど、顔色は前よりいい。誰がやったのか、部屋も掃除されてたよ。シャワーも浴びさせてもらえるようになったって。見張りつきだけどね。最初は足もすっかり萎えちゃってたけど、このごろは歩けるようにもなってきたみたい」

「よかった」

何もよくないが、口を衝いて出たのはそんな台詞だった。

ナイマも同じ気持ちなのか、口元を結んだまま小さく頷く。それから、赤ん坊を抱く手に持った空の哺乳瓶を掲げてみせ、いつもの小屋へ戻っていく。ミルクを作る、ということだろう。

しばらくして、ちょっと、と呼び声があったので、わたしも刀を手に小屋に向かった。

「微熱があるみたいなんだけど、どう思う？」

うながされ、わたしは赤ん坊の額に手をあてる。確かに、少し熱はあるようだ。

「大丈夫だろう。一晩、様子を見ておこう」

「本当に大丈夫？　ねえ、適当なこといってないよね」

「熱はそれほどじゃないからね。まずはここで休ませよう」

それにしても、いまが雨期でなかったのは幸いだ。雨期には蚊が大量発生し、マラリアやデング熱まで心配しなければならない。日本では大騒ぎになるデング熱も、フィリピンでは日常的なもので軽く扱われると聞くが、この子は病院へ行けないのだ。

だから、わたしたちとしても慎重にならざるをえない。

ナイマがミルクを作り終えたところで、

「ア、ア」

と赤ん坊が笑顔を作った。ナイマもつられて笑みを浮かべ、

「いま、ママっていったんじゃない？」

などと得意そうな顔をする。いや、パパであるはずだ、とわたしはどこかで聞いたような台詞を返した。この時期の赤子は子音を発音できないと何かで読んだ気もするが、そんなことはおかまいなしだ。この子の一言で、狭い小屋が温かな空気に満たされてくる。が、それもわずかなあいだのことだった。すぐに、気づいてしまったからだ。

「……いまの一言は、あの夫婦が聞くべきものだった」

これにはナイマも思うところがあったのか、哺乳瓶を赤ん坊の口にあてながら、

「そうだね」

と低くつぶやいた。

「やっぱり、このままじゃいけない」

「うん、このままじゃあ……」

そうかといって事態を変えられるわけでもないので、わたしの返事は尻すぼみになる。今度は、二人して伏し目がちになってしまった。

「思いつめちゃだめ」

と外から声が聞こえてきたのはこのときだ。

マリテが軽い足どりで高床の戸口まで登ってきて、にっと歯を見せた。

「このマリテ様が助けてあげようじゃない」

そういって、マリテは小屋に入ってくるとマットレスに放置されていたガラガラを拾った。からん、とチベット仏教のマニ車《ぐるま》みたいにそれを回す。

「本格的に逃げる算段を立てるよ」

咄嗟に身体が動き、彼女を手で制した。それから、自分がいわんとしたことに気づく。

「あの夫婦を置いてはいけない」

「もちろん一家もつれてだよ。話を聞く気になってきた？」

ちょっと待て、とわたしは戸口から首を伸ばし、周囲に誰もいないことを確認した。

「できるのか？」

「ただでとはいわない。成功報酬として、その刀をもらうのでどう？」

「ああ……」

無意識に、床に置かれたままの刀に目がいった。自分には必要のないものだ。

「かまわない」

わたしが答えるのと同時に、ナイマも頷いた。

「OK、商談成立ってことで」

マリテが両手をあわせて、首から上を少しだけ右に傾けた。

「それじゃ、ポイントを整理するよ。まずその一、人質の救出。うまく、一族の監視の目をすり抜ける必要があるよね。その二、逃走手段。これは屋敷に一台あるあのミニバンしかない。鍵はだいたいムラードのおっさんが持ってて、夜には玄関の裏にかけられる」

「そうなのか？」

「あたしやアンドリューがこれまで何もしてこなかったとでも思う？　とりあえず、手順を話すよ。まず、夜の時間帯に、母屋の中庭にあるあの竹の小屋に火を放つ」

「おい、大丈夫なのか」

「だってむかつくじゃない」

マリテが唇の先を尖らせ、それからわたしたちを見て咳払いをした。

「燃えやすいよう、少しガソリンか何かをまくのがいいかもね。皆の注意がそちらに向いた隙に、あたしが牢を破る。チーム分けは、牢破りにあたしとナイマ。夫婦を迅速《じんそく》に誘導しないといけないから、信頼を置かれているだろうナイマがいるといい」

「わたしとアンドリューが地上か？」

「消火活動にあたってほしい。皆も消火に参加させて、注意をひきつけてもらう。その間、あたしたちは夫婦と車のキーを回収する。あとは、いっせいに車に乗って逃げる」

天井を仰いで、マリテの計画を反芻してみた。

狙いはわかる。確かに、こんなところかもしれない。

「……一族に協力者が必要だ。スマートフォン類はともかく、パスポートがある」

「つけこめる。一族にも問題があって、それは彼らもあたしたちや日本人一家を持て余していること。だから探ってみた。まず、アフマドのおっさんはあいかわらずの強硬派。ムラードはあたしたちに同情的だけど、いざというときに信用できないし何より口が軽い」

歯に衣《きぬ》着せず、マリテがつづける。

「イナ祖母ちゃんとキャサリン母さんは、本当のところ、あたしたちなんかさっさと逃がしてしまえばいいと思ってる。ただ、皆の手前、はっきりそうと口にはしない。サラマト祖父ちゃんも同情的なんだけど、いかんせん日和見《ひよりみ》だし、何かにつけてアフマドの顔を立てようとする」

「ハサンは？」

「あいつだけはわからないんだよね」

一瞬の間ののちにマリテが答えた。

「考えが顔に出ない上に、単独行動ばかりで、屋敷にいない日のほうが多いくらい。直感的には、ハサンはあんたたちは助けてもあたしは助けない」

「……キャサリンさんは難しそうだな。性格的に、隠しごとができなそうだ。その点、イナ祖母ちゃんには年の功があるし、赤ん坊の面倒まで一緒に見てくれたりした」

「ねえ」

と、ここまで話が進んだところでナイマが割って入った。

「ここの一家に、咎《とが》が及ばないようにはできない？」

なるほど、とわたしは口中でつぶやいた。

わたしたちが逃げれば、今度はハサンの一族が窮地に陥るだろう。しかし、わたしもナイマと同じ気持ちだった。軟禁され、怯える身でありながら、それでもわたしはここの一族と心の交流を感じている。

ただ、マリテは反対の意見だったようだ。何をいい出すのだとばかりに、一瞬、すがめた目をこちらに向けてくる。が、その口から異論が唱えられることはなかった。

「まったくもう……」

マリテが腕を組み、二つの眉を寄せた。

「あんたたちらしいよ。わかった、もう少し練ってみようか」

そうだな、とやや気おくれしながらわたしは頷いた。急に気おくれしたのは、あのことが頭をよぎったからだ。それを、すぐにナイマに見破られた。

「ヒロ、占いのこと気にしてるでしょ」

ナイマの祖父が送ってよこした占いだ。

――迷ったときは、流れにまかせて動かぬが吉。無理に動けば凶。

気にならないといえば嘘になる。けれども、いまわたしたちが人としてすべきことは？

「お祖父さんには悪いが……」

「それでいい」とナイマが迷いなく応えた。「わたしたちの心に従おうよ」

短い夕暮れを経て、すぐ夜になった。ぽかりと浮かんだ月を、ゆらめく海面が映し出した。わたしたちは小屋を出て、しばしその景色に見入ってから、背後の椰子林を向いた。赤ん坊は、いまナイマの腕のなかだ。ガラガラを手に、満ち足りているように見える。普段なら、マリテかアンドリューがわたしたちのぶんの夕食を持ってくる頃合だ。

「どうかな」

林のシルエットを見ながらつぶやくと、

「なんとかなるよ」

小声でナイマが応じた。バハラナという言葉には投げやりなニュアンスが含まれることが多いとも聞いたが、どうしたわけか、彼女がそういうと本当になんとかなる気がする。

マリテたちの話によると、涼しいこの時間帯、一族は中庭で食事をとる。彼女らもその輪に加わるが、その前に、アンドリューが中庭の小屋にアナログ時計を使った時限式の発火装置を仕こんでおく。

装置を使うのは、火の手があがる瞬間に彼女らが怪しまれないため。燃え残るかもしれないが、それが見つかるのはわたしたちが逃げたあとだ。

やがて林の奥の一角が赤く燃えあがり、ぱちりと木材が爆ぜる音がここまで聞こえた。

「はじまったな」

頷きあい、わたしたちは浜を歩き、林に入ってからは小走りになった。

「早く！」

この叫び声は、アンドリューのものだ。

「火を消せ、母屋に燃え移っちまうだろ！」

自ら放火しておきながら、なかなかに図太い。遅れて、わたしたちも門をくぐって中庭へ駆けこんだ。

中庭のテーブルにはまだ夕食が半分ほど食べ残されている。ミルクフィッシュの香草焼きだ。隅のほうに、わたしたちのためにとりわけた盆があるのが目に入り、じくりと胸が痛んだ。

動いているのはアフマドとキャサリンだ。

噴水を出したアフマドに向けて、キャサリンが洗濯用の空のバケツを放った。サラマト祖父さんとムラードは呆然と着席したままで、イナ祖母ちゃんはというと、「おやまあ」とでもいわんばかりに燃える小屋を見つめている。

ハサンの姿がないのが気になるが、ここまで来て、もうあとにはひけない。

アフマドがバケツの最初の一杯を小屋にかけるが、火の勢いが衰えないばかりか、逆に火の粉が降りかかって一歩あとずさる。すかさず、わたしもそこに割りこんだ。

「キャサリンさん、バケツはまだある？」

返事のかわりに、空のバケツをもう一つ放られた。

中庭にいくつかバケツがあることは、マリテとアンドリューが確認済みだ。

「バケツリレーといこう。サラマト祖父さん、ムラード伯父さん、頼む」

おおそうかというように、男二人が立ちあがり、噴水から順に、アフマド、わたし、ムラード、サラマト、アンドリューとつらなる列ができあがった。すぐにバケツが回りはじめ、忙しくなる。マリテとナイマは遠巻きに様子を窺っていたが、皆の注意が小屋に向いているのを見計らい、こそこそと母屋へ入っていった。テーブルについたままのイナ祖母ちゃんだけがそれに気づいて、なるほどねというような顔をして、大きく息を吐いた。

「まったく、いったいなんだって……」

ぼやくムラードにバケツを押しつけると、タイミングを誤った相手がそれをとり落とし、あたり一面が水びたしになった。

「すまねえ」

間を置かずして、粗忽者だのごくつぶしだのと心ない罵声が飛ぶ。わたしは心中でムラードに謝り、空いたバケツをアフマドに戻した。すると今度はサラマトが腰に手をあてて立ち往生し、またもリレーが止まる。

「持病の腰痛が……」

「ゆっくりでいい」

アンドリューがこれに応えて、

「火が広がらないことを優先しよう。最終的な消火はあと回しだ」

もっともらしいことをいいながら、とっくに火の消えた小屋の戸口のあたりに水をまく。これは、マリテたちのための時間稼ぎだろう。

小屋の高床の下にいた鶏たちが鳴きながら躍《おど》り出て、わたしたちの足元にまとわりつきはじめた。ローストチキンになるまいと殺気立った鶏たちは、なぜかムラードに照準を定め、いっせいに飛びかかって嘴《くちばし》で攻撃しはじめた。

「おい、やめろ。こら！」

羽まみれになるムラードが、いつかの井上を彷彿とさせる。

この隙に、ちらと母屋に目を向けた。まだ牢破りの最中なのか、出てくる様子はない。まだかと思ううちに、おのずと鼓動が速くなってくる。鎮まれと胸に手をあてていると、

「ほいよ」

とアフマドからバケツを押しあてられた。

鶏につつかれているムラードにそれを回し、アンドリューから返ってきた空のバケツを戻す。そこにまた、水の入ったバケツが来る。単純作業をくりかえすうちに、不思議と緊張が解け、妙な連帯意識のようなものが芽生《めば》えてきた。目的が消火そのものにあるような気がしてくる。

「あと少しだ！」

アンドリューが叫ぶのと同時に、視界の隅でそっと母屋の玄関が開いた。順に、四つの人影が横切っていく。赤ん坊を抱えたナイマとマリテ、そして二人に手をひかれる日本人夫婦だ。

手をひかれているのは、紙袋で目隠しをされているからだ。

わたしたちは適当なところで夫婦を解放できればそれでいいが、夫婦のほうはあとあと長い聴取を受けることになるはずだ。この場所を把握した彼らが隠し通すのは難しいし、そうする義理もない。夫婦が信頼して応じてくれるかどうかが心配だったが、ナイマがうまく説明したのだろう。

人影は大きく中庭を迂回《うかい》して、噴水の向こう側に駐めてあるミニバンの背後に回る。

計画通りならば、その裏の茂みに予備のミルクや替えのおむつ、わたしたちのパスポートや通信機器をイナ祖母ちゃんが隠しておいてくれているはずだ。向こうの様子が気になるが、あまりそちらばかり見ていても怪しまれそうだし、何より次から次へとバケツが回ってくる。

鶏たちはやっとムラードへの攻撃をやめたようだ。

「やれやれ」

ムラードがため息をついて、そしてまたバケツを落として水をぶちまける。

男五人のバケツリレーに、わたしもだんだんと腰が痛くなってきた。

早くサラマト祖父さんを休ませてやりたい。とはいえ、小屋はまだくすぶっているし、車のキーを手にしたはずのマリテたちに動きがない。焦りが高まってきた、そのときだ。

——夫婦は無事に助け出した。

耳許で、ナイマのささやき声がした。

——ミルクや替えのおむつ、パスポート類も回収できた。

車のほうを見ないようにしながら、さりげなく頷いて了解の意を示した。ナイマのほうからは、明るいこちら側が見えやすいはずなので、おそらく、これで伝わったはずだ。ところが、こんなときばかりムラードが鋭く見とがめてくる。

「どうかしたのか？」

「いや……」

わたしは一瞬目を泳がせてから、

「サラマト祖父さんがかわいそうだ。火もだいぶ収まったし、休んでもらわないか」

「なるほど、そうだな」

「なんの、わたしはまだ——」

サラマトの抗議に対して、アフマドが顎をしゃくる。これを受けて、アンドリューとムラードが強引にテーブルまでつれていき、イナ祖母ちゃんの向かいにつかせた。

「なんの！」

サラマトがもう一度叫び、それから、いたたと腰に手をあてる。アンドリューたちが戻ってくるまでのあいだに、第二信があった。

――でも鍵がない。車のキー。

「え？」

声に出してしまった。訝しげに、アフマドがじろりとこちらを見る。声はつづいた。

――普段は玄関裏に吊るされてる時間らしいんだけど、たぶんムラードが戻し忘れた。

あの伯父の粗忽、というわけか。

彼からうまく鍵をすりとることはできるだろうか？　無理だ。スリの技術などないし、第一、どこに持っているかなんかわかりはしない。

どうする、と自問していると、よりによってアフマドがこんなことをいい出した。

「ムラード義兄さん、車のキーを貸してくれ」

「え？」

「あの小屋、ミルクやおむつの替えがあったろう。燃えちまったから、買い足さないと」

「そうだっけ？」

首を傾げながらも、ムラードがポケットから鍵を出してアフマドに放る。

万事休すと思ったその瞬間だ。受けとった鍵を、アフマドはこちらにトスした。

「行け」

こちらの目を見て、アフマドが口だけを動かす。考える暇はなかった。車に走り寄り、遠隔操作ですべてのドアを解錠する。日本車で、ムラードが横着して母屋側に向けて駐めたものだ。すぐに、ナイマが運転席に乗りこんだ。

同時にマリテが日本人夫婦をミニバンの二列目に押しこみ、自分は大きな紙袋とともに最後尾席に滑りこむ。あれが、茂みに隠しておいてもらったという荷物だろう。

赤ん坊は、目隠しされたままの母親がしっかりと抱いている。

呆気にとられるムラードを尻目に、わたしが助手席に、アンドリューが三列目につく。

マリテが号令を出し、ドアも閉めないうちからナイマがバックで急発進した。

遅れて、間の抜けた日本語の警告音声が流れる。

「ETCカードが挿入されていません」

海外で意味を問われる日本語、ナンバーワンだ。

羽まみれのまま何事か大声で抗議するムラードと、目をそむけるアフマドの姿がちらと見えたが、マリテとアンドリューが手を伸ばしてスライドドアを閉める。まもなく車が門を抜けて、未舗装の道を跳ねた。

夫婦がどこに腰を下ろせばいいかわからず、席の右側に詰めていたので、

「大丈夫です」

日本語で声をかけ、手を伸ばして母親を右側、父親を左側に誘導した。

「必ず日本へ送りかえしますから」

小刻みに、夫婦にかぶせられた紙袋が上下する。わたしは振り向いた姿勢のまま、「どういうことだ」と英語でマリテに問いかけた。

「一族の協力者は――」

そこまで口にしてから、夫婦の耳があることに気づいて、念のため個人名を伏せた。

「あの祖母ちゃんじゃなかったのか？」

「まさか」

揺れる車のなか、マリテがにんまりと笑う。

「確かにお祖母ちゃんはあたしたちに同情的だった。でも、家長《かちょう》の頭越しに一族を裏切ってまであたしたちを逃がすなんてできやしない。仮にできたとしたって、それをやらせるのは酷だし、告げ口といった不安要素も残る。あたしの狙いは、最初からあのおっさん」

反射的に、鍵をトスしてくれたアフマドの顔が浮かぶ。

「その、なんだ。おっさんが、どうしてわたしたちを逃がす？」

「おっさんは強硬だけど、理で判断して動くタイプだった。そして、こうと決めたことは曲げない。裏を返せば、説得が可能で、味方にした場合は安心ってこと」

アフマドが替えのおむつやパスポートをわたしたちのために茂みに隠すところを想像し

てみた。どうもイメージにそぐわない。

が、機転をきかせて鍵を渡してくれたのも確かなのだ。

「知らなかったのは、もしかしてわたしだけか？」

「あんたは顔に出るからねえ」

さすがに絶句したが、思いあたるところもあり、それもそうだと納得してしまった。

「どうやって説得した？」

「簡単。あたしはただ、おっさんの重荷をとり除いてあげようとしただけ。もともと、政治情勢的にも一族は夫婦を逃がしたがっていた。ただ、あとあと罪に問われることが心配だったってだけ。だから、あたしはまずこう持ちかけた。おっさんのことは嫌いだけど、あのお祖母ちゃんやお母さんに咎が及ぶのは本意じゃないし、屋敷の場所を口外しないと約束すると」

「それで……」

石でも踏んだのか車がまた跳ね、舌を嚙みそうになった。

「そんなことで信じてもらえたのか？」

「もうちょっと人を信じることを覚えなよ。あたしやアンドリューが、そしてあんたやナイマはこういう約束を反故《ほご》にする？　しないでしょ。で、あのおっさんも、人を見る目はあったってこと。たとえば、子供が苦手なあたしに子育てを命じたりはしなかった」

「確かに、わたしは裏切る気はない。でも、仮に警察の調べを受けたらどうだ？」

「おっさんにも保険はある」

「保険？」

「汚職が蔓延した国の、戒厳令下の島。あたしたちが通報したところで、軍を買収してうやむやにできるってこと。でも、そうしなきゃならないよりは、今回の方法がまだいい」

賄賂《わいろ》、ということか。なんとなく苦い気持ちになりながら頷いた。

「……おっさんの協力が得られたのに、あんな大立ち回りをする必要はあったのか？」

「あの家は周囲からの信頼が篤くて、だからこそ拉致被害者も運びこまれた。分け前にあずかろうとする人間もいる。一族としても〝逃がしてやりました〟では済まされないってこと。だから、あたしたちが自力で逃げ出した体裁にしなければならなかった」

ここまで話されたところで、やっと舗装道路に出た。

会話は英語だが、これで夫婦もだいたい状況を把握できただろう。

「飛ばすよ」

ナイマが低い声で宣言して、一気に時速が八十キロ近くにまであがった。

椰子の林越しに、夜の海がちらついて気持ちいい。夫婦にも景色を見せてやりたいが、まだ目隠しは外せない。かわりに、少しだけ窓を下げて潮風を入れた。

道はわかるかとナイマに問うと、ここからは一本道だと答えが返った。

一番うしろの席では、アンドリューが紙袋を漁《あさ》り、自分のスマートフォンやパスポートを回収したところだ。つづけて、マリテが自分のぶんを袋からとり出す。

「お気に入りのドレスを置いてきちゃったのが痛いな」

「おかげで、荷物が軽くなりました」

アンドリューの皮肉を軽く聞き流し、どこに隠し持っていたのか、マリテがあの富士壺の塊を眼前にかざした。

「でもいいか。戦利品もあることだし」

車は国道を北へ向かっていた。

行き先は、おそらくリゾート地のカガヤン・デ・オロだろう。あそこなら大きな港があり、頻繁に船が発着している。

本当ならば飛行機のほうが楽なのだが、この夫婦がいると話がややこしくなる。

「はい、これ」

マリテが立ちあがってうしろから手を伸ばし、スマートフォンやパスポートをまとめて差し出してきた。

夫婦のパスポートもあった。夫は、赤色をした十年有効のやつだ。だいぶ使いこまれ、古びているのがわかる。妻のは紺色の真新しいパスポートだ。この旅行にあわせて、はじめて作ったものかもしれない。そんなことを勝手に想像し、胸を痛めた。

「電子機器はちゃんとフル充電されてる」

「おっさんに感謝だな」

そんなやりとりをしているところに、「検問！」と運転席から鋭い声が飛んできた。見ると、道の向こうのほうにテントがはられ、数名の軍人がにらみをきかせている。慌てて、目隠しの紙袋を二人から外し、検問を過ぎたところでまたすぽりとかぶせた。

「すみません、港に着いたら外しますんで」

「いいえ、だいたい事情はわかりましたから……」

父親が日本語でわたしに応えた。

「それに、やはりこのほうがいいはずです。わたしたちは、彼らを許せませんから」

「お母さんにも、早く子供の顔をゆっくり見せてあげたいのですが」

「ごめんなさい」

このとき急に、呻くような声で母親が口を開いた。

何かと思っていると、ふたたび運転席から「検問」の声が飛ぶ。わたしたちは機械的に二人の目隠しを外し、また元に戻した。

「謝るようなことでは……」

「本当は、あなたたちに感謝しなければならないのに、まだ心の整理がつかなくって。何しろ、せっかく子供まで授かったというのに――」

子供。

いまさらのように胸の奥がざわついたが、かつてほどではない。むしろ、自分自身の感覚の鈍麻《どんま》、記憶のあてにならなさを実感した。母親がつづける。

「いまはただこの国が憎い。この国の人たちが許せない」

この一言は、おそらくこの場の全員が理解した。

最初から日本語がわかるマリテは別にしても、アンドリューは視線を窓の外にそらし、運転しているナイマも、軽く下唇を嚙むのが見てとれた。それから、かつて彼女にいわれたことが思い出される。

——なんで日本人なんか助ける必要があるの？

ナイマの両親の墓が荒らされるきっかけを作ったのは、かつての大戦だ。

それだけではない。この地で命を落とした日本の軍人、軍属は、約五十万人。これだけでもとんでもない数字だが、フィリピン人は百万人以上が死んでいるのだ。

悩んだ末、わたしはタガログ語でナイマにささやきかけた。

「許してやれとはいわない。彼女は歴史を知らないんだ」

「歴史《カサイサヤン》、ね」

とタガログ語が返ってくる。抑えた口調だが、苛立《いらだ》っていることは伝わってきた。

「わたしたちから歴史をとったら、いや人間から歴史をとったら、全体、何が残るっていうの？」

　このナイマの言は、むしろわたしの胸に響いた。

　わたし自身が、歴史を見失って漂流している人間だからだ。縦軸《たてじく》を失い、自意識ばかりを断片化させて宙に浮かせているからだ。

　——その何が悪いんです？

　という井上の声が聞こえてきそうだが、少なくともわたしは、このように捉え、このように感じとっている。百万という数字とて、そうあってはならないと願いながら、しかしわたしにとっては、まだ数字にすぎないのだ。だから、そう——。

　何もない。

　わたしに人のことなど、いえたものではなかった。

「そうだな」

　と、結局それだけが口を衝いて出た。これ以上は何もいえない。

　そしてわたしは、うしろの父親がかつてフィリピンでボランティアをやっていたという話をすっかり忘れていた。

「妻の非礼を詫びたい」

　一語一語を思い出すように区切りながら、たどたどしいタガログ語で父親が口にした。真剣な口調だ。それはナイマにも伝わったのだろう。彼女はふっと笑うと、

「誰が母親でも同じことをいうよ」

ドライにそう応え、ハンドルを右に切った。

ヘッドライトが灯され、見えない光の円錐《えんすい》が、二つ眼前の道路に投影される。母親の一言で、皆、すっかり静まり返ってしまっていた。少なくとも、ナイマは傷つけられたはずだ。フィリピン人の彼女が子育てを手伝い、夫婦の救出に手を貸したのではなかったか。それでも確かに、いまこの母親を責めるのは酷だ。だから誰も何もいわないし、聞かなかったことにする。

しかし一度ざらついた心はそのままだし、奥底では、これでいいのかとも思う。

ふと、こんなとき井上ならどう対応するだろうと思った。やや軽薄な、斜め上のことを口にして、そこから会話が弾むよう持っていく気もする。もしかすると、わたしは知らず知らず井上に助けられていたのかもしれない。いまさらのように、そんなことを思う。

暗く、夜の海はもう見えない。

カーブを曲がったところで、あくびとともに、アンドリューが大きく伸びをした。

「マニラに着いたら何食べる？」

いやね——。と申し訳なさそうに彼が言葉を継ぐ。

「屋敷の手料理もよかったけど、さすがになんだ、素朴というか、飽きてきてな……」

「ジョリビー」

すかさずナイマが口にしたのは、フィリピン発の人気ファストフードチェーンの名だ。

「チキンとごはんのセットがいいな。夢にまで出てきたよ」

意外に現代っ子なのかな、などと思いつつ、姿勢を変えてシートに両手をついた。

すると、どうも何か手触りが粉っぽい。芋《いも》のケーキのかすが手のひらにくっついてきた。これは、ムラードあたりのおやつだろうか。

「わたしは和食だ」

アンドリューに感謝しつつ、わたしも答える。

「〝桜島《さくらじま》〟という名前の店があったから入ってみたい。ネーミングの妙みたいなものが気になっていてね。昔は、海外に行ってまで和食を食べる人の気持ちがわからなかったんだが……。だんだんと、否応《いやおう》なしに身体が求めるようになってきた」

子供のころ、全日空《ぜんにっくう》の機内食に蕎麦《そば》が出ると話題になったことを思い出す。

そういえばインターネットも普及していなかったころだ。誰が見つけていい出し、どう人口に膾炙《かいしゃ》していったのだろう。それも、記憶のもやの向こう側にあってわからない。

「そうかい」

アンドリューが喉の奥で笑った。

「俺はあんたより若いが、すでにムール貝の白ワイン蒸しを食べたくて仕方がないぞ。あんたは、たぶん根のところで放浪者だったんじゃないか」

「そんなもんかな」

答えながらも、腑に落ちるところはあった。もともとが根なし草で、かつてはそれでもよかった。ところが、いざフィリピンに来たときには、もう身体がついてこない。

いま、わたしは個体としての過渡期を迎えつつあるのかもしれない。

このあたりにも、わたしが歴史を希求する理由が眠っていそうだ。夜、ベッドで横になるように、身体を横たえるためのこれという一つの歴史を。そうだ。ウェブを通じて突然に排外思想や歴史修正主義に染まるのは、中高年に多いとも聞いたことがある。

——またそんなことをいって。

脳内の井上がいう。すっかり、彼もわたしのなかに棲《す》みついてしまった。

——単に、ウェブに慣れてない層が時間を余らせた結果でしょうよ。

そうかもしれない。でも、どうだろうか。老いて、その行く先に求めた最後の寝台が、排外思想といったものだったとしたら？　わたしに、その寝台を奪う資格はあるのか？

「あたしは決めてる」

マリテの明るい声が、黙考しがちなわたしを現実にひき戻す。

「エルミタ地区のビストロ・レメディオス」

「ああ」

わたしもこれに応える。スペイン風の洒落た内装の、伝統料理の店だ。

「あそこは美味《うま》い。少し高いがな」

「まだ食べてないメニュー、たくさんあるんだよね」

この国で外食をすると、米と肉だけを豪快に出されることになりやすい。スパイスは少なく、そして野菜が圧倒的に不足する。その点マリテが挙げた店は、メニューの幅広さといいスパイスの使いかたといい、なるほどこれが現地人の本気かと納得させられた。

空はもうすっかり暗い。

肌寒く感じられてきたので、わたしは助手席の窓を閉めた。カガヤン・デ・オロまでは、あとどれくらいだろう。夫婦に「あと少しです」といってやりたいが、自分自身、いまどのあたりを走っているのか皆目わからなかった。

スマートフォンを起動すれば地図が見られるだろうが、わたしは現地のＳＩＭカードを買っていないので高くつく。ＳＩＭカードを買わなかったのは、あたかもウェブに追いかけられるようで嫌だったからだ。

そういえばディレクター時代には、

――ネットにつながるようにしておいてくださいね。

と、ことあるごとに注意を受けたものだ。いまだに、意味のない注意であったと思う。そんなことはあえて注意されずともわかっているし、忘れるやつは何をいおうと忘れる。むしろ、おまえにはプロ意識がないといわれたような気がしたものだ。

フィリピンに来る際には、親しい知人から、

――ちゃんとSNSで生存報告をしてくださいよ。

と頼まれたが、それも初日から怠《おこた》っている。組織に所属しているわけではないし、もう好きにやらせてくれと思う。軟禁されたことを思うと、つくづくやらないでいてよかった。必要以上に心配されたり、話が大きく広がったりするのは嫌だ。

「それよりさ」

マリテの鋭い声が飛んできた。振り向くと、あんただよという表情が返ってくる。

「なんだい」

「さっきのあれ、いったい何？」

「あんたがおっさんのことを知らされていなかったように、たぶん、あたしも知らされてなかったことがある。さっきから、すごくもやもやしてるんだよね」

「ああ……」

わたしは背もたれに体重を預けて足を組んだ。さすがに、ここは追及してくるか。

「あたしやナイマは、本来、車のキーがなかったことをあんたたちに伝える手段がなかった。少なくともあたしはそう思って焦った。でも、あのときあんた、こちらに向けて頷いてきたよね。まるで何かと交信でもしたみたいに」

男たちでバケツリレーをしているときに、ナイマから受けとったささやき声のことだ。

――でも鍵がない。車のキー。

――普段は玄関裏に吊るされてる時間らしいんだけど、たぶんムラードが戻し忘れた。思えば、同じことは復活祭の晩にもあった。夜道をマリテたちから逃げていたときだ。

――南に向かって走って。

――そのまま、まっすぐに。車道に出たら左。

耳にしたその瞬間は幻聴か何かかと思ったが、時が経つほどに、おかしいと思うようになっていった。あれは、ナイマからわたしに向けられたテレパシーのようなものではなかったか。

もとより、ナイマは石ころを宙に浮かせる力を持つ。

そのほかにも、隠し持っているなんらかの力があるのではないかということだ。だから海辺で赤ん坊の面倒を見ていたとき、わたしはナイマにこのことを問いただし、それから、いざというときのために練習していたのだった。

――呼び声があったので、わたしも刀を手に小屋に向かった。

しかしナイマも秘密にしてきたことだ。

追及をかわすべきか迷っていると、ナイマが軽く頷いたので、わたしも口を開いた。

「……マリテのいう通りだ。確かに、あのときやりとりはあった。一方通行だけどね」

「説明して」

「ナイマの石を浮かせる力は憶えてるな？」

「うん、あれには悩まされた」

そういって、マリテが唇の先を尖らせる。

「でも見ちゃったのは確かだし、ナイマがあたしたちをからかうとも思えない」

これはわたしがかつて思ったこととだいたい一致する。

宙に浮かせた物体の上下や前後左右に糸がないように見せかけることは、マジックにおいては不可能ではない。問題は、手品だとしても、そうではないと主張するかどうかだ。昔取材した超能力少年は、こういっては申し訳ないが、手品ではないと主張するパーソナリティの持ち主だった。しかしナイマは、こんなことで嘘をつくタイプではない。

「そういうことが起きたってだけ」

ハンドルを手にしたナイマがぽつりといった。

「わたし自身、正直いってよくわからないんだけど……」

このとき赤ん坊が泣きはじめ、母親が目隠しをされたままあやしはじめた。「ミルクを作りましょうか」というと、もう母乳が出ると答えが返った。

頷いて目をそらし、話を戻した。

「最初に見せてもらったのは蛍石だった」

復活祭の夜、ナイマの車のなかで見せてもらったのは蛍石だ。母屋でマリテが目撃したのも、やはり蛍石であったはずだ。

「そのあと、屋敷のコレクションのラブラドライトで試してもらったけど、このときはほんの少し浮かんだだけで、うまくいかなかった」

——だめみたい。ちょっと重いかな。

「ああ、そんなこともあったね」

「それより軽いはずの煙水晶はまったく無反応だった。でも、そもそも石という石を思うままに動かせたら、あまりに多くのことができすぎる」

うん、とマリテが頷く。

「そのことはあたしも考えた。何か条件があるんだろうなって」

「あるいは、こんなことがあったのを憶えてるか。屋敷でマリテが壺を落としそうになって、わたしがとっさに支えた」

——あわや落ちて割れそうになったところに、なんとかわたしの手が届く。

「逆にいうなら、ナイマは壺の落下を阻止できなかった」

「なるほどね」とマリテが腕を組む。

わたしは運転席のナイマを一瞥した。無表情に、眼前の夜道に集中している。

「いいよ、つづけて」

「……わたし自身、彼女の力がどんな条件と性質を持つのか見当もつかなかった。それをようやく絞《しぼ》りこめたのが、あの屋敷でのこと。具体的には、ラブラドライトと煙水晶」

「ふん」

一番うしろのアンドリューが、興味深そうに頷いた。

「なるほど、そういうことか？」

「いや、ちっともわからないよ！　もったいぶらずに話してよね」

「……鉱石はそれぞれに化学組成が異なる。たとえば蛍石の化学組成は、フッ化カルシウム。これがラブラドライトになると、ナトリウム・カルシウム・アルミノ珪酸塩《けいさんえん》だ。そしてアメシストやシトリン、煙水晶といった石英系の鉱石は、すべて二酸化珪素からなる」

「ちょっと待ってね」

マリテが眉間のあたりを指で押さえながら、「あれがああで……」とつぶやきを漏らす。

「……カルシウム？」

「その通り。蛍石はカルシウムの含有量が多い。ラブラドライトはカルシウムを含むものの、比率が小さい。水晶などの石英は、そもそもカルシウムを含まない」

「つまり――」

ラブラドライトは重かったのではなく、そこに含まれるカルシウムが少なかった。軽い水晶が動かなかったのは、そもそもカルシウムが含まれていなかったからといえる。

「ナイマの力とは、カルシウムに作用してそれを動かす力なんだ」

「それはわかった」

ぬっと、アンドリューが身を乗り出してきた。

「が、それとテレパシーまがいの力がどう関係する？」

「カルシウムといえば、わたしたちにとって一番なじみ深いものがある。それは何か？もちろん骨だ。骨は筋肉に制御されているから動かしにくいだろうけど、小さく震わせることくらいはできると考えてみようか。すると何ができる？」

「骨伝導《こつでんどう》」すかさずマリテが答えた。

「正解」

人間の聴覚は、鼓膜の振動だけでなく、自らの骨の振動を聴きとる。

録音した自分の声が他人のもののように聞こえるのは、話す際に振動する骨伝導音がそこに含まれないからだ。

逆に、この骨伝導を用いれば人間に音を聞かせることもできる。

代表例が、振動する物体を頭や頸《くび》にあてる骨伝導スピーカーだろう。では、同じように外から頭蓋骨《ずがいこつ》を震わせることができるなら。

いわば、骨を歌わせることができるなら――。

「骨伝導によるテレパシー。これを使って、ナイマは鍵がないことをわたしに伝えた」

軽く頭を上下させていたマリテが、うわ、と急に声をあげた。

「何これ。本当だ、あたしにも聞こえたよ」

ナイマがちらとわたしを一瞥し、ウインクをした。何を伝えたのかと訊ねると、

「内緒」

と悪戯《いたずら》っぽく笑う。

「なんだよ急に」

「冗談。カガヤンに着いたよって教えただけ」

彼女のいう通り、カガヤン・デ・オロと書かれた標識が刹那《せつな》ヘッドライトに照らされ、また闇の向こうに消えていった。見ると、道の左右に商店が増えてきている。一様に、プロープ社の広告とともに店名が書かれた看板を掲げているのが面白いが、これはフィリピンでよく見る光景だ。

夜であるせいか、道を行く車はほとんどない。

「もういいんじゃないかな」

シート越しに、ナイマが日本人夫婦を指さす。これでやっと、二人の目隠しを外すことができた。はあ、と父親のほうが大きく息をつく。

「よかった。方向感覚がわからないものだから、酔ってしまいそうで……」

「ねえ見て、この子」

母親がくるむように抱いていた赤ん坊を、少し斜めに立たせた。

「首が据わってきてる」

おお、と父親が応えるが、そこから先は声にならない。

見たいと願っていた光景だ。それなのに、わたしは胃のあたりにつかえを感じずにはいられなかった。先ほどの、あの母親の一言が胸に残っているからだ。

運転席を見ると、ナイマもまた複雑な微笑を浮かべていた。

右手に、大きな青いショッピングモールが見えてきた。モールは閉まっているが、小さななんでも屋《サリサリ・ストア》はまだ店を開けている。港へ直行しようとするナイマを止め、携帯用のティッシュや非常食のビスケット類を買いこんだ。それから日本人夫婦のことを考え、飴《あめ》やクラッカーを買い足す。アンドリューやマリテも、とりあえずの非常食を買ったようだ。

戻ると、すぐに車が出た。

サムスンの大きな広告がかかった歩道橋をくぐる。左に見えるのは、地方選挙の候補者のポスターか。政治家はどの国も同じような顔をしているな、とそんなことを思う。

街路樹の椰子の木の向こうに、ジョリビーの看板が見えた。

「寄らなくていいのか？」

「落ち着いたらね」

ナイマが笑って受け流す。

まもなく橋に出た。暗くてよくは見えないが、橋の下にトタン屋根の家が寄り集まっているのがわかる。さらに走ると、もっと大きなショッピングモールの前に出た。有名な、アヤラ財閥系の店舗だ。ナイマがいったん車を停め、スマートフォンで地図を確認した。

「うん」

と納得したように彼女が頷く。

「もう、すぐそこが港だね。ちょうどいい船があるといいな……」

「ウェブで予約しようか？」

両手を頭のうしろで組みながら、マリテが提案する。

「そのほうが早いでしょ」

「やめたほうがいい。ウェブ予約は履歴が残るし、窓口でクレジットカードの提示を求められる。それで行方不明者が現れたとあれば、ここの警察もさすがに目をつけるでしょ。窓口で適当に偽名でも使って現金で買うのが、一番面倒がない」

「なるほどね」

港が近づくにつれて、道がまた狭くなってきた。ナイマは慎重に道幅の狭い夜道を進み、それから道沿いのチケット窓口の手前で車を駐めた。

混みあっていて、係が機械的に対応しているのでちょうどよかった。わたしたちは名前の記入すら求められることなく、券を買うことができた。二十三時発のマニラ行きだ。

今回は目立ちたくないので、例の安いクラスではなく、四人部屋と二人部屋を押さえた。夫婦と赤ん坊には二人部屋でゆっくりしてもらい、残るわたしたちが四人部屋だ。

チケットを手にしたことで、やっと少し気が弛んだ。

あとは、怪しまれることなくターミナルへのゲートをくぐるだけだ。パスポートの提示くらいは求められるかもしれないが、相手はどうせろくに読みもせず、せいぜい写真を確認して終わりだろう。行方不明者の夫婦の存在がやや心配ではあるものの、この島には二百人にものぼるＩＳの残党の顔写真リストがある。ツーリストは、ほとんどノーチェックになるはずだ。

「車は乗り捨てるのか？」

窓口近くに駐められたミニバンがふと気になり、わたしは訊ねた。

「そうだね」

マリテが右手を口元に添えた。

「さすがに申し訳ないから、おっさんに場所でもメールしておこうか」

彼女がそこまで口にしたときだ。

突然、一台のバイクがわたしたちを追い越し、行く手を遮るように停まった。急な事態に、一瞬頭が真っ白になる。次に警戒したのは強盗だ。現実はそのどちらでもなかった。

ゆっくりと、ライダーがヘルメットを外す。

姿を現したのは、誰あろうハサンだった。ハサンは何もいわずに、しばらく、わたししたちの背後の日本人一家を凝視する。それから、湿りがちに口が開かれた。

「おまえら、やってくれたな」

胸の鼓動に治まれと念じながら、それに応じた。

「見送りかい？」

「そう見えるか？」

少し考えて、「いや」と間抜けな返答をする。

かぶせるように、ハサンがこちらを指さした。

「……対ＩＳ戦で政府側に協力しながら、俺はいろんなやつを見てきた。だいたい、皆、口では勇ましいことをいうものさ。そして、当人もすっかりその気になっている。が、状況が変われば人は変わる」

「何がいいたい？」

「おまえらがマニラに着いていざ安心となれば、誰か一人くらいは、その足で警察にたれこみに行く。いいか、これはおまえらを軽《かろ》んじていってるんじゃない。人間とは、そういうものだといっているんだ」

「それで、どうしようってんだい。わたしたちを止める？　いっておくが、一対六だぞ」

「いや」

ハサンが低くつぶやいて、ポケットのなかから棒状のものをこちらに突きつけた。

拳銃だ。

「犠牲が出るかもしれないとあれば、おまえらは一対六でも闘わない。試してみるか？」

「ちょっと落ち着いてよ」

マリテが一歩前に出た。

「どっちみち、あんたたちは軍を買収できる。いったい、なんの問題があるの？」

「軍など信用できるか」

ハサンが深々と息を吐き、ヘルメットをハンドルにぶら下げた。

「アブドゥル、ジャック、ムハメド、アリー――。こいつは、たった俺一人を生かすために死んでいった連中の名前さ。あのとき、俺たちはマラウィ市に潜伏するISメンバーを洗うために市内で動いていた。が、俺たちをよく思わないISのシンパがいたようでな。密告されたよ。俺たちこそが、ISの隠れメンバーなのだとね」

それでだ――。と微動だにせずハサンがつづけた。

「軍はろくに確認もとらずに、俺たちが集まるアパートを襲ってきた。それから……」

このとき急に、ハサンが壁にでもぶつかったように言葉を切った。

その表情を見て、わたしも理解する。脳が、思い出すことを拒んでいるのだ。

「とにかく、俺一人だけが裏口から逃がされた。あとは全滅さ」

そのときどういうやりとりがあったのか、あるいはどういう戦闘があったのか、おおよその察しはつく気がする。が、想像するのはやめておいた。人一人が思い出すまいとしていることを想像することは、暴力だからだ。

　そしてまた、地獄をくぐり抜けた青年の言には説得力があった。

　軍は信用できない。そうかもしれない。

　マニラに着いたらその足でたれこむ。確かに、人間とはそういう生物だ。しかし——。

「ねえ」

　と前に出ようとするナイマを手で遮り、ハサンの眼前に立った。銃身とおぼしきポケットの出っぱりを摑み、自らの腹に押しあてる。

「あまり舐《な》めるな」

「なんだと？」

「撃つなら撃てってことだ。残念ながら、わたしたちも決めてしまったのさ。あの赤ん坊を、そしてこの夫婦を救い出してやるとね」

　五秒、十秒とその姿勢を保つ。やがて、ハサンのほうが銃身をわずかにひいた。

「くそ、懐かしい顔を見せてくれるじゃないか。この死にたがりめ……」

　かつて、この青年にいわれたことを思い出した。

　——衣食住足りた場所から来ていながら、破滅を望んでいるように見える。

　わたしは生きたいのか、それともハサンに指摘されたように死を望んでいるのか？　このことを考えると、だんだんわからなくなってくる。

ハサンが歯ぎしりをして、わたしの肩越しにナイマたちを見た。

「おまえたちもそうなのか？　赤の他人のために命まで懸《か》けられるとでも？」

「もちろん」ナイマが即答する。「短いあいだとはいえ、わたしはあの子の母親だった」

「あたしは嫌だけどね」と、これはマリテだ。「仲間がいうんだから仕方ないじゃない」

「お嬢様に従うだけさ」とアンドリュー。「彼女の夢が叶うまで、俺は邪魔者を排除する」

わたしは赤ん坊の手からガラガラをとって、軽く振った。

「あんただってわかってるんだろ。真にすべきことが何かなんて。それも、もしかしたらわたしたち以上にだ」

それから、だめ押しの一言を添える。

「こんなとき、リサールならどうする？」

この最後の台詞を聞いて、ハサンが緊張を解いてふっと笑った。

「ずるいぞ」

「齢だけは重ねているもんでね」

ふん、とハサンが鼻を鳴らす。

「あの車のキーをくれ。家に持ち帰らないとな」

応えて、ナイマがハサンに鍵を放る。

「ありがとうね。あなたとのことは、決して忘れないと」

「なんだい、急に」

毒気を抜かれたように、ハサンが眉を持ちあげた。

「別にかまわんさ、忘れてくれて……。さて、このバイクがあの車に載るかどうかだな」

「手伝おうか」

「それには及ばない」

わたしを遮るように、ハサンがヘルメットを手にする。

が、かぶりかけたところで、一瞬だけ手が止められた。

「神の御心のままに《インシャラー》」

一言だけ残し、エンジン音とともに颯爽とミニバンに駆け寄っていく。インシャラー、とわたしも胸のうちでつぶやいた。

「やれやれ」

マリテがハンカチを額にあて、脂汗《あぶらあせ》を吸わせた。

「本当に、あいつだけはよくわからない」

軽く頷き、それから振り向いてみた。

恰好よく去って行ったハサンが、バイクをミニバンの屋根に載せようとして、その姿勢のまま腰に手をあてて固まっている。腰痛はハサン家の宿命なのだろうか。

「おい！」

車のほうからハサンの鋭い声が飛んできた。

「おまえら、見てないで手伝えよ！」

第六章　甲板《かんぱん》にて

まず驚いたのは、四人部屋の二段ベッドにちゃんとカーテンがついていることだった。部屋には小ぶりのテーブルや液晶テレビまであり、「おお！」と嬉しそうに声をあげたアンドリューが、さっそくテーブルの引き出しを開けてなかを確認している。

船内のことなので、面積はさほどでもない。が、二段ベッドがうまく直角に配置され、狭さを感じないようにできている。

ナイマとマリテがそれぞれベッドの上段に入り、カーテンを半分ほど閉めた。

「前回の三等もよかったけどね」ナイマがつぶやいて、前と同じように新聞を広げる。

「同感」

力強くマリテが応じるが、くたびれた身体にこの個室はありがたい。

新聞をめくるナイマに情勢に変化はあるかと訊いてみる。

「戒厳令に反対するデモが激化してきているみたい」

答えになっていない答えが返った。

わたしはゆるやかに頷き、靴を脱いでナイマの下段で足を伸ばした。やっとくつろいだ気分になりかけたが、船が出るまでは落ち着かない。

落ち着かないといえばもう一つ、荷物だ。

日本を発つ際に買ったバックパックがない。仕方がなかったとはいえ、ハサン家に置いてきてしまった。マニラに着いたら、また必需品を買い揃えなければ。この点は、お嬢様のドレスで満杯のスーツケースから解放されたアンドリューと対照的だ。

そしてそう、あの夫婦も危なっかしい印象がある。

船が出たあとにでも、様子を見に行ったほうがいいだろう。夫婦の二人部屋はホテル並みの設備だと聞くから、それを実際に目にしてみるのも楽しみだ。

そう思った矢先だ。

とんとんとノックの音がして、赤ん坊を抱いた母親と、その背後でしかめ面をする父親が顔を出した。売店で買ったものだろう、母親の手の一方にはスナック菓子の袋がある。当面の用立てにと一万ペソを渡しておいたのだが、それをさっそく崩した様子だ。

「この船、いいじゃない！　お洒落なレストランもあるし、設備は最高だし」

「すぐに入ってドアを閉めてください」

「何よ急に」

渋る妻の背を夫が押し、やがて後ろ手にドアを閉めた。

「お二人はある意味で有名人です。いったでしょう、部屋にこもっていてくださいと」

「なんで犯罪者みたいに扱われなきゃならないの。犯罪者はあいつらでしょ」

あいつら、とはハサン家の皆のことだろう。

彼女からすればそれは当然そうなる。

「その彼らを守るためです」

「どうして」

「彼らをかばう約束があったからこそ、わたしたちは逃がしてもらえた。が、あまりあなたたちと一緒にいると、わたしたちも調べを受けることになります。そうなると隠し通すことは難しい。マニラに着いたら、すぐに別行動にしないと」

困ったことがあったら——。わたしはそうつづけて、胸ポケットのノートを一枚破り、フリーメールのアドレスを書いて渡した。

「もういいだろう、帰ろう」

夫の手にひかれ、やっと二人が部屋を出て行く。赤ん坊の手のガラガラが音を立てたのを聞き、そういえば誰が使っていたものだったかをハサンに訊きそびれたな、と思った。

ドアが閉められたところで、マリテがぽつりと棘のあることをつぶやく。

「あんなだから拉致される」

「マリテ、それは違うよ」

噛んで含めるように、ナイマが新聞をめくる手を止めていった。

「悪いのはわたしたち現地の人間」

「あんたは関係ないじゃない」

マリテは不満そうだったが、彼女もそれ以上は何もいわなかった。

——当たり前じゃないですか。そんなもんですよ、観光客なんて。

誰にも聞こえないよう、わたしは密かに井上の口真似をしてささやいた。あの母親の変《へん》貌《ぼう》もわからないではない。やっと牢を抜け出て、安心できる船にまでたどり着いたのだ。急に活動的になったのは、幽閉されていた反動のようなものだろう。

汽笛が鳴り、船が揺れはじめる。このとき、落ち着かない理由がもう一つわかった。窓がないのだ。

いったんベッドで横になってみたものの、すぐに起きあがり、甲板《かんぱん》に出ることにした。前回は行くことのできなかった、船首側のオープンデッキだ。ただ、雰囲気はあまり代わり映《ば》えのするものではなかった。甲板は暗く、隠れて煙草を喫っている男が一人いる。横になって眠っている男もいて、知らずに踏んづけてしまって恐縮した。

柵に寄りかかって暗い海を見るうちに、心も静まってきた。

思えばハサン家に着いたとき、わたしはすぐに海に出た。海が好きで、海を見ると心落ち着くことが多い。伊勢《いせ》に育った浩三にも、そうであった節《ふし》が窺える。

ぼくが帰るとまもなく
まだ八月に入ったばかりなのに
海はその表情を変えはじめた
白い歯をむき出して
大波小波を　ぼくにぶっつける

ぼくは　帰るとすぐに
誰もなぐさめてくれないので
海になぐさめてもらいにやってきた
海はじつにやさしくぼくを抱いてくれた
海へは毎日来ようと思った

秋は海へまっ先にやってくる
もう秋風なのだ
乾いた砂をふきあげる風だ
ぼくは眼をほそめて海を見ておった

表情を変えた海をばうらめしがっておった

いつ書かれたものか、「海」という詩だ。わたしの頭に浮かぶのは、入営中の帰郷の場面だ。フィリピンの海は浩三を慰めたろうか、それとも恨めしがらせたろうか。

ところで浩三の詩には、余計な一言が多いとわたしなどは思う。

たとえば「大波小波を　ぼくにぶっつける」「海へは毎日来ようと思った」といったブロックごとの最後は、書き慣れた詩人であれば削るかもしれない。そのほうがすっきりと言葉が立つからだ。

浩三が特異なのは、まるで先に完成形でも見えていたかのように、一編の詩を頭から丸ごと書きつけることだ。だからこのような最終形になるし、出来不出来のばらつきもないとはいえない。けれど、わたしは浩三のそういうところが好きで、余計な一言にこそ共感することが多い。

——海へは毎日来ようと思った。

こうした素朴な一行が、ほどよい弛みとして感じられるのだ。浩三のその後の運命を知っているからそう思うのかもしれないが、彼の青年としての素顔を覗き見たような気にさせられる。

浩三——。

そう、浩三を追わなければ。彼が見たものの片鱗でも見たい。下船すれば、マリテやアンドリュー、そしてナイマともこれきりだろう。少し寂しくはあるが仕方ない。

海風に涼みながら、持参したペットボトルの水で喉を潤す。

往路で甲板に出たときは、妻とのことを思い出していた。しかしいま振り返ると、思い出そうとしていた、というほうが近いかもしれない。さまざまなことがあった。あったはずなのに、すでに記憶は虫食いとなり、当時の日々を呼び覚ますことが難しい。

自分の記憶さえおぼつかないのに、大戦の記憶をたどろうというのは、滑稽《こっけい》かもしれない。そんなことを考えていたときだ。オレンジジュースのペットボトルを片手に、ナイマがわたしを追って甲板に出てきた。

暗いなか、ペットボトルの音のない乾杯をする。

「お疲れさま」

ナイマがボトルの蓋をきゅっとひねり開ける。

「あの赤ちゃん、いなくなっちゃうと寂しいね」

「そのうち、きみも自分の子供を育てることになるんじゃないか。きっとかわいい」

「どうだろう」

応える彼女の横顔は、まだ自分自身のことなど想像もできないと語っている。

「そうだ、前にわたしたちの村を撮った映像、フィリピンからじゃ見られないのかな」

「さあ……」

ウェブアーカイブがあったはずだが、海外からも視聴できる設定であったかどうか。

「もう映像は撮らないの？」

「この国に来ると決めてしまったからね。でもいつまでも無収入ではいられないし……。もしかしたら、フリーのディレクターでもやるのかな。なんだか、考えたくない未来だ」

最後の一言に、ナイマがくすりと笑った。

「ミンダナオの迫真のドキュメンタリーを撮りそこねたのは痛いね」

「案外、絵にならないかもしれないよ」

「そういうもの？」

「本物の映像ってのはけっこう地味なものだと思う。それに、マリテたちをどう視聴者に紹介したものか困るな」

これを聞いて、またナイマが小さく笑い、それから潮風に乱れた髪を直した。

「違いない」

「あの二人はどうしてる？」

「アンドリュー待望の洒落たレストラン。そうだ、あの夫婦に晩ごはんの差し入れもしてあげないとね」

「彼らのことでは嫌な思いをさせた」

「ううん、別に。それに――」

ナイマが柵にもたれながら首を振り、それからちらとわたしを見た。このとき、先ほどまで物陰で煙草を喫っていた男が割りこんできた。

「あんたらは旅行かい？」

「そのようなものだが……」

「俺はビジネスだ。今回は買いつけで来たところでな」

訊いてもいないのに男がいう。

ビジネスで来た男が飛行機を使わないあたりは、この国の面白いところかもしれない。

「どうだ、ミンダナオ島も悪くなかっただろ？　どうも偏見がはびこっていかんな」

ええ、まあ、と答えると満足そうに男が去っていき、少し離れた暗がりで二本目に火を点けた。マールボロだ。海風のおかげで、煙は流れてこない。

やや気まずそうに、ナイマが首筋のあたりを撫でた。

「それに――」

一瞬、ついていけずに戸惑った。さっきの話のつづきだ。

「いまは日本人のこと、そんなに嫌いじゃないよ」

「それはどうも」

応えて、軽く頭をかく。それから、単純連想が一つ働いた。

「……いっとき、日本《こっち》のテレビで〝日本すごいぞ〟系ってのが流行《はや》ってな」

「何それ？」

「自分たちの国のどういうところが秀《ひい》でているかを外国人に語ってもらったり、まあ、ほかにもいろいろだ。早い話、経済大国であったのが傾いたせいか、わたしたちは自信を失った。視聴者が新たな誇りを求めていたのさ。そこにつけこむように、こんなジャンルが現れた。でも――」

「好きじゃなかったんだね」

先回りする才女の言に、わたしは頷いた。

誇ることはかまわない。が、誇りというものは、誰かに教えてもらうのでなく、自らのうちに自然に芽生えて、はじめて誇りといえるはずだ。

そう思うからこそ、わたしはずっと違和感を抱いていた。

「無理に持ちあげると、おのずと歪みも生じる。逆に外国人を蔑視《べっし》したりとかね」

ここまで話したところで、言葉を区切る。ミネラルウォーターをもう一口含んだ。

「わたしもそういう番組に加担した」

不意に、何かが堰《せき》を切った。

ほとんど無意識のうちに、わたしは胸のうちをつづけた。本当は、そんな番組など作りたくなかったこと。でも、組織にいる以上は仕方がなかったこと。実のところ、さほど胸は痛まなかったこと。そういうものだと、自らにいい聞かせていたこと。

ところが、胸は痛まずとも誇りは傷つく。

わたしは皆の誇りを鼓舞《こぶ》しながら自分をおとしめ、そして一人傷ついていたのだ。

「仕事を辞めて、ここへ来るのが遅すぎた」

〝ゴミ屋敷もの〟が流行っているうちにでも、早々に辞めるべきだった。実際、そのころから予感はあったのだ。自分は、辞めるタイミングを逸《いっ》しつつあるのではないかと。

「日本人が嫌いだといわれたときは、むしろ心のどこかで救われた思いすらあった」

「屈折してる」

少しだけ困ったように、ナイマが口の端を持ちあげた。

「心の骨折ってやつだ。だから古い詩を思い出し、旅をしている……」

最後のほうは、消え入るようになってしまった。

飛躍しているし、まったく個人的な事柄だからだ。まして、わたしが一人で浩三の詩をそらんじていたことなど、ナイマには知るよしもない。

おそらく、顔が赤くなっていたと思う。

――ちっともわかりませんよ。

そんな井上の一言が聞こえてくるようだ。

が、どうしたわけかナイマには通じた。

「いつでも言葉が人を縛《しば》る。いまのあなたが、そうされているみたいに。でも、詩は言葉の理を超えたところで、ときに心を正してくれる。旅にもまた、言葉がない」

いざ整理されてみると、確かに、そんなことを考えていたような気がしてくる。

「驚いたな」

と口を衝いて出たとき、またさっきの男が近寄ってからんできた。

「お二人さん、レストランにはもう行ったかい？」

「まだだが……」

「ローストチキンは絶対に食べておけ。いいか、売り切れる前にだ。約束だからな」

いいたいことをいってすっきりしたのか、男がまた定位置の暗がりに戻っていく。

「この国に来て後悔してる？」

「いや――」

これについては迷いはない。あの浜辺の日々は、確かに八方塞がりではあった。しかし後悔はない。来てよかった。なぜだか、はっきりとそう思える。

ふと、海面上を鳥が飛んだように見えた。

目で追いかけるうち、自然と身体が海のほうを向いた。けれど、もう見つからない。夜だし、気のせいだったのかもしれない。振り返ろうとした、そのときだ。背後からナイマがわたしを抱擁《ほうよう》した。まるで風に包まれるようだった。

振り向くと、ナイマは澄ました顔でジュースのボトルを口元で傾けていた。

「マニラに戻ったら、そこからは詩人の足跡をたどるんだよね」

「あ、ああ……。そのつもりだ」

それならさ。ナイマが小さな声でいうと、ポケットからあの蛍石を出した。

「これ、もらってくれないかな」

記念に、ということだろうか。でも、その石は。

「受けとれない。バヤガン祖父さんからもらった大切なものなんだろ」

「あなたに持っててほしいの。お祖父ちゃんにはまたねだる」

本当にいいのだろうか。わたしは自問してから、ゆっくりと差し出された蛍石に手を伸ばした。そして、右手の指が石に触れた、その瞬間だ。

現実が揺らいだ。

わたしはあの海辺の小屋にいた。便秘だという赤ん坊のために、腹を撫でてやっているところだ。そしてそれを、もう一人のわたしが見ている。いや、ナイマの視点だ。ナイマは赤ん坊とそれからもう一人、無精髭を生《は》やし、真剣な面持ちで赤子を撫でるわたしの横顔を見ている。

——いや、ナイマのことだ。一度こうと決めたら曲げないよな。

——もちろん。

——いいだろう、フェリーのチケットを二枚とるぞ。

夢の場面が移り変わるように、三人の台詞が重なる。これはマニラのサンチャゴ要塞か。ハサンとはじめて邂逅《かいこう》した、そのときのことだ。現実との狭間で聞くわたしの声は、わたし自身が思っていたよりも、低い。

また場面が変わる。

腹這いになっているようで、地面が目の前にある。

——やはり、イフガオの観光開発は重要であると皆さまもお考えで？

——やめろ。

——誰の許可でこいつを回してる？

——もちろん村を代表するかたの。失礼ながら、あなたがたもそうなのでは？

わたしは皆の目を盗みながら、小石を拾っては測量器の脚の下に挟んでいく。それはもちろん、故郷を荒らす財閥の連中が気に入らないからだ。それにしても、日本から来たという制作会社のクルーたちはなかなかに頼もしい。

そしてやっと、気がついた。

はじめてフィリピンのイフガオを取材したとき、すでに子供だったナイマと出会っていたのだ。なんということだろう。ここにない空間のここにない山村で腹這いになりながら、わたしは呆然と宙を仰いだ。

それにしても、いったい何が起きている？

また一つ、小石が挟まれる。ふたたび視界が揺らぎ、わたしは元の甲板にいた。

「どうしたの？」

「いや……」

蛍石から手が離されている。おそらくそのためだろう。白昼夢は終わり、ナイマの微笑が目の前にあった。自失したまま、わが身に起きたことを考える。いまのはなんだ？

もう一度、石を手にしてみる。

今度は、わたしの知らない光景だ。わたしは城壁に腰を下ろし、テイクアウトの中華を友人たちと食べている。皆が首から下げているのはＩＤ兼入場キーだ。マプア大学、と文字を読みとることができた。

これは、ナイマが大学に通っていたころの記憶か。

過去の景色のなか、わたしは石をポケットに収めようとする。が、明晰夢《めいせきむ》のなかで身体を動かそうとするように、身体がうまく動かないのがわかる。学友が話す。

――今回の画像処理のフィルター、もう少し精度をあげたいと思うんだけど。

――ああ、それならいいのがあるよ。

瞬間、わたしはまた夜の甲板に戻った。石はポケットに収まっている。夢のなかで現実の身体を動かすのには、どうやらこつがあるらしい。

「大丈夫？　顔色がよくないみたいだけど……」

「いま、きみの村を訪れてきたところだ」

さすがのナイマも理解できないようで、彼女が困惑したように小首を傾げた。

わたしは気をとり直して、いま目にした光景の説明を試みた。気は確かかと心配されそうだが、不思議と、ナイマが相手だと落ち着いて伝えられた。

「なんか、わたしの力が形を変えて伝わったみたいだね」

特に驚きもしない様子で、ナイマがそんなことを口にする。

「石が持つ記憶、あるいは石の持ち主の記憶を幻視する、そんなところかな」

「ほかの石でもできるのかな」

そうつぶやいてから、かつてナイマと話したことを思い出した。

——きみが動かしたのか？

——あなたもできるようになる。でも、いまはまだ無理。

ナイマとの交流を経て、わたしにも力が備わったということだろうか。

「……とにかく、石は返したほうがよさそうだな」

「どうして？」

「きみの記憶がわたしに筒抜けになってしまう」

確かに、とナイマがペットボトルを手に少し考える素振りを見せた。潮風が吹き抜け、その髪を舞いあがらせる。ふたたび髪を直してから、ナイマがじっとわたしを見た。

「別にいいよ。見られて困る記憶なんか一つもないから」

眩しい。口の端を歪め、自虐《じぎゃく》的に肩をすくめた。

「わたしは見られて困る記憶ばかりだ」

「普通はそうだよ」

またナイマが笑った。その笑顔を見て、わたしはジャスミンの花を思った。不意に、アントニーの命令で隠したジェレミーのことが思い出される。胸元に手向《たむ》けた花もすっかり枯れたろう。わたしは嫌な記憶を振り払い、潮で傷《いた》んだ手すりを握った。

翌々日、わたしは早くに起きてしまって甲板で一人海を眺めていた。暁光の帯が青色に変わったあたりで、マニラ湾が見えてきた。朝の九時ごろになってやっと湾に入ったので、だいたい、三十四時間くらいは乗船していたことになる。

四人部屋に戻ると、アンドリューがいびきをかいていた。ナイマとマリテが起きていたので、そろそろ着きそうだと小声で二人に伝える。といっても、荷物もたいしてないし、これという準備も必要ない。そう、と無感情な返事があったのみだ。

身体はあいかわらず潮風にまみれている。二人部屋にはシャワーがついているのであの夫婦に借りたいところだが、接触を最小限にするというのはあらかじめ決めたことだ。

わたしは夫婦の二人部屋を訪れ、軽くドアをノックした。

「起きてますか」

「ええ、起きてますとも！」

大声とともにドアを開けられてしまい、わたしは慌てて部屋に身体を滑りこませた。

二人部屋はシングルサイズのベッドが二つ並び、ホテルにあるようなベッドサイドテーブルがあいだに置かれている。起きているのは母親のみで、ううん、と奥のベッドの父親が毛布をかぶったまま唸《うな》った。手前のベッドでは、赤ん坊が起きて笑顔を見せている。

正面に窓があり、入ったばかりのマニラ湾が一望できた。

「見えますか、マニラ湾です」

もとよりフィリピンに思い入れのない母親は、ふうん、と応えたのみだったが、これを耳にした父親がむくりと起きあがって、

「そうか、帰ってきたのか」

と感慨深げに窓の外に目を向けた。

「本当に、いろいろと世話になりました」

「食事で不便をかけたので、着いたら美味《おい》しいものでも召しあがってください。エルミタ地区のビストロ・レメディオスがおすすめです」

「車で話していた店ですね」

「着港したらアナウンスが流れますので、先に船を下りてください。わたしたちは、時間差であとから下りることにしますから……。最後に、赤ん坊に触ってもいいですか」

母親は少し抵抗があるようだったが、さすがにこの頼みは断らなかった。ベッドサイドに身を屈め、赤ん坊のこめかみのあたりを撫でる。きゃ、と嬉しそうな声が返ってきた。

「ではこれで。わたしたちも準備がありますので」

四人部屋に戻ると、目を覚ましたアンドリューが髪に櫛を通していた。ナイマとマリテがいないのでどうしたのかと問うと、甲板で顔を洗っているという。そういえば、机に置かれていた大きなミネラルウォーターのボトルがない。

アンドリューと二人きりというのもそうないので、マリテのことを訊ねてみた。

「なに」

と相手が無表情に答えた。

「恩師の娘さんさ。それ以上でも、それ以下でもない」

「そんなものか」

話はそこまでだった。いきなりドアが開いて、

「いや、気持ちがいいね！」

とマリテが帰ってきたからだ。

やがて着港するとのアナウンスがあり、ナイマも戻ってきた。

「あの夫婦には先に下りるよう伝えた。混雑するだろうから、わたしたちもすぐに下りたいところだが……」

「仕方ないだろう」

アンドリューが立ちあがり、スーツケースを捜す素振りをした。

「そうか、手ぶらだったか。なければないで落ち着かないな。あったら邪魔なのに」

「あれは大切なものなの！」

「帰ったらまた仕立てましょうや」

そんな話をしているうちに、がやがやと外が騒がしくなってきた。下船するために乗客が動きはじめたのだ。着港してから、わたしはちょうど五分を計った。

「行こうか」

ドアを開けて出口に向かうと、乗客たちの大混雑が待っていた。一番うしろに並んでみたものの、当面、船を下りることはできそうにない。下船する客は、わたしたちが最後だろうか。

それにしても、遅めに出てきたはいいものの、いくらなんでも乗客の列が進まない。皆が押し並んでいる合間を縫って、どこから入りこんできたのか、ナッツ売りが「ピリ、ピリ、ピリ・ナッツ！」と叫びながらあちらへこちらへと歩き回る。ピリはフィリピン特産の栄養価の高いナッツだ。売っているのは、それをローストしたもののようだ。

やっと船を下りたころには、なんだかへとへとになってしまった。

港を闊歩《かっぽ》する鶏を見て、羽まみれになったムラードのことを一瞬だけ思い出す。それよりも、日本人夫婦だ。まっすぐ大使館に向かえといったのに、ゲートの手前で立ち止まっている。トラブルでもあったのか。船を下りても、まだ列はつづく。わたしはじりじりしながらゲートが近づくのを待った。

ミンダナオ島に着いたときと異なり、空は晴れている。

ただ首都圏のスモッグがあるため、透き通った青空とはいえない。

夫婦が眼前に近づいてきたとき、わたしから声をかけることはしなかった。ゲートを守る軍人の前で、二人とのつながりを見られたくなかったからだ。向こうも向こうで、約束を守ってくれているのか、何も話しかけてはこない。とすると、いったい何がどうなっているのか。

理由はまもなくして判明した。

「やあやあ！」

例の明るい声とともに、あの財閥のドラ息子、アントニーが姿を現したのだ。目をしばたたかせていると、あいかわらずこちらのことなど無視をしてドラ息子が話しはじめる。

「水くさいではないか、わが運命の恋人とその付き人よ！」

「わたしは付き人ではないのだが」

「マニラに戻ってくるなら、一言いってくれれば馬車で迎えに来たものを」

そういえば以前、ナイマのスマートフォンのGPSを追跡しているとか、そんなことをいっていたが。そのナイマを窺うと、表情が硬い。

本能的に何かを察知したのか、マリテとアンドリューは一歩ひいた位置にいる。

「事情はだいたいわかったとも！　まあ悪いようにはしないから安心したまえよ！　きみたちがミンダナオ島、しかもイリガン付近に留まっているから、このぼくがどれだけやきもきしたことか！　でも、無事に戻ってきたので万事よしとしようか」

「そもそも、なぜきみがこのゲートの内側にいる」

「なに」

アントニーが涼しく答えた。

「GPSで乗っている船がわかったから、船舶ごと買いとることにした。レディーに粗相があってはならないしね。万事滞《とどこお》りなく送ってもらえるよう船には注文しておいたよ」

「……ありがとう《サラーマ》」

「ところがだ。乗客名簿を見てみたら、素性の知れない日本人夫婦の名もあるじゃないか！　ここでぼくはぴんと来たね。将来この国を背負うぼくは、ニュースもちゃんと見ている。そこで、華麗なる推理ってやつさ。彼らは、行方不明となっていた日本人たちなんじゃないかとね。きっとどこかで拉致されてたんだろう」

ここに至って、わたしもナイマの表情が硬い理由がわかった。考えもしなかった、一番ややこしい事態が訪れたのだ。

「そこで船員と連絡をとって、夫婦の人相風体《ふうてい》や彼らと接触してる人間を監視してもらった。そうしたら、ビンゴ！ってわけさ。まさか、きみたちが行方不明者を見つけ出していたとはね。いやはや、さすがはわが永遠の恋人とその付き人だ！」

「ちょっといいか」

見かねてか、ここでアンドリューが低く訊ねてきた。

「このご機嫌な兄さんは誰だ？」

わたしは少し悩んでから、こうなったらいっそ巻きこんでやれと捨《す》て鉢《ばち》になった。

「紹介する。こちらはフェイ財閥とこの国の将来を背負う、マプア大学の秀才、アントニー氏だ。そしてこちらが、ヨーロッパから学術調査にやってきたマリテ氏と付き人のアンドリュー氏」

それにしても警備は何をやっているのか。ゲートを守る軍人にも目を向けてみたが、我関せずを決めこんでいるのか、ぼんやりした目を空に漂わせている。

「俺は付き人ではないんだが」

抗議するアンドリューを無視して、錆びた頭を回転させる。

厄介なのは、この国の財閥はときに警察機構や政治をも上回る力を持つからだ。とにかく目的を知りたい。

「いやはや、さすがはアントニー氏だ！」

なんだか口調が伝染《うつ》ってしまったのを、慌てて軌道修正する。

「この夫婦のことまで把握していたとはね。大使館に送り届けてくれれば、きみも英雄の一員ってわけだ。わたしたちも面倒はごめんなので、あとのことはきみに頼めるかな」

「そうはいかない」

刹那、アントニーが暗い表情を覗かせた。

「いや、おどかすつもりはなかったんだ！　勘弁してくれたまえ。つまり、甲板でのきみとナイマのことも船員から聞いたものでね。きみたちがいい仲だったとは驚きだ！」

「え？」

「が、ぼくの心はこのマニラ湾のごとく広い！」

嫌な予感がする。しかしマニラ湾は広いのだろうか狭いのだろうか。

「まあかまわないさ！　結婚までに別れてくれればぼくは目をつむるとも」

「ちょっと待って」

ナイマがアントニーを遮った。

「いまなんて？」

「一ヶ月後、バギオの結婚式場を押さえておいた。ぼくらも、晴れて夫婦ってわけさ！」

「新婦の意向がまるで反映されてないぞ」

わたしも聞き捨てならず、あいだに入ってしまった。

「わざわざ求婚に来たのか？」

「じっくり考えてみてくれたまえ。じきに、そうしたほうがいいとわかる」

「どういうことだ」

「まず一つ、ぼくはGPSを通じてナイマの大切な友人一家のことを知った。さて簡単なクイズだ。かたや、そういう家がある。かたや、行方不明だった夫婦がいる。何があったかは明らかだ。そして、きみらは警察へは行かなかった。つまり、彼らに咎が及ぶことを避けている」

その通りだ。まったくこいつは馬鹿なのか鋭いのか。

「次に一つ。きみたちはこの日本人一家を助けたいわけだ。ところが、ぼくは別に彼らの運命にさほどの興味がなくってね。なんだったら、次の便に乗せて、どこか危険地帯にでも送り返してもいいとさえ思っている」

「なんか、ずいぶんとはっきりした人だね」

マリテのつぶやきを、すかさずアントニーが拾いあげた。

「さすが、学者先生はぼくの長所をよくわかっていらっしゃる！　最後に一つ、イフガオのリゾート開発の件さ。ぼくは人の意向に耳を貸す能力を持っている。ナイマの意向次第では、家に働きかけてとりやめてもらうこともできる。と——動くな。もしかして、まだぼくが冗談をいっているとでも思っているのか？」

いつのまにか、二人、三人とアントニーの周囲をブラックスーツ姿の男たちが囲みはじめた。男たちの左脇の膨らみは、ホルスターにしまった銃だろうか。

武力をちらつかせるタイミングが、癪なことにうまい。

「すっかり忘れていた。あともう一つ。過激派と親しい外国人には、スパイ容疑がかけられる可能性もある。が、寛大なぼくはそんなの揉み消せばいいと思っている」

いよいよ自分たちに話が及び、わたしはマリテやアンドリューと顔を見あわせた。

「……逆から読むよ」

とマリテが指を一本立てた。

「一つ目。この坊やに逆らうと、ハサンたちの一族はまとめてお縄になる」

「二つ、日本人一家が助からない」

わたしもマリテに応えてから、呆然と突っ立っている夫婦を一瞥した。

「三つ」とアンドリュー。「ナイマの故郷の開発が止まらない。そういうことだな」

「で、あたしたちはスパイ容疑で逮捕？」

三人同時に肩を落としたところに、アントニーが笑い声をあげた。

「ああ、それと復活祭の夜に殺人事件があったな。場合によっては、犯人にしかるべき刑事罰を与えないといけないな」

　そうだった。あの復活祭の夜。こいつはなんだってやる。そして、その力がある。心のどこかで、このドラ息子を甘く見ていたようだ。

　なんとかしなくてはいけない。だが、頭のなかはまったくの空白だ。

「ねえ」

　と、ここでナイマが思い出したように夫婦に掠れ声をかけた。

「赤ちゃん、抱かせてもらっていい？」

　母親が頷き、赤ん坊が手から手へ渡される。もうナイマの手つきは慣れたもので、軽く揺すって赤ん坊を喜ばせる。気がつけば、赤ん坊の首も据わっていた。

「あなたも一緒に」

　そういわれたが、ためらってその場に佇んだ。

「いいから」

　ナイマのほうからわたしのほうへ歩みよってくる。

「こめかみのあたりだっけ。撫でてあげて」

　まだ手を伸ばすことができないわたしに向け、ナイマが声をひそめた。

「あなたは財閥の怖さを知らない」

　ゆっくりと、わたしは赤ん坊のこめかみを撫でた。赤ん坊が喜び、高い声をあげる。今度は、手を戻すことができなくなった。ゲートの前で、わたしはずっと赤子を撫でつづけた。赤ん坊が反応しなくなったところで、ナイマが口を開いた。

「この子は見捨てられないよね」

「なあ、ナイマ――」

わたしを遮り、ナイマがアントニーを向いた。

「約束は守れる？」

「もちろんだとも。このアントニー、仁義は破っても約束は命にかえて守る！」

ナイマは頷くと赤ん坊を母親に返し、アントニーのもとへ足を踏み出した。

「ヒロ、元気でね」

　いても立ってもいられず、駆け寄ろうとしたそのときだ。黒服三人が、わたしの前に立ちはだかった。そのうち一人は、見たことがあるような気がする。もしかしたら、かつてフィリピンを撮影したときに測量をしていた男だろうか。

「恐れながら、須藤様はもう赤の他人です。お嬢様に触れることは叶いません」

慇懃《いんぎん》な口調が腹立たしい。そのせいもあるだろうか。わたしらしくもなく叫んでいた。

「ナイマ！　戻ってこい！」

「なんとかなるよ《バハラナ》」

ナイマは一瞬振り向いたが、その顔にいつもの表情はない。

迷ったときは、流れにまかせて動かぬが吉。無理に動けば凶――。あの占いは、正しかったのだ。ナイマはそのままアントニーの正面に立ち、毅然といい放った。

「アントニー。あなたの求婚を受け入れる」

「わかってくれたか、わが恋人よ！」

かつては愛嬌《あいきょう》を感じもした口調が憎い。

「きみは正しい選択をした。共に歩み、この国を守《も》り立てていこうぞ！」

わたしは黒服を押しのけ、二人の前に出ようとした。

日ごろの運動不足がたたってか、一瞬で組み伏せられてしまう。頬が地面にこすれた。

「おまえら、こんなボンボンに使われて何も思わないのか？」

答えはない。

「まったく、財閥はフィリピンの負の歴史だよ」

「賢明なるナイマの付き人よ。正直に一つだけ告白しようか。これまで、ぼくはきみの捨て台詞を聞いてみたくてならなかった。が、実際に耳にすると、なんだこんなものかとしか思わないようだな」

それからもう一度だけ、アントニーが暗い表情を覗かせていった。

「なんでも買ってやる。人間も、歴史さえもだ」

第七章　教会ならぬ教会で

小雨だ。

そのなかを、傘をさした集団が厳《おごそ》かに歩いていく。途中、布に包まれた棺が運ばれるのを見たので、誰かの葬式だろうか。洋風のカフェの店内から、わたしはマリテとともにその行進を眺めた。

店自体は洒落ているが、途切れ途切れの列の向こうに見えるのは、コンクリートブロックを積んだ廃屋《はいおく》のようなトタン屋根の家と、その前に積まれた空のビールケースだ。

バギオの中心部から、少し外れた小径にあたる。

マニラと違って高原であるため、うだるようなあの熱気がない。そして、もう一つ驚かされたのは、タクシーが料金をぼらないことだ。マニラからは、戦前の日本人が切り拓いたというケノン道を通って五時間ほど。たったそれだけだが、人も気候も違うものだ。

列が完全に過ぎ去ったところで、マリテが気怠《けだる》くつぶやいた。

「……ジンバブエ《Zimbabwe》」

「東ティモール《East Timor》」

「ルワンダ《Rwanda》」

何か遊びはないかというので、試みに提案してみた英語の国名しりとりだ。これでもう三周目になる。わたしは呆《ほう》けたように椅子に寄りかかり、マリテはというと、テーブルの上に組んだ両腕に頭を沈めている。

コーヒーのカップはすっかり空だ。

店の人間の目がないことを確認し、わたしは腰のショルダーバッグからミネラルウォーターのボトルを出し、一口飲んだ。そういえば市場で新たなショルダーバッグを買って腰に結わえたときは、

「前から思ってたけど、何それ」

とマリテから奇異の目で見られた。

その彼女はマニラで新調したドレスを身につけているが、本人いわく、気に入っていないようだ。

アントニーにナイマをつれ去られてしまってから、すでに一週間が過ぎていた。

バギオで婚礼を執り行うというのは、日本なら軽井沢《かるいざわ》で挙式するようなものだろうか。

わたしは誘《いざな》われるようにバギオまで来たものの、芯が抜けたようになってしまっていた。

やっときれいに髭が剃れたのはいいが、なんというか身体の表面だけで、内実がついてき

ていない。

「アルジェリア《Algeria》」

「で、いったいどうするの。前は、あんたについていけば何かあると思った。でも、いまのあんたからそういう気配は感じられないよ。アルバニア《Albania》」

「ないかな」

「これっぽっちも」

「そういわれてもな……。正直、八方塞がりなのさ。オーストラリア《Australia》」

アンドリューはつきあっていられないとばかりに、西のイリサン村へ調査に赴いてしまった。竹内浩三の最期の地は諸説あるが、戦史や戦死公報などから、イリサンの線が強いと考えられるのだ。かの、林連隊長の死もこのあたりか。

小雨がやや強くなってきた。

滴がカフェのウインドウにあたり、つ、と垂れていく。

「傘、宿に置いてきちゃったなあ。アゼルバイジャン《Azerbaijan》」

「ニジェール《Niger》」

いい残して、わたしは二杯目のコーヒーを頼むべく立ちあがった。英語のしりとりなので、「ん」では終わることはない。

そのかわり、語尾の文字が限られているのですぐに終わる。

「本日のコーヒー」

注文をして、わたしは配膳カウンターに肘をつく。

バギオまで来たのは、もちろん、ナイマを助け出せないかと思ったからだ。しかし考えるほどに、打開策がない。アントニーの脅しは、本気だ。そして彼にはその力がある。わたしたちも警察に賄賂は渡せるが、相手は財閥だ。やろうと思ったなら、いくらでもチップを積みあげてくる。

コーヒーが出てきたので、わたしはサービスの英字新聞とともに席に戻った。

「ルーマニア《Romania》」

すかさず、マリテがしりとりのつづきを口にする。

「ナイマを救い出すんじゃないの？　あの日本人を助けたみたいにさ」

「考えた」

熱いコーヒーを冷ましながら、わたしはぽつりと応えた。

「考えたんだが……」

「あたしたちのことは気にしないで。捕まりそうになったら、この国を抜け出すだけ」

「お宝はいいのか？」

「命あってのお宝。それに、あたしらの本命はイエメンのマーリブだしね。それで、ナイマと連絡はとれるの？」

「可能性はある」

コーヒーに口をつけたが、まだ熱い。

「スマートフォンをとりあげられていなければな。ただ、連絡するなら最小限がいいだろうし、もう少し状況を知っておきたい。どこかに幽閉されてるとすれば、この国のことだ、周囲にはショットガンを持った警備員がいそうだな。アンティグア・バーブーダ《Antigua and Barbuda》」

「そうだねえ……って、どこそれ」

「カリブ海の島国だ。悪くない場所らしいぞ」

「ふむ。アルツァフ《Artsakh》」

「それ、国家承認されてたっけ」

「まったく細かい男だよ」

そういって、マリテは今度は身体を仰向けにそらせて、はあ、とため息をつく。期せずして、わたしのため息とそれが重なった。

「あたしは何もいわない」

と、マリテがテーブルの向こうで足を組んだ。

「ただ、失望したとだけはいっておく」

マリテが押し黙ってしまったので、そっと英字新聞を開いた。

一面に大統領のマスコミ対応についての話題、二面にマラウィ復興について書かれている。さらにめくっていくと、小さい記事だが、日本人一家が帰国の準備をしている旨が書かれていた。

これで少なくとも、あの夫婦のことを気にする必要はなくなったわけだ。

こちらが新聞を読んでいるので、マリテも雑誌をバッグから出して読みはじめた。

『今日の法王《Today's Pope》』と題されたカトリック向けの薄い雑誌だ。

「なんだそりゃ」

「コンビニで売ってた。面白いかなって」

「面白いのか？」

「毎日の法王の動向が載ってる。子供向けのコラムもあるね。面白いといえば面白い」

「あとで見せてくれよ」

「読み終わったらね。あと、さっきからあんたの番」

なんのことかと少し考えて、しりとりの途中だったと思い出す。

「ハイチ《Haiti》」

「イラン《Iran》」

「……新聞、あの日本人一家のことが載ってるよ。無事に帰国できるらしい」

「それは重畳《ちょうじょう》。あの日本人たち、あたしたちの話は漏らしたかな？」

「さあな。とすれば、警察が血眼《ちまなこ》でわたしたちを捜してることになるが」

「適当に捜すんじゃないかな。ここの警察だし。と、イランのnだよ。ギブアップ？」

「ナイジェリア《Nigeria》」

　この遊びは、おのずと語尾にnとaが多く来る。nとa――ナイマのnとaだ。

　なんだか、田螺《たにし》の鳴き声までふられた女性の歌声に聞こえると書いた浩三みたいだ。マリテがつまらなそうに雑誌をテーブルに放り、両腕を頭のうしろで組んだ。

「aか。うーん。まいったね、思いつかない」

「ギブアップか？」

「ちょっと待ってね」

　ここまで話したときだ。

　ウインドウの外に、わたしは何か気配のようなものを感じた。しかし、水滴越しの景色に目を向けるものの、いままでと何も変わらない。道行く人々や、壁の前にビールケースを積みあげた家。遠くの小高い丘に、赤や緑にペイントされた家々が密集している。

　乗りあいジープを待つ人々の列のところに、やっと車が停まったところだ。青年が一人、肌寒そうに両腕を丸めている。

　いま感じた気配めいたものはなんだ？

　ジープから下車する人々を眺めながら、ふと、もしかしたらという思いがよぎった。

「あ！」

マリテとわたしが同時に叫んだ。

スマートフォンに目を落としていたカフェの客たちが数名こちらを向き、わたしたちは慌ててなんでもないと手を振る。それより、いま車から降りてきたうちの一人だ。

客たちがふたたび手元の端末に目を落としたところで、マリテが人差し指を立てた。

「アンゴラ《Angola》！」

「いや、それはもういいんだ。ちょっと荷物を見ててくれるかな」

わたしは立ちあがって腰に巻いたバッグをほどき、椅子に残した。店を飛び出て、ジープから降りたばかりの客たちをかきわける。途中、水たまりに足を突っこんで靴下を濡らしてしまった。いた。あの老人だ。

向こうもこちらに気がついたらしく、小さく右手を掲げてくる。

なんだか苦笑してしまった。考えてみれば、フィリピンに来て最初にわたしの運命を動かしたのは彼なのだ。その彼が、またこうしてやってきたことを皮肉なようにも思う。

「……今日は犬はつれていないのですか」

「預けてきた。このあいだは、たまたま親族も出かけていたんでな」

ナイマの祖父、バヤガンはそういうと温和な笑みを浮かべた。

はじめこそ洒落たメニューに戸惑っていたバヤガンだったが、いざコーヒーを手にして席につくと、荷物を降ろしてすっと背を伸ばした。マリテのことはさしあたり考古学者と紹介しておいた。バヤガンの村は、トレジャーハンターに荒らされた過去があるからだ。

それよりもいま、わたしたちはバヤガンに謝らなければならない立場にいる。

わたしたちのせいで、彼の孫が窮地に陥っているからだ。が、まずは訊ねてみた。

「今回はなぜバギオに？」

「なに」

とバヤガンが涼しげな顔でコーヒーに口をつけ、熱い、と一言漏らした。

「おまえさんたちの苦境が占いに出たんでな。どうもいいつけを守らなかったようだな」

わたしが頭を下げ、状況を説明しようとするのをバヤガンが手で制する。

「あの財閥のボンボンだな」

とんだ千里眼だと驚いていると、バヤガンが身を屈めてバッグから封筒を出した。乱暴に破られた口から、カードが一枚抜き出される。結婚式の招待状だ。

「あのボンボン、こんなものを送りつけてきおった」

触れるのも嫌だとでもいうように、カードがテーブルに放られる。

手にとってみると、挨拶とともにバギオ郊外の式場の場所が記されていた。それにしても、アントニーの面の皮はたいしたものだ。

バヤガンがコーヒーに息を吹きかけ、表面に細波《さざなみ》を立てる。

「いったい、おまえさんたちに何があった?」

「それは……」

どこから説明したものか迷い、わたしは先ほどの新聞を持ち出した。日本人一家の記事だ。まずその記事をバヤガンに見せ、頭から話をした。ハサン家の地下で拉致被害者を見つけてしまったこと。そして、到底見すごせなかったこと。

「なるほどな」

一通りの説明が終わったところで、バヤガンが頷いてコーヒーをすすった。

「してみると、もう一度運命をねじ曲げてやらねばならんな」

あまりに涼しげにいうので、一瞬意味が捉えられずに固まってしまった。そのわたしの意識を、マリテがひき戻した。

「どう?」

とテーブルの下でこちらの脛《すね》を蹴ってくる。

「お祖父さまはそういってるけど?」

バヤガンに目を向けると、カップを胸元に持ち、それを犬に見立てて撫でていた。

「ナイマに教えるべきだったな。自分で抱えず、大人のことは大人にまかせろだ」

――白《バヤック》、こら!

あのときの叱る声が聞こえてくるようだ。

「村のことは皆で話しあって決めることだし、ハサンの一族だって舐めちゃならん」

「というと？」

「もともと、地下活動をしながら堂々と漁村に豪邸を建てるような連中だ。軍や警察とも昵懇《じっこん》だろうし、ついでにいうなら、闘いにおいて彼らはプロ。とっくに、一族は覚悟を決めとるよ」

　いわれてみればそうかもしれない。

　約束を守ることに拘泥《こうでい》しすぎて、見落としていたことの一つだ。

「それから、おまえさんらに冤罪《えんざい》が及ぶこともなかろう。ボンもそこまではやらない」

「仮に、結婚を妨《さまた》げられたとあれば？」

「おまえさん、もう少し頭を冷やせ」

　ゆっくりと噛んで含めるように、バヤガンがたしなめた。

「この国の人間は勇気ある者を好む。ならばいっそ日本人一家に働きかけて、英雄に仕立ててあげてもらえ。一度そうなれば、おまえさんたちの心配も無用というわけだ。国際関係がからむから、財閥とてこれを妨げるのは難しい。ハサン家については、いましがた述べた通りだ」

　バヤガンがナイマを心配するのは、わたしかそれ以上であるはずだ。しかも、詳しい事情はいまわたしが話したばかりのこと。

それなのに落ち着いていられるのは、年の功なのだろうか。

「しかし、いまナイマがどこにいるかも……」

「あ」とここでマリテが手を叩く。「得意の占いとか」

「阿呆《あほう》」

すかさずバヤガンがわたしたちを一喝《いっかつ》し、招待状をひっくり返した。

「あの小僧は、間抜けにもナイマが確実に姿を現す場を報《しら》せてきた」

カードの裏側に出てきたのは、このバギオ郊外にある式場の地図だ。

とん、と地図上をバヤガンが指で叩いた。

「さて、おまえさんには孫娘を苦境に立たせた責任がある。そういうわけだから、当日ここに乗りこんでナイマを奪え。どうだ、簡単な話だろう？」

何も簡単ではないが、そういわれてしまうと苦しい。

「いくら一族のお荷物の坊やとて、財閥関係の挙式とあれば警備も手厚いだろうしな……。でも、こんな図々しいカードを送ってくるくらいだ。きっと隙はある」

「賄賂」

横からマリテが口を挟んだ。

「仮に警備があんたを止めたとする。でも、呼ばれてない人間を素通りさせるくらいだったら、なんとかなる線でしょ。しかもいったん招待客ということになれば、警備に守られる側になるってわけ。でも、これだと入口があって出口がないから……」

「そうだな」

自分のもう半身、破滅を望む何者かが大きくなってきたように感じた。ただ、いま望むのは破滅ではない。

ナイマの自由だ。

「式場の人間を誰かひき入れて、裏口でもなんでも抜け道を用意してもらう。なければ、抜け穴でもなんでも作らせる。まだ三週間あるから、工作の余地はある」

「それで、逃げてどうするの？　やつら、ショットガンを持って追ってくるよ。血眼で」

「車が必要だな」

「調子出てきたじゃない」

マリテが両肘をついて、手のひらに顎を載せた。

「でも、新婦を奪われたとなれば、あの坊やもさすがに復讐を考えるだろうね」

「きみらは先に国外に逃げればいい」

「それでもいいんだけどねえ……」

気乗りしなそうにマリテが応じた。

「さっきは口にしなかったけど、あたしたちはなんとかなるんだよね。最悪、ボートを買って南からマレーシアに逃げるとかさ。これは、ＩＳの連中が国外脱出した経路と同じ。

だったら、ナイマが自由になるのを見届けたいかな」

「孫娘を頼むぞ」

バヤガンが空になったカップをテーブルに戻した。

それからカードをしまった封筒を差し出してくる。

「招待状があれば入りやすいだろう。バージンロードで新婦の手をひくかと問いあわせがあったが、そいつは断った。必要とあれば、これで招待客として入れ」

わたしは礼とともに封筒を受けとり、それから少しだけ気になっていたことを訊いた。

「占いの結果はどう出ている？」

バヤガンがわずかに身をこわばらせ、それから「教えんよ」と短く答えた。

「占いはしょせん占い。たとえば、南のミンダナオ島でのことだ。占いがどうあれ、おまえさんたちは正しいことをやってのけた。そのことに後悔があるのか？」

「いまだいぶ後悔してる」

「質問が悪かった」

バヤガンが喉の奥のほうで笑った。

「日本人一家を助けたことに、後悔はあるか？」

ない。これは確かに、バヤガンのいう通りだ。

「運命を決めるのは、いつだって人間だ。それを忘れると、運命に裏切られる」

バヤガンのいうことはわかる。でも、小心者のわたしはやはり、怖い。詩の一節が浮かんだ。

なんにもできず
蝶をとったり　子供とあそんだり
うっかりしていて戦死するかしら

そんなまぬけなぼくなので
どうか人なみにいくさができますよう
成田山《なりたさん》に願《がん》かけた

有名な浩三の詩、「ぼくもいくさに征《ゆ》くのだけれど」の一節だ。自らの気質に逆らい、割り切って兵隊になろうとする悲壮《ひそう》な決意とも読める。しかし、浩三は人並みの戦ができないとわかっている。少なくとも、本人はそう感じている。だから、成田山に願をかけるのだ。このような切実な、戦争協力の詩があるだろうか。

わたしはこういう詩を書いてしまう浩三が好きだし、自分も似た気質を抱えていると感じていた。でも、おそらくいまは違う。違わなければならない。

——できるできないじゃない、やるんだ。

これは、新人時代に上司から叱られた一言だ。いわれるだろうなと思ったところに、案の定そういわれた。そのときは糞《くそ》上司と思ったが、まったくだ。いいことというじゃないか。願をかけるな。そういうことだろう、バヤガン。

試しに、なんとかなる《バハラナ》、とつぶやいてみる。

一瞬でいい。来たるべき日の、その一瞬。わたしを小心者からリサールに変えてくれ。

教会だが教会じゃない。

下見をした際も思ったが、今日改めて遠目に見てみても、やはりそう思ってしまう。確かに教会の形はしているし、上のほうには尖塔《せんとう》や鐘、そして十字架まである。ただ、石造りに見せているが実際はコンクリートだ。いや、問題は素材じゃない。教会の姿形をしていても、どうしても、そこに深い信仰が感じられないのだ。

式場が式場であるために、教会の形をしているにすぎない。

——わからないじゃないですか。信じてる人だっているんですから。

そうじゃない、とわたしは脳内の井上を追い払う。

たとえばかつて見た、シャッターにＣＨＵＲＣＨとだけ書かれた教会のほうに、わたしは信心を感じる。あれは教会を建てられないが、教会を必要とする人間のための場だろうからだ。

造りがコンクリートでもいい。静かな信仰が感じられる場が、好きなのだ。

この教会はわたしだ。

周囲に家屋はない。広い敷地に、ぽっかりと真新しい教会が建っているだけだ。だだっぴろい駐車場に高級車が何台も駐められ、いま、招待客たちが入口に列をなしている。

わたしはというと、式場からやや離れた大通り沿いにミニバンをつけていた。

式場までは、距離にして二百メートルほど。そのあいだを、草がまばらに生えた原っぱが埋めている。

駐車場を使わないのは、もし混乱が起き、人々が車に殺到するような事態が起きると困るからだ。だから、今日のために借りたレンタカーを通り沿いに駐めておいた。国際免許証などないが、金を積んだら貸してもらえた。無免許だなどとはいっていられない。

マリテは準備中だとメールをよこしたのみで、まだ姿を現していない。

わたしはレンタルのタキシードの胸ポケットから、招待カードを出して確認する。式は十二時半から。まだ、時刻は十二時前だ。時間は充分にある。

緊張から、鼓動が速くなっているのがわかる。左手首を握ってみると、まるで壊れたポンプみたいだ。口元が寂しく、やめて久しい煙草がほしいと思う。

落ち着け、と自分にいい聞かせる。リサールは自らの処刑の瞬間まで落ち着いていたはずだ。奪還の手順は、まずわたしがバヤガンを装って入場する。それから——。

ここまで考えたところで、近くにもう一台の車が駐まった。

また新調したのか、マリテが見たことのないモノトーンのドレスとともに顔を出す。それから式場を見て、

「悪い悪い」

「ここにしたんだね。ちょっと建物から遠くない？」

「走って一、二分かな。車を出すと考えると、この場所が一番逃げやすい」

「あんたにプレゼントを用意したよ」

なんのことかと思っていると、車からつづけて二人の男が降りてきた。一人目のアンドリューはいい。つづく、二人目だ。姿を見せたのは、突撃銃を背負ったハサンだった。

「ハサン！」

わたしが叫ぶと、相手が面映ゆそうに目をすがめる。

「ナイマが困っているらしいと知ってな。事情は、だいたいそこのお嬢さんから聞いた」

「その銃は？」

「おまえがしくじって追われて来た場合の足止めだ。備えはあったほうがいいだろう」

半分はその通りなのだろうが、半分は嘘だろうと感じた。

なぜ、ハサンがわざわざまた海を渡ってきたのか。むろんわたしたちのためだろうが、

奪還をわたし一人にまかせるのが不安だからというのもあるのではないか。わたしがしくじったら、突撃銃とともに式場に乱入でもしかねない。

ますますもって、失敗が許されなくなってきた。

「ちなみに、銃器は船に載せられないからあたしが立て替えた。揃えてくれたのはアンドリューだけどね。あとで請求するから」

「わかった。手順を確認するぞ」

頷いてから、わたしはひそひそと三人に向けていった。

「まず、わたしがバヤガンを装って式に参列する」

「入口で怪しまれて止められた場合は？」すかさず、マリテが釘を刺すように訊ねる。

「念のため、偽物のＩＤカードも作っておいた。この点は、まず問題ないと思う」

「わかった。それで？」

「式の途中、買収したスタッフの一人が理由をつけてナイマを中座させる。〝髪をセットし直す〟とかなんとかね。そのとき、わたしは素知らぬ顔でバックヤードに同行する」

話しながら、わたしは用意しておいた長いつけ髭を顎に貼りつけた。変装をするのは、アントニーに面が割れているからだ。そんなわたしの様子を見て、ハサンがおかしそうに笑った。

「似あってるぞ」

「……それで、バックヤードの裏口から、わたしとナイマが一目散に逃げ出す」

「ナイマは了承済みなのか？」とこれはアンドリューだ。「説得に時間をとられると困る」

「一度だけムラードのおっさんのアプリを通して手筈を伝えた。まず、これがバヤガンの意志でもあること。日本人がすでに解放されたこと。これで了承は得られた」

「俺たちのことは心配するな」

ハサンが一度銃の安全装置を外し、また元通りにかけた。戦意を示したものと思われるが、心臓に悪いのでやめてもらいたい。

「あの坊やが俺たちに戦争をしかけるってなら、徹底抗戦するまでさ。分離独立のために長年闘ってきた一家を舐めてもらっちゃ困る」

「……というわけだ。あとは、この場所まで走って戻ってくるだけ。ナイマはドレスだろうから大変だが、それでも走って一、二分ってところだ。何か質問は？」

そこまで話したときだ。

道の向こうから思わぬ一団が姿を現した。わたしにとっては、ある種見慣れた光景でもある。カメラを背負った男や、マイクを手にしたリポーターが撮影をしながら歩いてきたのだ。カメラの死角には、ディレクターやADとおぼしき男たちの姿もある。

しかも、その彼らときたら――。

「戦後約七十五年、和解が進んだいま、フィリピンとの関係はけっして悪いものではありません。そして、この国が〝アジアの病人〟とされたのも昔のこと。いま、フィリピンは急成長を遂《と》げる〝眠れる大国〟ともいうべき国となってきています」

〝アジアの病人〟フィリピンのいま——。そんなテロップが透けて見えるようだ。滑舌《かつぜつ》よく話すリポーターは、かつてわたしたちに同行した女性だった。

その彼女が間を置いて、こんなことをつけ加える。

「ですがそれによって、過去の大戦が忘れ去られつつあるのも事実です」

「おい」

アンドリューが小声でわたしにささやいてきた。

「あの一団は、おまえが呼んできたのか？」

「まさか。こんなところで再会するとは思わなかったが……」

「OK、いったんカットしよう」

カメラの背後から男が声をかけたところで、ふう、とリポーターが息をついた。

「ディレクター、こんなもんでいいですか？」

「上々です。ありがとう」

台本を手にした男が答える。

ディレクターになり、口髭まで生やしているようだが、間違いなく井上だ。

「それじゃ、もう少し撮っておこうか。準備は？」

「大丈夫」

「はじめよう。三、二、一――」

「わたしたちメディアは〝第四の権力〟と呼ばれることがあります。行政、立法、そして司法につぐ、監視の役割を持つ権力というわけです。ですが、この国においては異なります。まず大統領が強権を握り……って、井上さん、こんなこと話していいんですか」

「帰国してから適当に編集するから大丈夫。もう一度いいかな。三、二――」

急な撮影を前に、ハサンたちも戸惑ったのかその場に立ち尽くしている。

いろいろと疑問はよぎるが、この光景は一つ意外な効果をわたしにもたらした。見慣れた仕事風景を見ることで、気持ちが落ち着いてきたのだ。

「……ここ、フィリピンにおいてはまた別に〝第四の権力〟と呼ぶべきものがあります。わたしたちの国では解体され、存在しないもの。すなわち、財閥です。いま、向こうに教会と高級車の一団があるのが見えるでしょうか。現地の人によると、財閥関係者の結婚式だとのことです」

なるほど、それを聞いてこの場所へ来たのかと腑に落ちた。

「ちょうどあちらにタキシードを着たかたがおられますね。おそらく列席者の一人でしょう。少し、話を伺ってみましょうか」

カメラがパンされ、突然にこちらを向いた。

マリテとアンドリューは、要領よくとっくに車の陰に隠れている。残されたわたしとハサンが、間抜け面をカメラにさらすことになった。

が、この突撃インタビューはアドリブだったらしい。

「いやいや！」

と慌てたように井上が入ってきた。

「銃をかまえたボディガードまでいるよ！　さすがにやめておこうよ」

「井上」

撮影がカットされたのを見て、わたしのほうから声をかけた。相手はしばらくわたしを凝視してから、あ、と声を出して目を剝いた。それから、二人同時に口を開く。

「どうしたんです、先輩。そんな髭なんかたくわえて」

「なかなか似あってるぞ、その口髭」

こほん、とまた二人同時に咳払いをする。改めて訊ねてみた。

「こんなとこで何やってんの？　しかも、なんか番組が社会的というか、おまえのこれまでの感じとはちょっと印象が違うというか――」

「全部先輩のせいですよ！」

耐えかねたように、井上が突然かぶせて叫んできた。

「なぜだろうって、そんなこと、幾度となく自問自答してきましたよ！」

「ええと……」

「要するにですね」

気をとり直したように、井上が手元の台本を丸めた。

「こういう仕事は誰かがやらなきゃならないんです。それをやってたのが先輩だった」

台本を握る手に力がこめられる。

「だから、ぼくだって安心して横から茶々を入れられた。それなのに、突然に辞められちゃって……。もう、社内でこういう企画に手を挙げるやつなんて誰もいやしないです。こうなったら、ぼくがやるしかないでしょう！　全部先輩のせいです！　正直めっちゃ恨んでますよ！」

「あの」

そう口にしたものの、先がつづかなかった。

わたしのなかに棲んでいた井上は、もうかつての井上ではなかったのだ。そしてなぜだろう。恨まれているのに、何か温かなものが広がってくるのがわかる。いっそのこと祝福してやりたいが、そうすると怒りの火に油を注ぎそうではある。

「大変みたいだな、悪かった」

「本当にそうですよ！」

カメラが回っていないのを見て、マリテとアンドリューが自分たちの車の陰から出てきた。紹介の必要はないだろう。そのかわりに、旧知のリポーターに会釈《えしゃく》をした。

わたしを思い出したらしく、おずおずとした会釈が返される。

「そういう先輩こそ、こんなところで何を？」

「話せば長くなるんだが……」

口を開いたところで、マリテが車の後部座席を開けた。

そのなかに覗くものを見て呆れてしまった。突撃銃がもう二挺《ちょう》に、対戦車擲弾《てきだん》——ロケットランチャーまである。浩三らがこれを手にしていれば、爆薬とともに戦車に特攻する必要はなかっただろう。彼らのとった戦法は、重い爆弾を持って戦車の下に潜りこむこと。肉薄攻撃と呼ばれるものだった。

戦死公報にはこうある。

——敵陣地の斬込及敵戦車の肉薄攻撃戦斗《せんとう》に終始す。

——斬込戦斗に参加し未帰還にて生死不明なり。

浩三は勇ましく戦車に立ち向かって戦死した可能性が高いのだ。

ただ、戦死公報にはときに嘘がある。たとえ病死や餓死であっても、残された遺族のために、勇ましく闘って亡くなったと書かれた事例がある。マラリアにやられたのかもしれないし、栄養失調でそのまま斃死《へいし》したのかもしれない。それはもう、誰にもわからない。

「なあ、マリテ。いったいなんだいそりゃ」

「何って」

応えながら、マリテがロケットランチャーをひっぱり出して肩に担ぐ。

「あたしだって、あの財閥のボンボンには恨みがあるからねえ」

ランチャーを担いだまま、とん、とマリテが自らの胸を叩く。なんだかおおごとになってきたが、とりあえず、彼女の恨みを買う事態は避けたほうがよさそうだ。

「とにかく」

剣呑《けんのん》な空気を振り払うように、わたしは井上に向き直った。

「やらにゃならんことができてしまってな」

「あの結婚式に関係することですか」

「まあ、そういうことだ」

答えて、わたしは胸元のハンカチの位置を直す。

場所がバギオでよかった。マニラであれば、暑くてこんなのは着られたものではなかったろう。タキシードなど自分の結婚式以来だ。あのときもレンタルだった。借り物でない一張羅《いっちょうら》を着ることは、この先もなさそうだ。

「ちょっと例の財閥の坊やに用があってな」

式場から見て死角になるよう、車の陰にハサンとマリテが武装してしゃがみこむ。

そこまで見届けたところで右手をあげ、式場に向けて一歩踏み出した。

井上はしばらく呆気にとられていたが、やがて突然目を覚ましでもしたように、「何やってる！」とカメラマンを叱咤した。

「カメラ回せ！　先輩が何か面白そうなことをはじめたぞ！」


招待客たちの列のうしろに並んだが、場違いな気がする。実際に招待されていないのだから当然なのだが、ふたたび鼓動が速くなってきた。ハサンはわたしが破滅を望んでいるといっていたが、実際は逆の小心者だ。

客たちの頭越しに、入口の様子を見てみる。

すでに入った客たちをあわせて、三百名ほどが呼ばれている。財閥の末子の式と考えると、多いのか少ないのかはわからない。アントニーの学友か、わずかに若い衆の顔が目につく。が、その他は事業関係者か、いかめしい面をした大人が多い。

日本のように受付があって新郎新婦の友人がリストに丸をつけている光景を予想したが、そうではなかった。カードを見せて、警備員がぎょろりと相手を観察して、ボディチェックののちに通すだけのようだ。今日は招待状があるので、警備の買収はしていない。

入口が近づいてきた。

両開きのドアの左右に、ポンプ式のショットガンを担いだ二人が立っている。警備員というよりは、フェイ財閥の私兵と呼ぶべきだろうか。さりげなく周囲を確認すると、教会の周囲にも、ところどころ銃器を担いだ男たちがいる。

ドアの前に来たので、わたしはカードを掲げた。

「暑いですね」

そういって、わたしは胸元のハンカチで額に浮き出た汗を拭う。

男二人がわたしを頭から爪先まで睨《ね》め回し、ボディチェックを済ませてから手のひらを教会の内部に向けた。ほっとして、建物に足を踏み入れる。

教会そのものは、一度下見に来ている。

ここでの挙式を検討していると嘘をつき、マリテと二人で変装してやってきたのだ。

内部の造りはオーソドックスだ。客たちのためのベンチが左右対称に並べられ、正面一番奥の祭壇は小舞台のようになっている。いまはバックヤードにいるのか、ナイマやアントニーの姿はない。形ばかりの説教台が、右横にどけられているだけだ。

バックヤードの入口はちょうど中央付近の左側。新婦関係者は左側なのでちょうどい い。なるべくその近く、左隅の席をとったが、たちまちあとからやってきたおばちゃんに、「詰めてくださらない?」と一列内側に移動させられてしまった。そのまま、二列、三列と内側に追いやられていく。前のベンチでは、風邪をひいているのか、誰かがしきりに咳をしている。感染《うつ》されないよう、こちらも小さく咳払いをする。

上を仰ぐと、大きなシャンデリアがゆっくりと揺れていた。

幾重にも折り重なった金色の輪に、ロウソクを模したLED電球がとり囲むようにくっついている。シャンデリアは奥から順に三つ吊るされていた。天井にイコンのような絵画があり、それをまた別の照明が青、赤、緑の順にグラデーションで照らし出す。心なしか安っぽく見えるのは、袈裟《けさ》まで憎いというやつだろうか。

アントニーをこしらえた迷惑な親はどれかと、前のほうのベンチに向かって目を凝らしてみる。一番前の右側の席に、夫婦とおぼしき正装した初老の男女がいる。すると、いつかアントニーが話していた、できる兄たちというのはその横の男たちか。

客たちは思い思いにざわついている。

何を話しているのかと耳を澄ましてみると、案の定とでもいうべきか、

「あのアントニーがねえ」

「どうせ金目あての女だろう」

などと、露骨な噂話がタガログ語でささやかれているのがわかった。ナイマの名誉のために割りこみたくもなるが、いまはそういう場ではない。披露宴でのご馳走《ちそう》を楽しみにする声もあるので、残念だな、と心のなかで毒づいた。今日の挙式に披露宴はないんだ。

それにしても、そのアントニーたちはいつ出てくるのか。

いい加減に焦れてきたところで、オルガン奏者が聖歌を弾きはじめた。これを受けて、ざわついていた客たちが一人ひとり静まっていく。

やっと二人が姿を見せた。

バックヤードから裏口に抜け、そこから入口へ回ったのだろう。アントニーと、彼に手をひかれるナイマが背後からやってきて、ゆっくりとベンチのあいだを進みはじめる。

誰かが口笛を吹いた。

「うまくやりやがったな、この野郎！」

叫んだのは、アントニーの学友だろうか。

ナイマは気持ち目を伏せながら手をひかれているため、目はあわせられない。

「やあやあ！」

と上機嫌のアントニーが野次に応える。新郎が祭壇で待ち、バージンロードは黙って歩くものだと思っていたが、流派が違うのか、それともアントニーの希望か。

「きみたちも、ぼくを見習って早く結婚したまえよ！」

「ちょっと」

突然、マイク越しの声が響いた。いつのまにか、説教台に立っていた司祭だ。

「新郎は黙ってここまで来るように」

これには皆と笑ってしまったが、いい雰囲気の結婚式にしてしまってどうするのか。笑い声は背後からもした。挙式を見ようとしたのか、私兵たちが揃って入口付近に集まっているのだ。ちゃんと周囲を見はれよ、と心中で思う。

祭壇の前でナイマとアントニーが向かいあったところで、司祭が開祭を宣言した。

タガログ語の司祭の言葉は、さすがにわたしには呪文のようにしか聞こえない。主の恵み、神の愛、聖霊の交わりが皆様とともに、といったところだろうか。皆がアーメンと唱えたところで、一拍遅れてわたしもアーメンと唱える。

この司祭の話が、思いのほか長い。

わかる単語を拾っていくと、だいたいこんなところだろうか。厳粛《げんしゅく》な時にあたり、神が語られる言葉をともに聞き、父なる神が二人を祝福し……。眠たくなってくるが、ときおり皆とアーメンと唱和するタイミングがあり、気が抜けない。

そのうちに司祭が何事か朗読しはじめた。「自分にかたどって人を創造された」と聞こえたので、やっとそれが『創世記』の一部であるとわかる。そのあとは『詩編』だろうか。こちらは比較的わかりやすい。妻は葡萄《ぶどう》の木のように食卓を潤し、オリーブの木のように子供らが食卓を囲む。わかりやすいが、ほんのわずかに、古傷をえぐられるような感触があった。

そしてまた別の朗読がはじまる。

福音書《ふくいんしょ》か何かだろうと察しはつくが、こちらは意味がとれない。それにしても、まだだろうか。予定では、このあたりで式場のスタッフがナイマを中座させる手筈《つ》だからだ。まさか、こちらの工作が相手側に通じてしまっていやしないかと焦りが募る。このままでは、誓いの言葉がはじまってしまうではないか。

やっとだ。

皆が聖歌を歌いはじめたところで、女性スタッフがナイマとアントニーに近づき、何事かささやくのが見えた。打ちあわせの通りならば、「髪のセットが崩れているので、いったんバックヤードで直しましょう」であるはずだ。

「そんなのどうでもいいだろう！」

聖歌を遮ってアントニーが叫ぶのが聞こえた。これはさすがに皆も気になるのか、歌が途切れがちになる。そのアントニーにナイマがささやくのが見える。おおかた、こんなところだろう。一生に一度のことなので、髪もちゃんとしておきたい——。

仕方ないというようにアントニーが頷き、ナイマがスタッフの女性に手をひかれてこちらに近づいてくる。一瞬だが、目があった。ほんのわずかに、ナイマがわたしに頷く。

一方、残されたアントニーが手持ち無沙汰《ぶさた》に客たちを向いた。

「どうした、ちゃんと歌え！　ぼくたちを祝福しろ！」

「失礼、新婦の友人なんです」

ナイマたちがバックヤードに入ったのを見て、わたしは中腰でおばちゃんの前を通ってベンチの外側に出た。と、そのときだ。

きゃ、と短い悲鳴がドアの向こうから聞こえてきた。

次の瞬間、ドアがこちらに向けて蹴破られた。何者かがわたしを押しのけ、手にしていたマシンガンで式場の床を乱射した。豆をまくような音に、客たちの悲鳴が重なる。オルガンの演奏は止まり、式は突如として混乱状態に陥った。

身体をこわばらせたまま、闖入者《ちんにゅうしゃ》に目を向ける。

男はチノパンにワイシャツという出で立ちで、大仰《おおぎょう》な弾帯を両肩にかけていた。

「こんな結婚認められるか！」

男が叫ぶと、駆け寄ろうとした私兵の足元を撃って威嚇する。

「アントニー、おまえだけは許せねえ。よくもイエス様とベッドインさせてくれたな！」

この一言でわかった。

復活祭の晩、皆で山車の棺に隠したはずのジェレミーだ。生きていたのだ。

ベンチの陰でしゃがみこんで身を隠す者もいれば、入口に殺到して大渋滞を作る者たちもいる。混乱に乗じてバックヤードに入れないかと思ったが、折り悪しく、ちょうどドアとのあいだにジェレミーが立っている。

「どうした！」

祭壇の前からアントニーの震え声が飛んでくる。

「そんなやつ、さっさと撃ち殺しちまえ！」

「我々のはショットガンなんです！」

私兵の一人が叫んだ。

「ご招待の皆様にもあたってしまいます！」

使えないやつとでもいわんばかりに、アントニーが舌打ちをする。そのアントニーに銃口を突きつけながら、ジェレミーがわたしの前を横切っていった。祭壇の前で、新郎新婦のように二人が向かいあう。おそらく足がすくんで動かないのだろう。棒立ちして足を震わせながら、アントニーがジェレミーと対峙《たいじ》する。

薄情なことに、親兄弟たちはとっくに入口に殺到していた。

最初は、バックヤードに飛びこむチャンスだと思った。残されたナイマも心配だ。そのはずだった。が、何者かがわたしの足を止めた。この状況を、このままにしていいのか？

「勘弁してくれたまえよ、わが友よ！」

アントニーが震える両手をあげる。

「あのときは仕方がなかったんだ。きみが、急に車の前に飛び出してくるから！」

「突っ立っている俺をおまえが真っ正面から撥ねた」

「それはきみ、見解の違いってやつだ！」

答えるかわりに、ジェレミーが銃口をアントニーの顎に押しあてる。ちらと周囲を窺ったが、私兵たちはアントニーよりも自分の命が惜しいようでその場を動かない。残った者たちも、ベンチの陰にしゃがみこむのみだ。

親兄弟にも見捨てられ、いま、アントニーはたった一人で殺されようとしていた。

しかも、晴れ舞台となるはずだった場においてだ。

無意識に、舌打ちが漏れた。わたしがアントニーをかばう理由など何一つない。それどころか、わたし自身がアントニーを殺してやりたいくらいだ。それなのに。気がつけば、わたしは祭壇に向けて駆け、ジェレミーの銃に飛びかかっていた。

ジェレミーがふたたび乱射をするが、その弾道はわたしたちをそれ、形ばかりの祭壇を破壊する。即座に、わたしはアントニーを抱えるようにして祭壇右手の説教台の裏に回りこんだ。いまやっと気がつきでもしたかのように、私兵たちが距離を詰めてくる。

ショットガンが放たれた。

が、それよりも一瞬早く、ジェレミーがオルガンの裏に隠れる。ちょうど祭壇を挟んで、右手にわたしとアントニー、反対側にジェレミーという恰好になった。どん、と二発目のショットガンがオルガンに向けて放たれたが、

「やめてください！」

とのオルガン弾きの甲高い声が響き、膠着《こうちゃく》状態に陥る。

司祭はどこだと思ったら、とうに逃げて入口の渋滞に巻きこまれている。やれやれ、とつぶやいてわたしは顎のつけ髭を外した。アントニーがようやくわたしに気づき、

「きみは……」

と呆然としたようにつぶやいた。それからまた間を置いて、

「なぜぼくを助けた。ぼくを恨んでるんじゃないのか」

「……みんな逃げるかベンチでしゃがみこんでいるか。私兵は足止めされて動けない。わたしだけが、ちょうど走りこめる場所に立っていた」

また豆をまくような音と、腹に響くショットガンの音とがくりかえされる。

銃撃戦だ。ジェレミーがときおりオルガンの裏から頭を出して撃ち、私兵がやり返す。

「どうしてなんだろう」

かつてないような声でアントニーが呻くので、訝しんで眉をひそめた。

「なんだ？」

「どうして、みんなぼくを馬鹿にするんだ」

馬鹿だからだろう、と喉元まで出かかったのを抑え、わたしは考える素振りをした。

「おまえさんにあって、わたしにない貴重なものがある。自信だ。せいぜい、それを大事にすることだな。あとは、心に従って善き行いを重ねれば、おのずと人はついてくる」

「本当か」

「……たぶんな」

そう一言だけいい残す。もういましかない。

銃撃戦の合間を縫って、わたしは説教台の裏を飛び出して祭壇を横切った。

「動くな！」

ジェレミーがマシンガンの銃撃を足元に浴びせてくるが、もうこれ以上は待てない。そのまま、バックヤードの入口に向けて駆けた。背後を一瞥すると、ふたたびジェレミーがこちらに向けて銃をかまえるのがわかった。が、遅い。

覚悟を決めた私兵がその隙にジェレミーに飛びかかり、刹那のうちに組み伏せた。こめかみに銃口があてられる。が、銃が放たれようとした、そのときだ。

「やめろ、殺すな！」

突然、アントニーが祭壇の前に飛び出てきた。

「そいつを殺しちゃだめだ！」

「お言葉ですが、坊ちゃん、こいつは坊ちゃんを……」

「そんなことは関係ない！　いいか、おまえら。善き行いってやつだ！」

叫ぶアントニーの表情を想像しながら、わたしは式場内を走る。

口元に笑みが浮かび、弛んでしまった。まさか、いきなり実践《じっせん》に移すとは思わなかった。いいたいことは山ほどあるが、この素直なところは、あいつの美点かもしれない。

そのまま、ジェレミーが蹴破ったドアをまたいで廊下に駆けこむ。

廊下はすぐに突きあたってT字形に分岐したので、急いで左右を見る。右が控え室やトイレ、そして行き止まりだ。花柄の壁紙の、隅のあたりがめくれているのが目につく。すぐに左に向けて走る。途中、マグネットの出勤表がくっついたホワイトボードや事務所のドアがあった。

出口に向けて、右に折れ曲がる。

いた。待っていてくれた。

裏口の鉄扉を前に、スタッフの女性とともに、ウェディングドレス姿のナイマが花束を手に佇んでいる。こわばっていた表情が、わたしの姿を見て徐々にほどけていく。

「よかった、銃声ばかり聞こえるから気が気じゃなくて……」

「とにかく逃げよう。一緒に来てくれるか？」

「もちろん」

差し出された手を、わたしは握り返す。同時に、ばたばたと廊下を駆ける音がした。

「ナイマお嬢さん！　無事ですか！」

「阿呆、そっちはトイレだ！」

わたしはナイマの手をぎゅっと握り、目の前の鉄扉を開けた。瞬間、南洋の太陽がわたしの目を灼《や》く。二人で走り出そうとしたとき、無言だったスタッフが口を開いた。

「お幸せに」

頷きあい、小走りで外へと向かう。

ひっきりなしにクラクションが聞こえていることに気がついた。逃げ惑う客たちの車が、駐車場で渋滞してしまっているのだ。ナイマがいったん立ち止まり、ドレスの裾を持ちあげて腿《もも》のあたりでまとめた。

原っぱだ。

小高い登り坂になっていて、二百メートルほど先に大通りと待機している車が見える。

「さっき廊下でマシンガンを持った人とすれ違ったんだけど、あの人って……」

「そうだよ」

わたしは答え、それから小さく呻いた。

最初はドレス姿のナイマのほうが走りづらいだろうと思っていたが、思わぬ立ち回りを演じてしまったこともあり、先にわたしのほうの息が切れた。

「無事にとり押さえられた。幸い、二度死ぬことはなかったみたいだ」

言葉を継ぎ、それからちらと振り返る。

ちょうど、ショットガンを手にした私兵が裏口から走り出てきたところだ。逃げ切れるだろうかと思ったところに、ナイマが振り向いてひょいと手にしていた花束を投げた。花束は思いのほか重かったようで、弧を描いて男たちのもとへ飛んでいく。

反射的に、男たちがその花束をとろうと群がる。

「馬鹿、何やってる！」

と、そんな声が聞こえてくる。

この隙に、少し距離を離すことができた。呻きながら、わたしは慣れない革靴で登り坂を走る。背後で爆発音がした。足元近くに、ショットガンが放たれたのだ。

「お嬢さんにあてるなよ」

「わかってます」

すぐ追いつけると思っているのだろう、男たちは余裕だ。そこに、ひょいと車の陰からハサンが顔を出し、わたしたちの頭越しに、男たちの足元に突撃銃を掃射した。これは私兵連中も想定外だったようで、幾人かは悲鳴とともに散り散りに逃げ出してしまう。

振り向くと、残った私兵の一人が大通りに向けて一発撃ったところだった。

が、ショットガンの射程距離はせいぜい五十メートル。散弾はそのまま宙に散る。

「怯むな、追え！」

「追いつきさえすれば向こうも撃てない！」

敵も切り替えが早い。

足元に石灰岩の欠片が落ちているのが見えたので、わたしは拾いあげてナイマに渡す。意図はすぐに通じた。石はひゅんと後方に飛んでいき、男の一人の額にあたった。視界の隅で、男がそのまま気を失って倒れる。一、二と敵の数を数える。残り四人だ。

道のりはやっと半分ほど。

斜面がなだらかになってくれたのが助かる。そこに、ハサンがもう一度突撃銃を迸《ほとばし》らせた。殺すなよ、と念じるがこちらも余裕がない。痛んできた膝を叩き、残り百メートルを駆けた。

あと少しだ、と自分にいい聞かせる。

それから不意に、浩三もこの地を走ったのだろうかと想像した。浩三が所属していたとされる館中隊は、本隊の敗走を助けるため、バギオ周辺で殿《しんがり》を務めていた可能性が高い。もしそうであるなら、まさにいま走っている場所も、昔彼は走ったかもしれない。

そう思うと、少しばかり力が湧いてきた。

あとどれくらいか。

つんのめりそうになり、手をすりむきかけたところを、ナイマにひきあげられた。かつてマリテらに追われ、手をすりむいた夜道を思い出す。

どん、とふたたび背後から撃つ音がする。威嚇射撃だ。

正面の叢《くさむら》に隠れていた鶏たちが驚いて飛び出してくる。踏んづけてしまいそうになるのを慌てて跳び越え、車を駐めた正面の道路を目指す。うわ、という声を聞いて背後を窺うと、男の一人が鶏に気づかずうっかり踏んづけてしまい、つんのめって転んでいた。怒れる雄鶏《おんどり》が、転んだ私兵を嘴でつつきはじめる。

笑ってやりたくなるが、こちらも息が苦しい。いくら息を吸っても、まるで酸素が入ってきている気がしない。肺が、ゴムの劣化した古い風船みたいに感じられる。

「ハサン、気をつけろ！」

その肺を絞って叫んだ。

「そろそろあいつらの射程に入る」

「わかってる」

ハサンがひょいと車の脇から姿を見せ、わたしたちの背後を撃つ。

背後の男たちは、冷静にいったん足を止め、

「車を狙え」

と相談しはじめた。

「タイヤだ。足さえなくなれば、あいつらに逃げる手段はなくなる」

やばい、と思ったそのときだ。

ガードレールがわりのコンクリートブロック越しに、また人影が姿を見せた。が、今回はハサンじゃない。リポーターと、それを撮るカメラマンだった。

「まずい、カメラだ。撃つな、銃をしまえ！」

慌てて男の一人が叫ぶ。

すぐに、一人、また一人とかまえていた銃を肩に担いでいく。そうだ、カメラはときとして強力な武器になるのだ。いまさら、そんなことを思い出させられた。

リポーターがわたしに向けて片目をつむり、それからマイクを手に実況した。

「先ほど式場のほうから銃声がありました。いま、新婦が式場を脱出して逃げてきているところです。追うのは財閥の私兵と見られます。いったい何があったのでしょうか？」

「二手にわかれろ！」

私兵の一人が叫んだ。

「二人は駐車場へ、俺ともう一人はこのまま追う！」

わたしたちが逃げ切った場合に備え、追跡のための車を確保しておこうというわけだ。賢明だ。すぐに、遅れ気味だった二人がひき返していく。カメラなどかまいはしないハサンが顔を出し、残りの二人にふたたび足止めの銃撃をした。

もう目の前だ。

あと少し――。そう思ったところで、がくんとナイマの手が固まった。男たちの一人に捕まったのだ。もう一人の男が、息を切らしながらわたしの手を振りほどく。

はあ、と相手の一人が深呼吸をした。

「お嬢さん、あまり手をかけさせないでくださいな」

「戻りましょう、式は後日またやるとしても……。坊ちゃんがお待ちです」

反射的に、ナイマをとり戻そうと男の一人に組みかかる。すぐさま、銃床でしこたま頭を打ちつけられ、視界が回った。このときだ。ひょいと、ボンネット越しにマリテが顔を出した。

「これなんだ？」

そういって彼女が指さしたのは、肩に担いでいるロケットランチャーだ。

「おっちゃんたち、安心するのはまだ早いと思わない？」

一瞬、男の一人がうろたえた表情を見せたが、すぐに気をとり直して、

「いやいや！」

とマリテに向けて叫んだ。

「新婦ともども粉々にする気かよ！　そんなもん持ち出してどうする！」

「あんた馬鹿じゃないの」

応えて、マリテが姿勢を変える。

おのずと弾頭の向きも移動し、その先がぴたりと式場尖塔を指す。

「あんたたちの雇い主、まだあそこにいるんだよね」

慌てて、男の一人がトランシーバーを手にする。その男に向けて、すかさずハサンが銃を突きつけた。マリテが、憎たらしいまでの笑みを浮かべて懐中時計をとり出す。

「連絡は禁止、猶予《ゆうよ》は三分。三分後にこれを撃ちこむんで、走って報せに行きなさい」

男たちが顔を見あわせるので、

「もう少し右かな？」

などとマリテが車のボンネットにランチャーを載せて狙いを定める。

「あ。いっとくけど、あたし本気であんたらに怒ってるから」

つづけてアンドリューも姿を現し、

「こうなると聞かないのさ」

と肩をすくめてみせる。

もう一度男たちが顔を見あわせ、今度こそ踵《きびす》を返して式場に向けて駆けていった。途中、片方がまた鶏を踏んづけそうになり、鶏が羽をばたつかせて抗議する。

充分に二人が離れたのを確認したところで、やれやれというようにハサンが銃を肩に背負い直した。

もう一組、車をとりに行った二人がいたはずだ。

駐車場のほうに目を向ける。が、男たちはやっと車に乗りこんだところで、しかも駐車場の出口が渋滞しているので、まだ時間がかかりそうだ。

できれば、わたしたちもすぐに車に乗って逃げてしまいたい。が、きっとマリテは本気でランチャーを撃ちこんでやりたいと思っているだろう。

それにしても、疲れた。わたしはボンネットに載せられたランチャーの横に突っ伏し、しばらく腹のあたりを押さえて息を整えた。そこに、撮影のクルーたちが群がってくる。

「いったい何があったんです？」

このリポーターの疑問は、たぶん本音だろう。

「最初は式場内から銃撃の音が聞こえました。それからあなたが花嫁と逃げてきて、そこからまた銃撃戦。華やかなはずのフェイ財閥の挙式に、いったい何があったんです」

「ううん……」

ちらとカメラに目を向けると、まだ回っている。

いや、どうせこんなのを流されたところで、視聴者にはわけがわからない。アウトテイクだ。この国で財閥といえば大きな存在だが、その醜聞《しゅうぶん》など日本ではたいした報道価値もない。少し考えてから、わたしはありのままを喋ってやった。

「最初は、新郎に恨みをもった人間がマシンガンを持って乗りこんできた。わたしも予想外だったんだが……。あ、ここは笑うところだからな」

ははは、とカメラの向こう側の井上が笑って、それから周囲を見て咳払いをした。

「で、この花嫁は、弱みを握られて望まない式を挙げさせられそうになっていた。だから一計を案じて逃がした。どちらに正義があるかはわたしにもわからない。以上だ」

「三分」

マリテが懐中時計に目を向ける。

式場はというと、ちょうど招待客たちも一通り逃げおおせ、最後に私兵の連中や式場のスタッフが出てきたところだ。

「ハサン、安全装置はここだよね。あとはどうやるの？　トリガーをひくだけ？」

「いったんハンマーを下ろせ。あと、そのままだとバックブラストでおまえが吹き飛ぶ」

「わかった」

完全な犯罪行為だが、マリテはどうしても気が治まらないようだ。

「ちょっと待て！　まだアントニーが――」

声を振り絞ったが、無理だ。

引き金がひかれ、スローモーションのように羽を回転させながらロケットが弧を描いて飛んでいった。ロケットは教会ならぬ教会の尖塔の根本にあたり、大きく弾け飛ぶ。尖塔が大きく揺れ、ごーん、とウェディングベルがエコーをきかせながら響いた。

一人遅れて、アントニーがよろけながら式場を出てくるのが目に入る。私兵に先に逃げられてしまうあたり、人がついてくるのはまだだいぶ先のことだろう。

「思ったほど絵にならないな」

一部始終を見ていた井上が、残念そうにつぶやいた。

「大爆発にでもなれば、フィリピンの放送局に売れたのに」

「何、おまえそんなこと考えてたの」

言葉は違えど意味がわかったのだろう、ハサンが英語でわたしたちに応えた。

「しょせんは対戦車兵器さ。私兵連中は慌ててたが、あんな大きな建物じゃな……」

いい残して、ハサンはわたしが用意した車の運転席のドアを開ける。

「運転してやるよ。無免許で足止めでもされたら目もあてられない」

「マリテたちは？」

「さよならだよ。あたしたちは、もう少しバギオ周辺を洗う」

アンドリューもそれにつづけて、

「名残《なご》り惜しいがそういうことだ。健闘を祈ってるからな」

頷きあう二人を見ながら、警察に追われやしないかと思ったが、この二人のことだ。なんとかするだろう。ようやく、このトレジャーハンターのコンビともお別れだ。

「早く行こう」

ナイマが後部座席に乗りこみ、上目づかいにわたしが乗るのを待っている。とはいえ、井上たちの撮影した映像が気がかりではある。そこに、わたしたちの蛮行《ばんこう》の一切合切《いっさいがっさい》が収められているはずだからだ。が、わたしが何かいうよりも前に井上が先んじた。

「安心してください、情報源は売りません。昔、先輩に教わったことですよ」

第八章　遠い他国でひょんと死ぬるや

ナイマと後部座席に並んだところで、ハサンがすぐに車を出した。

逃げる先は、山岳地帯だ。国道一一〇号線を東に向かい、バンバン、バヨンボン、ソラノといった町を経由し、ナイマの村へ逃げることになった。奇《く》しくも、米軍や抗日ゲリラに追われた日本軍が敗走した道を、同じ経路で進んでいくことになる。

村へ逃げたあとはどうするか。

考えていない。ナイマの言を借りるなら、なんとかなる《バハラナ》、だ。

マリテたちとは、式場のそばで別れたきりとなった。いざいなくなってみると寂しい気もする。次に彼女らの名を目にすることがあるとすれば、それはマリテがイエメンのマーリブで碑文を発掘してみせたときだろうか。

車が出てしばらくすると、もう緑深い峠道《とうげみち》に入った。

それと同時に、わたしたちを追ってくる車があるのがわかった。ときおり、この峠道にそぐわない黒塗りの車がバックミラーにちらちらと映る。まさか行楽でもあるまい。それにしても、どうやって見つけて追ってきたのか。

理由に思いあたったのは、しばらく経ってからだった。GPSだ。

「ナイマ、スマートフォンの電源を切れ」

あっというような顔をして、ナイマがドレスのリボンに挟んであったスマートフォンを手にとり、電源をオフにした。あとは、こちらが山道向きなので距離は開く。ただ、ナンバープレートはおそらく見られてしまっただろう。

ハサンが器用にハンドルを操《あやつ》り、つづら折りを登っていく。

途中、一本の松の木が生えているのを目にした。このあたりの松の木は、日本軍兵士たちの郷愁を誘ったかもしれない。

徐々に、敵との距離も離れてきた。

離れぎわ、こちらのタイヤを狙って一発撃ってきたが、弾はそれた。

バックミラーに敵が見えなくなったことで、少し落ち着きをとり戻してきた。同時に、このレンタカーはどうやって返そう、などと些末《さまつ》なことが頭をよぎる。

「ノモルト食堂《NOMOLT'S EATERY》」と壁に書かれた峠の茶屋のような店でハサンが車を停め、マジックで「BALUT」と書かれた発泡スチロールを指し、バルットを三つ買ってきた。

「食えるときに食っておけ。それがあるとないとでは全然違う」

フィリピンの名物、孵化直前のアヒルの茹で卵だ。抵抗はあったが、ここは百戦錬磨《ひゃくせんれんま》のハサンのアドバイスに従うことにした。ウインドウを開けて、ドアの外側で卵にひびを入れる。剝いていくうちにアヒルの姿形が見えてきたが、見ないようにしてがぶりと嚙みついた。

目玉焼きの黄身のような味だ。

こりこりと歯応えがあり、目をつむりさえすれば、うまい。現地の人間は、精がつくとして夕方の間食《ミリエンダ》にしているという卵だ。塩がほしいと思ったところで、塩がなくて苦しんだ戦時中の兵士たちの証言が頭をよぎった。

やがてじくりと腹のあたりが痛み出した。

見ると、腹を中心に血が滲んでいる。ナイマもそれを見とがめ、

「どうしたのそれ」

と表情をこわばらせた。

大立ち回りで脳内麻薬が出ていたせいか、気がつかずにいた。おそらく、あの式場でだろう。バックヤードに走りこんだときだろうか。跳弾か何かを浴びたのだ。

「なに」

とわたしは精一杯の微笑を作った。

「たいしたことはない」

このとき、バックミラーにまた例の車が映った。

バルットを買いに停まったせいもあるだろうが、敵も案外に速い。

「飛ばすぞ」

ハサンがアクセルを踏みこむ。

深い緑の山々が折り重なる麓《ふもと》に黄土色《おうど》の渓流がある。誰かがごみでも燃やしているのか、ジャングルの一角から煙が立ちのぼっていた。その景色が、一気に流れていく。ミラーの車は、ふたたび小さくなっていった。

今回撃ってこなかったのは、道沿いになんでも屋《サリサリ・ストア》があったからか。

山道の急カーブのたびに、腹のあたりが痛む。ナイマの手を握り、しばし目をつむった。が、気が遠くなっていくようで、すぐに目を開く。

カーブのつづく道を、ハサンがうまくハイスピードで駆け抜けていく。

それから十五分くらいだろうか。無言の時間が過ぎた。

「この時間だったら、山に向かう乗りあいワゴンがたくさんある」

わたしは浅い呼吸をしてから、思い切って口火を切った。

「乗りあいワゴンなら、一人くらいは詰めて乗せてくれる」

「それで?」

ハンドルを右に切りながら、ハサンが鋭く応える。

「敵が狙っているのはナイマだ。うまく停車中のワゴンを見つけたら、ナイマだけでも乗せてやれないか。相手も、まさか車を替えたとは思わないだろう」

　ふむ、とハサンが鼻を鳴らし、またしばし無言になる。

　道の途中に、小さな四阿《あずまや》とともに「薬物は人を狂わせる」と書かれた看板があった。その向こうは崖《がけ》だ。粗末な、白と黄緑にペイントされた木枠がガードレールのかわりとなっている。

「そうだな」

　と、ここでハサンが先ほどのわたしの提案に応じた。

「どうせ目的地は同じ。だったら、万が一に対応したほうがいい」

「嫌」

　ここはすぐにナイマが割りこんできた。

「心配だよ。このままこれに乗せて」

　バックミラーのハサンの顔に目をやってみた。

　苦い微笑が返ってくるのみだ。結局、わたしのほうが口を開く。

「ナイマの村までは、ほんの六、七時間。ハサンがいってたろう、どうせ目的地は同じなんだ。着きさえすれば、バヤガン祖父さんがなんとかしてくれる」

「でも……」

「わたしたち二人が車を替えれば、ハサン一人を囮《おとり》にすることになる」

緑はまた深くなってくる。

道路にまではみ出してくるバナナの木を車がこすり、すまん、とハサンが一言謝った。

「それに、ナイマが別行動をとればわたしたちも安全になる。あいつらが追っているのは、きみ一人であって、わたしに用があるわけではないからな」

名残り惜しそうに、もう一度、「でも」とナイマが漏らした。

が、次の瞬間には気持ちを切り替えたらしい。いったん口を結んでから、

「わかった」

と軽く頷く。

「それじゃ、ワゴンが見つかることを祈ろう。現地集合だからね、絶対来てよ」

また渓流と野火があった。

赤いトタン屋根の小屋が森の奥にぽつりと建っていた。峠道から見下ろすジャングルは強い日差しを浴び、深い緑と白のくっきりしたコントラストを描いている。

揺れる車内でわたしは懐からノートを出した。

目に入る景色を書き記そうとして、それから手を止める。浩三を真似て持ってきたノートだが、しょせんは借りものだ。いちいち書くことなんかせず、目に焼きつければいいだけだ。それが戦争であれ、なんであれ。

あいかわらず道はうねうねとくねり、そのたび傷が痛んだ。先ほどのバルットを戻しそ

うになるのを、ときおり懸命にこらえる。

　路肩に一台、ちょうど客を降ろしている乗りあいワゴンがある。ハサンが素早くその背後に車を停め、ドアのロックを外した。が、普段はドライなナイマもためらっている様子で、ドレスの裾をまとめながらも、なかなか車を出ようとはしない。

　ナイマが口を真一文字に結び、こちらを見つめた。

　手を伸ばし、短く抱擁した。ふたたび身体を離したとき、彼女の目は元通り強い意志の光を宿していた。

　ドアを開けて、小走りに乗りあいワゴンに向かっていく。

　ワゴンにはどのみち一人ぶんの空きしかなかったようだ。背後から一、二、と数えていくと、六人乗りに十一人ほどが詰めこまれている。風邪予防だろうか、黒いマスクをした運転手がいったん車を降り、困った表情でナイマのドレスに目を向けた。それから、窓越しに助手席の客に何事か命じ、席を詰めさせる。

　ワゴンに乗る前に、一度ナイマがこちらに向けて手を振った。

　わたしも微笑を作り、手を振り返す。

　ナイマがワゴンの助手席に回り、もう姿が見えなくなる。やがてドアの閉まる音とともに、車がゆっくりと発進していった。

フィリピンの乗りあいワゴンは客が集まるまでは長いが、一度出れば運転手は飛ばしてくれる。ときおり客を降ろしたり乗せたりはするだろうが、これでもう大丈夫だろう。山村にさえ着けば、あとはバヤガンが彼女を匿《かくま》ってくれる。

わたしは無人となった隣席の背もたれにそっと触れた。

「出すぞ」

バックミラー越しに、ハサンが視線を送ってくる。

わたしが頷いたところで、ハサンがギアを操作して峠道を飛ばしはじめた。わたしは姿勢を変え、気持ち仰向けに背もたれに体重を預ける。

「世話になった」

「礼には早い。とにかくあいつらをひき離すぞ」

それきり、また無言の時間が訪れる。不意に、かつてハサンから教わったリサールの詩を思い出した。縁起でもない詩だが、自然と胸のうちから湧いて出たものだ。ぼそぼそと、口のなかでつぶやくようにそれを暗唱する。

いつかわたしの墓が忘れ去られ、
その跡を示す十字架や石が消え去れば、
ひとにその土を耕やさせ、鍬でならし、

また、わたしの遺骸は、消えないうちに、
その粉を敷きつめて、君の絨毯にしてくれ。

そうしてくれたら、忘れ去られてもかまわない。
わたしは君の大気、君の空間、君の谷間谷間にただよう。
わたしは、君の耳にひびきわたる清らかな調べ。
かおり、ひかり、いろ、そよめき、さえずり、うなり、こそ、
わたしの胸中《むなうち》の鳴りやまぬ響き。

——わたしは往くのだ、奴隷のいない、冷血漢のいない、圧制者のいないところへ、

——まことが踏みにじられないところへ、神が治者であるところへ。

ここまで暗唱したところで、

「憶えてたんだな」

とハサンがこちらを一瞥した。

「そのうちスペイン語のものをあたってくれ。そいつは、俺が英訳したやつだから……」

「スペイン語はできない」

「勉強すればいい」

「さすがにもう語学はつらくてね」

背もたれに両手を押しつけ、わたしは口角を歪めた。

「タガログ語だけで精一杯だった。百七十以上もあるというこの国の言葉にも、興味があるんだけれど……」

ここで大きく道がカーブし、わたしはうっと呻く。

またハサンが振り向いて、こちらの様子を窺った。軽く、その口からため息が漏れる。

「……最初、俺たちは赤の他人同士として出会った」

急にそんなことをいいはじめるので、わたしは小首を傾げる。

「なに、運命ってのはわからないもんだと思ってな。おまえが島までついてきて、そうだ、命を救われたこともあったな。それから、地下牢が見つかって——まったくもって、忌々しい死にたがりの日本人だと思ったもんだ」

「いまは？」

「さてね」

ハサンが短く答える。

「ここから目的地まで六時間。保《も》ちそうか？」

わたしの腹の傷のことだ。

「その傷、けっして浅くはない」

応えるかわりに、わたしは小さく顎を上下させた。

ときおり気が遠くなる感覚に襲われるので、おそらく、深いところで出血している。

「ここから先、大きな病院があるとすればバヨンボンあたりか？」

「それでも数時間はかかる」

「うむ……」

「しかも、追われてる身だ。本当なら、一気に山岳地帯に入りたいんだが……」

ハサンがそこまで話したときだ。

なんという皮肉だろうか、わたしは見覚えのある景色を目にした。似ている。いや、間違いない。路傍のジャングルの景色はどれも似たようなものだが、同じものは一つもないのだ。確かあのときは、山岳からバギオに戻る途中であったが……。

「停めてくれ」

急ブレーキがかけられる。衝撃がまた腹のあたりに響き、わたしは脂汗を浮かべた。

ハサンがシートベルトを直し、怪訝《けげん》そうにこちらを向く。

「停めるには停めたが……。どういうつもりだ、気は確かか？」

「ああ、はっきりしている」

胸元のハンカチで汗を拭い、答えた。

「ハサン、きみはこのまま山に向かってナイマと合流してくれ。わたしはバギオに戻る」

「わからない。ちゃんと説明しろ」

「適当に車を拾って、バギオの病院まで行く。それが一番早いだろうし、まさか敵もわたしが対向車に乗ってるとは思わないだろう」

「それなら俺に送らせろ」

「この車は見られているんだ。きみには山まで逃げてほしい。一人を囮にするようで悪いが……。いや、乗り捨ててワゴンを拾ってくれてもいい」

「本気でいってるのか」

ミラー越しの、青年の表情に躊躇が見てとれた。この無鉄砲な日本人をここで降ろしてしまっていいものか、ハサンは真剣に案じてくれている。

「ナイマにはうまくいっておいてくれ」

ハサンはまだためらっている。が、やがて小さく頷くとドアロックを外した。わたしはレバーに手をかけてから、

「きみのおかげだ」

と口のなかでつぶやいた。

「きみに誘《いざな》われるようにミンダナオ島に行って、すべてがはじまった」

場所は峠をようやく越えたあたりだ。

そろそろ背後が気になるようで、ハサンはちらちらとバックミラーに目をやっている。

「死ぬなよ」

軽く頷き、わたしはドアを開けて路傍のジャングルの脇に立つ。地面に足を置いた瞬間、電気のような痛みが腹から頭に突き抜けた。が、わたしは表情をとりつくろってハサンを向く。

表情をこわばらせたままに、ハサンが唱える。

「神の御心のままに《インシャラー》」

どの神だろうと迷いを抱えつつも、今度ばかりは、わたしも同じ文句を返した。

「インシャラー」

「異教徒が神を語るな」

いつかと同じことをハサンがいうが、その口調に棘はない。

「バギオに向かう車はいくらでも捕まえられる。その前に敵に見つかるなよ」

「わかってる」

そこまでだった。わたしがドアを閉じ、ハサンがすぐに車を出す。一人でジャングルの端に立った。先ほどまでのやりとりが夢だったように、一人だ。空気が心地いいので深呼吸をしたいが、呼吸が浅く、かなわなかった。

車が見えなくなったところで、わたしは鬱蒼《うっそう》と茂るジャングルを向く。

――少し入ったところに洞窟がありまして、まだ日本兵の骨が残ってるんですよ……。

——撮っておきますか。

——異国で朽ちていった兵士たちを、この上なおカメラに収めるのは気がひける。そうだ、この場所だ。

ナイマは山へ向かった。ハサンも彼のことだからなんとかするだろう。あとは、ささやかなわたしのわがままだ。自己を断片化させ、宙に浮かせているわたしの。

よろめきながら森に入った。

無意識に下を見ていたのか、目に入るのは菓子の空き袋や煙草の吸い殻《がら》ばかりだ。椰子の木に手をついて前を向き、神経をはりめぐらせた。どこだ。あの運転手は、「少し入ったところ」と口にしていた。だとすれば、それはすぐ見つかる場所にあるはずだ。

目を凝らすうちに、やがて一本の線が浮きあがって見えた。

獣道《けものみち》のように、そこだけ樹木が茂っていない道がある。それを目指して一歩踏み出した。三歩目を踏み外す。思いのほか土が柔らかく、あっという間に靴が泥まみれになってしまった。

しばし歩いてから、ちらと背後を窺う。

道路はもう視界にない。木々の向こうが、かろうじて明るく見えるだけだ。血が垂れ、滴を落としたのが感じとれた。が、血痕は暗い土の色が隠してくれている。一歩一歩が重い。無理な敗走を強いられた傷病兵《しょうびょうへい》もまた、こういう道を歩いたのだろう。

彼らは歩いた。ならば、わたしも。

もうだいぶ来たはずだと背後を向くが、歩くのが遅いせいで、ほとんど進んでいないことがわかる。かわりに、行く先に古墳のように小高く盛りあがっている地形を見つけた。もしやと思い、近よってみる。やっとの思いで回りこんだ。

あった。洞窟だ。

はっきりとはわからないが、おそらく天然のものだろう。

入口は一メートル四方くらいだろうか。上から降りた蔦《つた》が覆い隠しているのを、手でどけてみるが、真っ暗で様子がわからないので、スマートフォンのライトを照らしてみた。

思いのほか深い。

わたしはライトを手にしたまま、洞窟に一歩足を踏み入れた。土は硬い。頭上に降りてくる植物の根が、何者かの手のようにわたしの頭を撫でた。深いと思ったのは、暗さからくる錯覚だった。四、五メートルほどだろうか。それだけ進んだところで、もう袋小路に来た。

一見、何もないかのように見える。

ガセネタを摑まされたのだろうかと思った次の瞬間、地面に凹凸があるのがわかった。ライトを向け、土を払ってみる。ある。なかば埋もれかけ、根に覆われつつある人間の骸《がい》骨《こつ》だ。骨に触れた瞬間、ノイズでもかかったように視界が揺れた。

最初は失血による目眩かと思った。

違う。刹那、船に揺られている光景が見えた。この骨の持つ記憶だ。

ヘルメットや水筒が残されているが、わたしの目には、それが日本兵のものなのか米兵のものなのかわからない。いや、飯盒《はんごう》がある。間違いない。

栄養失調か、病死か。バギオの防衛に駆り出された日本兵が、この洞窟に立てこもり、そのまま朽ちていったのだ。遺骨収集の際に日本兵ではない骨が誤ってまぎれこんでしまうことがあったと聞いたことがあるが、今回は間違いないだろう。

わたしは手をあわせてから、そっとヘルメットを外し、頭骨の土を払った。

やや平坦な顔面部が、アジア系であることを示している。頭頂の縫合《ほうごう》部は、この国の川のように屈曲し、まだ閉じきっていない。年齢にすれば、二十代といったところだろう。

これが三十代となると、縫合部が閉じ、癒着《ゆちゃく》すると聞いた。

浩三のように繰りあげ卒業で徴兵されたか、あるいは職についてこれからというところで、この死地に送られてしまったのか。太平洋戦争の軍人、軍属の死者数は、およそ二百三十万。なかでも、フィリピンでは五十万という最大の死者数を出している。この地を絶対国防圏と定め、決戦までの時間稼ぎに送りこまれた捨て石が、彼らフィリピンの戦死者なのだ。

また井上の声が頭に浮かんだ。

——英霊《えいれい》を捨て石だなんて呼んだら罰があたりますよ、先輩。

そうだな、井上。その通りだ。

身をなげうって闘った者を、捨て石と表現するのは憚《はばか》られる。が、ほかになんと呼べばいいのか？　もとより山下奉文将軍はマニラを明け渡し、山岳地帯にこもってゲリラ戦に入ることを想定していた。しかし大本営はそれを許さなかった。日本軍は補給路も断たれた状態で、餓《う》えながら各地で玉砕《ぎょくさい》を重ね、徐々に山へ退却することになったのだ。

五十万という神軍の兵は、まさにその神の御心によって棄《す》てられたのではないのか。

怒りは湧いてこない。怒りの心は、番組制作会社の仕事をつづけるうちに、とうに磨耗《まもう》してしまった。物わかりのよさは毒だ。わたしは知らずして、その毒に全身を蝕《むしば》まれていた。そしてまた、手がけてきた仕事を考えると怒る資格もない。が、哀しむ権利くらいはあるだろう。遺骨を前にわたしはただ哀しみ、そしてまた手をあわせた。

それから痛みをこらえつつ、遺骨の傍らに身を横たえる。

右手を伸ばし、頭骨に触れた。ふたたび視界をノイズがかけめぐり、次の瞬間には現実の底が割れた。わたしたちは歩いていた。押し黙り、歩いていた。ここにない地の、ここにない道をわたしたちはひたひたと歩いていた。粗製の軍靴《ぐんか》で肉刺《まめ》だらけになった足で歩いていた。熱帯性の潰瘍《かいよう》にやられ、ところどころ肉を蝕まれた足で歩いていた。

夜だ。

月が出ている。やけに夕暮れや朝焼けの短い地だが、月はフィリピンも日本も変わらない。振り向く。マラリアに罹り、小銃すら失い、それでも杖をついて懸命にわたしたちを追う同胞がいる。痩せこけ、険しい顔つきで空を仰ぐ同胞がいる。攻撃にあうなどして、部隊から離散してしまったのか。が、夜歩くのは多少は安心だ。昼には、Ｐ－38の低空来襲がある。

虫の声がする。

虫は日本とはだいぶ様相が異なる。無数の声が折り重なり、ぶつかりあい、瀑布《ばくふ》のように耳を打ってくるのだ。そんななか、背後からぽつりと仲間の声がした。

――ここからだと、どれくらいかかりますかね……。

――なんだ陶山《すやま》、もう弱音《よわね》か？

軽く、励《はげ》ますようにわたしたちが答える。

――らしくないぞ。普段の肥後《ひご》もっこすはどこへ置いてきた。

――ですが相沢《あいざわ》伍長《ごちょう》殿、伊佐《いさ》はマラリアであの調子ですし、先ほどの曹長《そうちょう》殿は……。

――ああ。バンバンに集結している部隊などないといっていたな。

しばし立ち止まり、月を見あげる。満月だ。

――だが、行くように命じられた。こうやって歩いてみる以外なかろうよ……。

いかにして部隊に復帰するか。

制空権を奪われ、補給船を沈められ、それでもなお、いかにして部隊に復帰するかをわたしたちは考えている。復帰したところで、犬死にの斬込攻撃を命じられるのがおちだろう。いや、それよりも前に栄養失調やマラリアで斃死するかもしれない。

それでもなお、わたしたちは歩いていた。機械のごとく歩いていた。現地ゲリラや憲兵の目を恐れながら歩いていた。背嚢《はいのう》の靴下に入れた米の残りを気にしながら、空っぽの胃袋をそれぞれにぶら下げて歩いていた。もはや足とも感じられない二本の棒を交互に突き出し、わたしたちは歩いていた。

そうするよう命じられたからか、あるいはどのみちあてなどないからか。

そしてわたしたちは見た。夜明け、深く淀む川の合流点で吊り橋を心細そうに渡る在留邦人の群れを。橋を渡った先の焼け落ちた集落の小屋《バハイ》の残骸を。水しぶきの飛ぶ川床でドラム缶爆弾のガソリンを浴びて、焼け焦げた服をまとい、あつい、あつい、とくりかえす台湾人を。渓流を突如として襲う敵の迫撃砲の着弾の瞬間を、わたしたちは見た。

――山奥のお偉いさんがた、いいものを食べてるんでしょうね。

――わからんぞ。なんといってもこの情勢だからな。

――しかしひどい話ではありませんか。いったん転進を命じておいて、いざバギオから延々やってきてみたら〝ここから先は閣下以下司令部の駐留地だ〟と一歩も通さない。それでまた、来た道をひき返しているのだから世話ありません。

——情報が錯綜《さくそう》してるな。おそらく本隊も、全体の状況が摑めていないのだろう。

——伍長殿。

マラリアに蝕まれ、押し黙っていた伊佐が、思い詰めた調子で口を開く。

——自分はここまでです。どうか、置いていってください。

虚《うつ》ろな目で訴える伊佐は、おそらくこのまま手榴弾《しゅりゅうだん》で自決することを考えている。

——余計なことは考えるな。国に嫁さんがいるんだろ。

とにかく皆と合流さえできれば軍医に診てもらえると、陶山とともに伊佐を思いとどまらせ、わたしたちは朝の光のなか小休止をする。

そこに偵察機が飛んできたので、反射的に叢に隠れる。

敵のL－20は偵察をし、攻撃目標を味方に指示する。たとえジャングルに隠れていてもこちらを見つけ出す、高性能の聴音機を装備しているのだと陶山はいう。のちに、降伏を勧告する落下傘《らっかさん》ニュースをまいていったのもこのL－20だ。

やがてしとしとと小雨が降りはじめ、偵察機が戻っていく。

敵がいなくなったところで、わたしたちは残りわずかになった米を炊きはじめる。割れた世界の透明な気圏《きけん》の底で、わたしたちは遅々《ちち》と地を這い、雨に濡れ、雑草を入れた粥《かゆ》やマンゴーの葉を煎《せん》じた茶をすすっていた。

マンゴーの茶は、色ばかりはそれらしいが味がしない。

——生きているものが食いたいですなあ。

茶をすすりながら、そんなことをいって陶山が鼻の頭をかく。蜥蜴《とかげ》でもなんでも、動物性の蛋白《たんぱく》を摂りたいということだ。そうだな、とわたしたちは薄く笑う。

——動くものを見ると、うまそうに感じるよ。

雑草の汁はそのまま栄養にもならず排出される。蜥蜴を食うとすべて吸収されるのがよくわかる。そんなことをわたしたちは話し、それから帰国したら食いたいものを順に挙げた。けれど本当に一番食べたいものを言葉にすることはできなかった。母の作ってくれたおはぎだ。それは一度言葉にしたら最後、この地になんとか踏んばらせている足を萎えさせるように思えた。

——どうだ伊佐、動けそうか。

——ええ、なんとか。ですが……。

——自分を足手まといだと思うな。とにかくバヨンボンだ。軍医殿に診てもらえ……。

そしてまたわたしたちは歩きはじめる。脚気《かっけ》の出はじめたおぼつかない足で。すぐそばで砲弾が破裂し、石がぶつかって親指がつぶれた足で。歩きながら、ただひたすらにわたしたちは部隊に復帰することだけを考えていた。

そうするよう命じられたからか、あるいはどのみちあてなどないからか。

否。そうではない。一兵卒の耳にも戦況くらいは届く。わたしたちはわかっていたのだ。一度部隊と合流すれば、本隊が逃げるまでの時間稼ぎの玉砕をさせられることも。ひいては、日本がこのいくさに敗れるだろうことも。自分たちが、捨て石にされただろうこともだ。

全部わかっている。

わかった上で、本土の家族や同胞を守るために、そのための時間を稼ぐべく、おのずから捨て石になろうとしているのだ。皇軍の勝利を期し、口の端では必勝だのと威勢のいいことをいい、しかし本当はわたしたちはわかっていた。

そうだ——。結局のところ、わたしたちは物わかりがよすぎたのだ。

集落を見つけ、わたしたちは一日の宿を頼む。

もはや現地人の協力は望めないが、日本人会の男が住んでおり、一泊を提供してくれた。ここでも爆撃があり、そのたび男の妻や娘たちとともに壕に隠れる。屋根の下で一晩眠ることで、少し元気が出た気がする。別れ際、樽《たる》に入っていた豚肉の塩漬けを二切れ、盗んだ。肉を手にした際、心の芯に剃刀《かみそり》をあてられるような感触がよぎったが、躊躇はなかった。

道行く兵隊の口から、わたしたちの目的地もようやく判明した。

南にある峠を死守するため、そこに集結せよということらしい。

バンバンへ南下する停留所には、陶山や伊佐とは微妙に異なる目つきをした兵隊がたむろしていた。虚ろな目ではなく、緊張した目をぎらつかせている。トラックの行き先の峠を、死地と定めているのだ。わたしたちは皆と同じようにたむろし、トラックを待った。

陶山が周囲の兵隊に声をかけ、手持ちの煙草の葉を少し、米と交換した。

陶山はいよいよフィリピンも落ちようという時期にあって、本土から台湾経由でサンフェルナンドの港に着いた。ところが着港するなり、船が爆撃にあってしまった。空爆のさなか、皆でできる限りの必需品を運び出し、海岸に並べたところで、

——持って行けるものを持って行き、山へ隠れろ。

との命令を受けた。かくして陶山はフィリピン戦線の浮浪人となったらしいのだが、必需品を選ぶとき、皆が米に殺到するなか、陶山はありったけの煙草の葉を悠々《ゆうゆう》と持ち帰り、それを少しずつ物々交換しながら生きてきたという。

その煙草がいまも残っており、わたしたちの胃袋を支えているというわけだ。

一方の伊佐は小銃さえも失い、一握りの米もなく、出会ったときにはすでにマラリアに冒されて路傍に伏していた。会話の端々から察するに、陶山は捨て置けといった。が、わたしたちは見捨てることができず、陶山の意をしりぞけ、ともに行軍することにした。

道の向こうに目をやるが、まだトラックが来る気配はない。

そんな折だ。軍属の男の一人が、ひっそりとわたしたちに声をかけた。

──兵隊さん、そちらへ行ったら殺されてしまいますよ。

この一言が、思わぬ形でわたしたちを救った。

──それよりも、軍教育隊の患者を収容している部隊が近くにあります。有田《ありた》大尉という人が隊長です。かまうものですか、知らずに来たとでもいえばそれでいいのです……。

わたしたちは助言に従い、近くにあるという部隊を目指した。また夕暮れが来て、すぐに夜になる。ニッパ椰子の空き家で一晩風をしのぎ、農道に入る。藁帽子の現地住民が農作業をしていると思ったら、ジープことL-20偵察機の襲来があり、わたしたちは近くの小屋《バハイ》の床下に滑りこむ。L-20は近くの山に煙弾《えんだん》を投下し、それが輪となって山の上に浮かびあがった。これを目印に、P-38戦闘機が集まり、旋回をはじめる。

敵機の目標は山の向こうにあるらしく、P-38が執拗《しつよう》に爆撃をくりかえしている。

さしあたり脅威がないとわかり、わたしたちは床下から夜盗蛾《よとうが》の幼虫のように一人ひとり這いずり出る。村は小さなもので、中心に木造の教会があり、木靴のシスターが小径を歩くのが見えた。そのうちにわたしたちが隠れた家の主《あるじ》が出てきて、猜疑《さいぎ》の混じった顔をこちらに向ける。おそらく、家を荒らされるのを恐れているのだろう。

わたしたちは有田大尉の居場所を訊き、早々に小屋をあとにした。

農道の傍らにあるという有田大尉の小屋を目指しながら、わたしたちは作戦を練った。

まず、小屋の前に立つ兵隊に「有田大尉殿に用事」と告げる。出てきた大尉に向けて、わたしたちは声をはりあげた。

――申告致します。転属を命じられ、相沢亮一《りょういち》以下二名、ただいま到着致しました。

考課表入りの封筒を差し出したところで、不意に大尉が笑顔をこぼす。すぐにわたしたちは炊事《すいじ》当番と決まり、伊佐は患者として収容してもらえることになった。

村の農民には反日や親日といった区別があるようだが、皆、それを表立っては口にしない。有田大尉がいるおかげで日本軍の侵入が防げると考え、消極的ながらも協力しているようだった。その農民たちは砂糖を作り、前線の補給用として差し出している。ローラーを水牛《すいぎゅう》にひかせて砂糖黍《きび》から汁を搾り、釜で煮詰めてから乾燥させ、赤砂糖を作るのだ。

峠の方角からは終日、銃声が絶えなかった。

やがてP－38が集落にも攻撃を加えるようになった。

そのつどわたしたちはニッパ椰子で隠した壕にこもるのだが、暗い壕のなかにあっても爆撃の衝撃は大きい。たとえ百キロ爆弾でも、爆風が壕を吹き渡る。腹に響く震動とともに土砂が首筋にかかる。あるとき地響きとともに蛇が一匹、滑り落ちてきて壕の床をつたっていった。

伊佐が死んだ。

マラリアに苦しみ、ここまでの強行軍をしておきながら、やっと収容された安堵《あんど》からか、数日経った朝、息をひきとっていた。最後、多少なりともまともな食事にありつけたのは幸いというべきだろうか。わたしたちは近くの山に眺めのいい場所を探し、伊佐の墓を掘り、目印として石を積んだ。

峠からはあいかわらず重低音が響いている。

街道を下っていく牛車《ぎっしゃ》の列が増えたところを見ると、陥落も近そうに見えた。有田大尉らはキアンガンに退くことを希望していたが、結局、峠の守備を命じられ、半数ほどの隊員をひきつれて死地へと赴いた。やがて、残されたわたしたちもバギオ方面の守備を命じられ、皆とともに村を発った。大尉のかわりにわたしたちを率いていた中尉は、村にとどまっていたことを敵前逃亡と見なされて司令部への出頭を命じられたので、もはや統率もなかった。

昼間はP－38の攻撃が絶えないので、夜が選ばれた。持ち運べない機銃や弾倉を池に沈めていると、親日家族が手を振ってわたしたちを送る。短い別れのなか、わたしたちは村の暮らしを惜しみ、それから残された村人に災いが及ばないことを祈った。

国道に出た。

そしてわたしたちは見た。自動車のタイヤを切りとって火を灯した松明《たいまつ》を手に、歩く人々の群れを。国道にひしめく牛車や、驢馬《ろば》がひく車を。ありったけの荷物とともに歩く邦人家族を。肋骨をあらわに斃《たお》れた水牛の死骸を、わたしたちは見た。

ゴムが燃える臭気のなか、わたしたちは黙々と歩いた。

松明を持たないわたしたちは、声をかけあいながら、はぐれないようにして動く。炊飯を命じられたが、暗くて薪《まき》を集められないので、わたしたちは携帯燃料で炊事をはじめる。はじめるや否《いな》や、何かが飛ぶ音とともに敵の砲弾が頭上を越え、水牛は鳴き、先を急ぐ人々の罵声があちらこちらから聞こえてくる。

短い食事のあと、銃撃で破壊された、放棄された車の列を見つけた。

わたしたちは案外に柔らかいタイヤの芯を帯剣で切り、切りとった数本を腰に下げる。道は雨でぬかるみ、滑る。難路をすれ違う邦人たちの顔つきは皆一様に痛々しい。足を撃たれて動けない邦人女性が、子供だけは助けてくれと兵隊に懇願するが、もはや誰も立ち止まらない。

——兵隊さん！

叫び声が耳にまとわりつき離れようとしない。それでも見ないふり、聞こえぬふりをして進む。ぬかるんだ道は、人々の歩みによってさらに深くなり、ときには腰まで浸かることになる。あちこちで行列が止まり、人々が焦れながら待っているのがわかる。

遠く、渓谷の向こうから銃声が聞こえてきた。兵隊が水牛を屠《ほふ》る、その銃の音だ。もらいに行きたいが、着くころにはもう肉の一片もないだろう。その距離をわたしたちは恨んだ。かわりに鳥を一羽撃ったが、肉は臭気がひどく口にできるものではなかった。

マラリアに罹る者、アメーバ赤痢に苦しむ者と、ふたたび行軍は遅れはじめ、最初は声をかけあっていたわたしたちも、やがて一人、二人と離脱していった。わたしたちはこれに乗じて陶山とともに行軍を離れ、敵前逃亡にならず生き延びる術を相談しあった。

農村を見かけ、少しでも米を手に入れられないかと陶山と二人で赴く。鶏の鳴く小屋に入ると、老夫婦が二人で暮らしていた。わたしたちは目についた籾束《もみたば》を二つ手にとり、役にも立たない五百ペソの軍票を握らせ、鶏を盗んで帰った。

国道を歩く人々が徐々に減り、やがて歩く気力を失った邦人たちのキャンプが目についた。雨よけに毛布の覆いを作り、洗濯物が干されているのが見える。手持ちのわずかな貴金属を米と交換しながら暮らしているようだが、その貴金属もいずれ底をつく。明日のないキャンプだった。一帯が冷えはじめ、ぽつぽつと雨が降ってきた。

雷だ。

風が吹き荒れ、木々が揺れる。雨はいっそう激しく地面を打ちつけ煙をあげ、服に入りこんで体温を奪っていく。気がつけば視界を失い、谷間に迷いこんでいた。

――こいつはたまりませんな……。

――我慢だ。とにかく、この雨をしのぐぞ。

そう口にしたときだ。谷間から水が押しよせ、次の瞬間には首まで浸かっていた。鉄砲水に流されそうになりながら、わたしたちは崩れゆく土に、それからあらわになった木の根に手をかけて耐える。足が浮かびあがり、流されていきそうになる。五分か、十分か。

あるいは一時間か。もはや時間感覚などない。わたしたちはただ、流されまいとありったけのものを掴み、冷えていく身体を意識しながらそのときを耐えた。

水がひいた。

全身を浸《ひた》していた水が、気がつけばもう消えていた。残されたのは冷え切った身体と、ずぶ濡れになってしまった装具だ。谷間を登ってみると、叢がある。どちらからいい出すでもなく、冷え切った身体を陶山と寄せあい、抱きあって暖をとった。歯の根のあわない口で、わけもなく叫び、己《おの》れを奮《ふる》い立たせた。わたしたちが叫ぶと陶山も叫んだ。そうしているうちに、やがてわたしたちは疲れ切って眠ってしまった。

夜が明けた。

叢を覆っていた湿気が払拭《ふっしょく》され、昨夜のことが嘘のように晴れた。日のあたる叢にわたしたちは濡れた装具を広げ、炊飯にとりかかった。心配していたライターはちゃんと火が点き、わたしたちは白米を炊きながら、大切にしていた鰹節《かつおぶし》で汁を作った。ずいぶん久しぶりに、腹がくちくなった気がする。

装具が乾くまでのあいだ、青空の下、わたしたちはしばし周囲を偵察して歩いた。

――いい日だな。

そう、陶山を前に口にした。それはまったく自然と口を衝いて出た言葉に思えた。

――ええ。

と陶山もわたしたちに答えていう。

――まったくいい日であります。

谷のほうに目をやると、真っ赤なブーゲンビリアが咲き乱れる一角がある。世界は美しかった。ひび割れ、底が抜けかかった状態でなお美しかった。だが、その世界もいま閉じようとしている。バギオに行けば、おそらく戦車への肉薄攻撃を指示され、そのまま犬死にするだろう。

飯も食い、装具も乾いた。

ふたたび生きる希望のようなものが湧いてきたところで、陶山とまた話しあった。いっそのこと、このまま渓谷で戦争が終わるまでやりすごしてしまいたい。が、憲兵に見つかれば敵前逃亡で銃殺だ。バギオへは行かず、素知らぬ顔をして山中のキアンガンを目指す案も出た。

あとは、投降だ。

ただ、投降するにしてもタイミングが問題となる。なんといっても敵は容赦《ようしゃ》なく撃ってくるのだし、白旗をあげた瞬間に粉微塵《こなみじん》にされる可能性が高い。周囲にほかの兵隊の目がある場合も難しいだろう。生きて虜囚の辱《はずかしめ》を受けず――。そんな文句は、とうに頭から消えていた。

空の青さに、晴れた五月の日に小さな息子に約束したことが思い出される。戦争が終わったら、立派な鯉《こい》のぼりをあげてやると。

――晴れた日なのがいけないな。

そんな不平が、わたしたちの口を衝いて出る。

もはや、わたしたちを支配しているのはただ一つ、生への執着だった。本土決戦を少しでも先延ばしにするために、ここで命を散らす。そう決めたはずだった。決めたはずであったのに、剝がしても剝がしても、生への執着は濡れた襦袢《じゅばん》のようにわたしたちにまとわりつくのだった。

偵察のあいだ、見晴らしのいい大岩の上で、横になって眠る兵隊を見た。

わたしたちと同じように雨に濡れたのだろう、装備一式を太陽の下で乾かしながら、いびきをかいて一人で眠っている。

――伍長殿、ちょっと失礼します。

陶山がわたしたちにささやき、そのときには、もうこの男が何をするのかわかった。陶山は素早く手を伸ばして眠っている兵隊から水筒を奪い、自分のものとした。行軍のうちに水筒を失っていたのだ。しかし、それを奪うことは相手の命を奪うのにも等しい。

ところが、わたしたちの口からついに批難が漏れることはなかった。

罪悪感からだろう、わたしたちは振り向くことなく気持ち早足にその場を去った。

わたしたちはすでに兵隊ではなく、餓鬼や盗賊の類いだった。

西か、東か。本隊のある東のキアンガンに合流できれば、終戦まで生き残るのも夢ではない。ただしそれは、敵前逃亡だ。西のバギオは、おそらく死地だろう。

できるなら生き残りたい。

が、味方に銃殺されるくらいなら、いっそのこと闘いたい。結局、それが陶山と出した結論だった。わたしたちはふたたび歩き出し、そしてまた、見た。自軍の兵によってこじあけられた現地住民の籾蔵を。大切に山に植えられた甘藷《カモテ》が兵隊に掘り尽くされるさまを。川沿いに並ぶ現地人の土饅頭《どまんじゅう》の列を、埋められすらせず放置された死体をわたしたちは見た。

点火剤として削られ、木肌から血を垂らす一本の赤松があった。

山から、森から、自動小銃の発射音が聞こえてきた。米軍はL－20偵察機によってこちらの陣地を熟知している。その上で、入念に攻撃を加えてくるのだ。もう人間はいなかった。徹底して合理的な米兵も、痩せこけた幼児も、虚ろな目をしてさまよう民間人も、そして餓鬼と化した我々も、到底人間と呼べるものではないと思えた。

川に爆撃があれば、わたしたちは危険もかえりみず魚を獲《と》りに駆けた。

池ではオタマジャクシが獲れ、茹でると白くなる。蛙《かえる》はさばいてから塩とともに煮る。身がなく、殻ばかりが硬い沢蟹もカルシウムのために噛んだ。

そしてまた、行軍だ。水路を歩く際、何かがばらばらと落ちてくるのがわかった。

――蛭《ひる》だ！

陶山が叫んで蛭を払い落とす。人の気配を察して、こうして落ちてくるものらしい。

その陶山が、ついにアメーバ赤痢で動けなくなった。

赤痢に罹った兵は悲惨だ。便所へ行くこともままならず、行ったら行ったで、そのまま動けなくなって垂れ流しのまま死ぬこともある。そうした病人をわたしたちは見てきた。しかし伝染病を避けるため、わたしたちは必ず水を沸かし、食うものには火を通してきたはずだ。

――どうした、いったい何を食った。

――たぶん、あのときの雨ですよ……。

というのが陶山の答えだった。

――たらふく川の水を飲まされましたから、きっとあのときです。

これでわたしたちは一歩も歩けなくなってしまった。無人の小屋《バハイ》を見つけて看病したが、とてもよくなる気配はない。捕まえたヤモリを川で調理しているとき、不意に、小屋のほうから一発の銃声が響いた。確かな予感とともに、わたしたちは小屋に走った。

壁の一面が赤く染まっていた。その前で陶山がライフルを口にくわえ、自決していた。

――来るときが来たか。

一人とり残されたわたしたちは、ぽつりと、そう口のなかでつぶやいた。感情はとうに磨耗していた。そして衝撃を受けるよりも前に、わたしたちは口走っていた。

——食うか?

長く行動を共にした戦友を、しかもアメーバ赤痢に罹った病人を、食うか食わざるか、わたしたちは真剣に検討していたのだった。立ち尽くすうちに、ぱらぱらと小雨が降りはじめた。それで我に返ったものか、雨外套《あまがいとう》を羽織《はお》り、わたしたちは穴を掘りはじめた。雨のなか、わたしたちは掘った。自分を埋める穴を掘るような心地がした。

陶山を埋めてから、わたしたちは川で何度も何度も手を洗った。擦《す》り切れた。それでも洗った。洗い落としたかったのは、アメーバばかりではないだろう。わたしたちは血まみれの小屋に戻り、陶山の背嚢から遺品として懐中時計を手にした。それから、彼が大切にしていた煙草を巻き、火を点けた。噎《む》せた。噎せながら、わたしたちは陶山の煙草を喫いつづけた。

遠い他国で、わたしたちは一人だった。

同胞の水筒を盗むような人間とそれでも行動を共にしていた意味を、わたしたちは痛感した。

なかば虚脱状態となり、わたしたちは血まみれの小屋で一晩を過ごした。唐突に涙がこぼれ、止まらなくなった。それはおそらく友を喪ったからではなかった。本能の底に刷《す》りこまれた生への執着が、なんらかの不協和を起こし、わたしたちに涙を流させたのだと思われた。割れた空の下で、病疫《びょうえき》の地で、わたしたちは一人、ただ涙を流していた。

翌朝、わたしたちは馬を見た。

飼い主を失った馬が、一頭、川沿いを駆けているのだ。慌てて銃を手にしたときには、もう遅かった。馬はとうに川の向こうのほうへと消えていた。何か化かされたようでもあり、ことによると、馬などいなかったのかもしれないとも思われた。それからわたしたちは背嚢を整理し、陶山の米や塩、煙草の残りを詰めこみ、また西へ向けて歩きはじめた。

歩きながら、足音が一つであることに気がついた。

蛭避《よ》けの雨外套とともに、わたしたちは谷川を歩いた。遠雷のような砲撃や銃撃の音は、南の峠だけでなく西のバギオの方角からも聞こえるようになってきた。道中、アオダイショウのような蛇を捕まえることができた。畦道《あぜみち》で横切りかけたところを咄嗟に銃床で叩くと、動きを止めたのでそのまま踏み殺した。皮を剝いで焼き、内臓は塩とともにスープにした。

うまくはないが、貴重な蛋白源だ。

小一時間ほど歩くごと、哀れな脱落者を見るようになった。ある一等兵は岩壁に寄りかかり高熱に苦しめられ、あえいでいた。何を訊いても、譫言《うわごと》めいた呪《のろ》いの言葉を口にするのみだ。水を飲ませようとしても、泡と一緒に吐き出されてしまう。

また別の岩陰では、脚を撃たれてやつれはて、虚ろな目を中空に向ける軍曹がいた。転進の途中で脱落したか、あるいは現地ゲリラにでもやられたのだろうか。軍曹の傷は生きたまま腐り、蛆《うじ》が湧き、その周囲をうるさく蠅が飛び回っていた。

──軍曹殿、包帯を洗わないと……。

──撃て、頼む、撃ってくれ！

見捨てるよりなく、わたしたちはその場をあとにする。

肩から二の腕まで砲弾の破片がめりこんでしまった兵もいた。傷が化膿《かのう》しかけているので、小刀を焼いて切りとれと助言する。ところが、できないのでやってくれと頼まれ、この憂鬱《ゆううつ》な治療はわたしたちがやることとなった。

よく洗った小刀を熱し、傷に添えると自然と口が広がり、崩れた肉片とともに小さな破片が次々とこぼれ落ちていく。それから膿《うみ》を洗い流し、傷口を灼く。兵は終始無言で耐えたが、脂汗は眉にまで浮きあがっていた。

バギオへの峠が近づくにつれ、遠雷のようだった戦闘の音も次第に大きくなってきた。

ここで、わたしたちは思わぬ宝物を見つけた。

川辺に丸められた、米軍のものと思われる大きなゴムシートだ。分厚いゴムシートは雨具にもなる。これはいいと近づいて広げたところで、強い死臭が立ちのぼり、わたしたちをとり囲んだ。見れば、何匹もの蛆虫がシートの上を這いずり回っている。

一度、戦死した米兵の死体をくるみ、それから棄てられたものなのだろう。

が、わたしたちは諦め切れずにシートを川で洗うことを思いついた。ところがいくら洗っても、染みついた死臭が消えない。おそらくわたしたちと同じように、誰かが拾い、そして同じことを試み、川辺にまた棄てたのだろう。

ゴムであっても、一度染みついた死臭は消えないとわたしたちは知った。

ならばだ。

ならば、国はどうだろう？　何十万という兵が、百万という民が死んでいったフィリピンから、死臭が消えることはあるのだろうか。国家というものから、死臭は消えることはあるのか。消えるなら消えるで、それは歓迎すべきことなのか、憂《うれ》うべき事柄なのか？

夕暮れとともにあたりが暗くなり、霧雨が急に大粒のスコールに変わった。川が一気に増水し、わたしたちはゴムを丸めて棄て、雨外套をぎゅっと身体の前で握りしめる。雨は地面を打ちつけ、濛々《もうもう》と水煙《みずけむり》があがり、わたしたちの体温を奪っていく。

遠くに竹の小屋が明かりを灯しているのを見て、わたしたちは一も二もなくその民家を目指して歩いた。ところが小屋の前まで来ると、

——何をしに来た。

と、銃を手にした壮年の住民が戸口に立ちはだかった。その背後に七、八歳の女の子が現れたところで、慌てて男が小屋の奥へ子供をひき下がらせる。わたしたちは懐から写真入れのロケットをとり出し、国に残してきた妻と子の写真を見せた。

——なんでもいい、雨をしのがせてもらえないか。

そう訴えるが、よほど日本兵へ不信を募らせているのか、相手は首を縦に振らない。しかし、こちらもがむしゃらに片言の英語で食い下がる。

——それから、少しでいいから米をわけてもらえないか……。

ここまで話したところで、相手がはたと思いついたように、

——おまえ、塩は持ってないか。

——持っている。

わたしたちは頷き、手をあげて敵意のないことを示しながら戸口へにじりよった。

——入れ。

男にいわれ、ようやく小屋に入れてもらうことができた。それから男が話したところによると、子供が二人いるが塩が完全になくなり、下の男の子が歩けなくなってしまった。塩をわけてもらえるなら、一晩眠っていってもいい。それから男がジェスチャーを用い、もう一度写真を見せろといった。

男の言を、わたしたちはどれだけ理解していたろうか。小屋では確かに男の子が一人臥せり、その傍らに女の子と男の妻が心配そうに寄り添っている。老夫婦から籾を奪い、鶏を盗んだはずのわたしたちは影をひそめた。老夫婦にも子供がいたかもしれないにもかかわらずだ。

わたしたちは背嚢を開けて陶山と自分のぶんを足した塩を探し、三分の二ほどを差し出した。

——本当か！

こちらが驚くほど前のめりになって、男は叫んだ。

——本当に、こんなにくれるというのか！

——もちろんだ。

そう答えてから、わたしたちは言葉を探して口ごもった。結局見つからず、かわりに小銃を相手に差し出す仕草をした。一泊したあとで、殺して奪い返す気はないという意思表示だ。男は小銃を受けとらず、かわりに、強い力でわたしたちの手をとり、握手した。

驚くべきことに、鶏が一羽さばかれ、皿に盛った米とともに供《きょう》された。それから、わたしたちはさまざまな話をした。どこまで通じあっていたかは定かではないが、ともに、戦争は嫌だといった述懐《じゅっかい》がなされた。

——おまえ、これからどこへ行くのか。

——バギオだ。

——正気か、死にに行くようなものだぞ。

——ああ、死にに行くのさ。

それは咄嗟に出た言葉だった。がむしゃらに生きる術を探り、盗み、奪い、そして投降をすることも真剣に考えていた。それなのに、わたしたちの口から漏れ出たのはそんな文句だった。

久しぶりに、わたしたちはぐっすりと眠った。液体のように眠りこけた。

翌朝、男はわたしたちとの別れを惜しんだ。行かなければならないといって小屋を出ると、木々やジャスミンの花々が色づいて見えた。ひさかたぶりに、わたしたちは人間に戻った。足どりが気持ち軽かった。あたかも、どこへでも行けるかのような心持ちだった。

バギオへつづく西の峠は、すぐそこにあった。

峠にさしかかった、そのときだ。急に、頭上の崖の上から岩がごろごろと落ちてきた。咄嗟に飛びのきながらも、何が起きたのか瞬時には悟れなかった。それは現地ゲリラの攻撃だった。ゲリラたちが罠《わな》をしかけ、わたしたちが下を通った隙に岩を落としたのだ。

砂煙の向こうに、武装した現地人たちの姿があった。

応戦しようと小銃に手をかけたが、遅い。銃声とともに、刺すような痛みが右胸を貫き、脳天にまで電気が走った。遅れてのっそりと銃をかまえたが、仕留めたと判断されたのか、男たちはもういない。急激に、呼吸が浅くなった。肺をやられたのだとわかる。

同じところにとどまってはいられない。

傍らのジャングルに飛びこみ、隠れられる場所を探した。途中、咳とともに血を吐いた。視界が暗く澱《よど》んできた。右か。左か。ゲリラはまだひそんでいるのか。わからない。

わからないまま、歩きつづけた。意志とかかわりなく、わたしたちは歩きつづけた。ちょうど小さな丘のように、小高く盛りあがった一角がある。その向こうに回りこみ、居場所を定めようとした。一歩一歩が重く、脚は錆び、それでいて雲の上を歩いているようでもある。鋭い痛みがあるとともに、感覚がなかった。熱帯の植物と腐葉土《ふようど》の香りばかりがあった。回りこんで、やっと洞窟があるとわかった。転がりこみ、奥を目指す。

おぼろげに苔の上に身を横たえながら、わたしたちは澄み切った意識があるのを感じていた。自分の胸がどうなっているのかもわからない。意識が研《と》ぎ澄まされ、感覚はないはずなのに聴覚ばかりが冴え、風とともに揺れる木々の葉の音を拾った。どこかで流れる小さなせせらぎの音を拾った。洞窟の土肌を這う虫の音《ね》を拾った。蜥蜴が走るその音をわたしたちの耳は拾った。

死の床は生命に満ちあふれていた。

生命に囲まれ、わたしたちはいままさに息絶えようとしていた。

急に光を感じた。それは死者を迎えるこの世ならぬ光であるように感じられた。違った。わたしの手が、骨から離れていたのだ。わたしはまだ生きていた。生きて、洞窟のなかで仰向けになり、せせらぎに、木々の葉音に、昆虫の這う音に囲まれていた。

反対の手にはスマートフォンがある。ボタンに触れると、ひょいと時刻が表示される。長い夢を見ていたと思ったが、実際は、三十分と過ぎていなかった。

それから自問した。

わたしは、わたしが見ようとしたものを見られたのだろうか。わからない。わからないが、居場所を失い、ぽかりと宙に浮いた意識のようなものはもはやなかった。含羞も尊厳もなかった。ただ、祈るような気持ちのみが身体を満たしていた。

死にに行くと口にしたこの兵士は、生きたかったのか、それとも死にたかったのか。決まっている。生きたかったはずだ。生きて、祖国の家族と会いたかったはずだ。愛情の響きを聴きたかったはずだ。そのときだ。急に、耳が赤くなってきたように感じられた。それに対して自分はなんだ？　命じられてもいないのに、異国の地で自ら朽ちようとしている。しかも、傷が致命傷かどうかすらわからないうちから。

そしてふたたび、わたしは自問する。

わたしは歴史に触れることができたのだろうか。浩三の見た戦争を、見ることができたのだろうか。わたしが求めていたありのままの過去は、そこにあったのか。

相沢という一兵士を通じて、やっと浩三とのつながりが得られたような心持ちはする。ただ、見た、とはいいたくない。戦争を見たなどということは、わたしの小さな誇りが許せない。わたしが触れたのは個の記憶で、それも白昼夢のようなものだ。

ならば、人々は。

人々はどうだろう。気圏の底を這う、このわたしたちは。井上には笑われるかもしれないが、わたしは過去が曲げられようとしているように感じる。時代に、暗い雲がかかりつつあるように感じる。ただ、不思議とわたしはそのことを透明な心持ちで受け止めることができた。

腹をさすった。

まだ時間はある。もうしばらくは、わたしの身体も保ちそうだ。生きよう。生きて、ナイマたちのもとへ赴かなければ。起きあがると、先ほどの光がふたたび身体を包むように感じられた。洞窟の入口から射しこむ光だ。

いま逆光のなか飛び立ったのはハナドリだろうか。日に手をかざしたとき、もうその姿は見えなくなっていた。

■主要参考文献、謝辞

・竹内浩三
『竹内浩三全作品集――日本が見えない』竹内浩三、藤原書店（2001）／『恋人の眼やひょんと消ゆるや』小林察、新評論（1985）／『ぼくもいくさに征くのだけれど――詩人竹内浩三の詩と死』稲泉連、中央公論新社（2007）／『父がいた幻のグライダー歩兵部隊――詩人竹内浩三と歩んだ筑波からルソンへの道』藤田幸雄、風詠社（2015）／『大空の華――空挺部隊全史――』田中賢一、芙蓉書房（1984）

・戦史、戦記、遺骨収集
『捷号陸軍作戦〈2〉ルソン決戦』防衛庁防衛研修所戦史室編、朝雲新聞社（1972）／『歩兵第七十一連隊史』連隊史編集委員会編、五五八会（1977）／『ルソン島敗残実記 改訂新版』矢野正美、三樹書房（2013）／『ルソン戦線最後の生還兵――マニラ陸軍航空廠兵士の比島山岳戦記』高橋秀治、潮書房光人新社（2015）／『激闘ルソン戦記』井口光雄、潮書房光人新社（2008）／『山中放浪――私は比島戦線の浮浪人だった』今日出海、中央公論社（1978）／『ルソンの谷間――最悪の戦場 一兵士の報告』江崎誠致、光人社（1993）／『ルソン戦記――ベンゲット道（上・下）』高木俊朗、文藝春秋（1989）／『餓死した英霊たち』藤原彰、筑摩書房（2018）／

『フィリピン戦線の日本兵』アルフォンソ・P・サントス、瓜谷みよ子訳、パンリサーチインスティテュート（1988）／『日本軍兵士――アジア・太平洋戦争の現実』吉田裕、中央公論新社（2017）／『骨が語る兵士の最期――太平洋戦争・戦没者遺骨収集の真実』楢崎修一郎、筑摩書房（2018）／『骨はヒトを語る――死体鑑定の科学的最終手段』埴原和郎、講談社（1997）

・フィリピン

『現代フィリピンを知るための61章 第2版』大野拓司・寺田勇文編著、明石書店（2009）／『フィリピン――急成長する若き「大国」』井出穣治、中央公論新社（2017）／『フィリピンと日本の戦後関係――歴史認識・文化交流・国際結婚』リディア・N、ユー・ホセ編著、佐竹眞明・小川玲子・堀芳枝訳、明石書店（2011）／『イフガオ――ルソン島山地民の呪詛と変容』合田濤、弘文堂（1997）／「北部ルソン島イフガオ族の伝統的シャーマニズム再考」熊野建（『関西大学社会学部紀要』38巻1号所収）／『マイノリティと国民国家――フィリピンのムスリム』川島緑、山川出版社（2012）／『女性が語るフィリピンのムスリム社会』石井正子、明石書店（2002）／『フィリピンの大衆文化』寺見元恵編・監訳、めこん（1992）／『フィリピン伝統文化への招待』シンシア・N・ルンベラ、テレシタ・G・マセダ編、橋本哲一編訳、吉川洋子・古川直子・福永敬・平賀達哉訳、井村文化事業社（1990）／『フィリピンの民話』マリア・D・コロネル編、竹内一郎訳、青土社（1997）／『パパイヤの伝説――フィリピンの民話』フィリピン民話の会編、勁草書房（1985）／『物語 フィリピンの歴史――「盗まれた楽園」と抵抗の500年』

鈴木静夫、中央公論社（1997）／『熱帯雨林の知恵――フィリピン・ミンダナオ島の平和愛好部族』スチュワート・A・シュレーゲル、仙名紀訳、アサヒビール（2003）／"*Lonely Planet Philippines 12th edition*" Lonely Planet Publications（2015）

・ホセ・リサール

『ホセ・リサールの生涯――フィリピンの近代と文学の先覚者』安井祐一、芸林書房（1992）／『暁よ紅に――わが血もて染めよフィリピン独立運動の悲運のヒーロー ホセ・リサール』カルロス・キリノ、駐文館訳、駐文館（1992）

・その他

『サンパギータ――フィリピン詩篇』高良勉、思潮社（1999）／『夏の花・鎮魂歌』原民喜、講談社（1973）／「放送番組の制作に関する番組制作会社との取引基準」日本放送協会／『ドキュメンタリーとは何か――テレビ・ディレクターの仕事』河村雅隆、ブロンズ新社（1995）／『山下財宝――フィリピン黄金伝説を行く』生江有二、文藝春秋（1995）／『最後の真実――「山下財宝」その闇の奥へ』笹倉明、ＫＳＳ出版（1998）／『宝石の写真図鑑』キャリー・ホール、宮田七枝訳、砂川一郎日本語版監修、日本ヴォーグ社（1996）／"*Rocks and Minerals*" Chris Pellant, A Dorling Kindersley Book（1992）

・謝辞
作中の竹内浩三の詩は『竹内浩三全作品集——日本が見えない』から、またホセ・リサールの詩は『ホセ・リサールの生涯——フィリピンの近代と文学の先覚者』での安井祐一氏の訳から引用しました。竹内浩三の「骨のうたう」は、後年に中井利亮氏が編集したものを採用しています。

戦中の出来事については、高橋秀治氏の『ルソン戦線最後の生還兵——マニラ陸軍航空廠兵士の比島山岳戦記』、今日出海氏の『山中放浪——私は比島戦線の浮浪人だった』、江崎誠致氏の『ルソンの谷間——最悪の戦場一兵士の報告』を特に参考にしました。

また、フィリピンの描写をチェックしてくださった大野拓司様に感謝の意を表します。

本文中の誤りは、すべて私に責があるものです。

ほか、リサールについて情報提供をしてくださった古賀学故様、詩について多くの示唆を与えてくれた妻、そしてフィリピン取材時に温かく迎え入れてくれた現地のかたがたに深く感謝いたします。

編集部注・この作品は、月刊『小説ＮＯＮ』（祥伝社刊）平成三十年八月号から令和元年五月号まで連載され、同年九月小社から単行本で刊行されたものです。

解説――浩三《こうぞう》を通して戦時下と現代をリンクさせた卓越した著者の着眼点

文芸評論家　末國善己《すえくによしみ》

少女時代にいじめを受け、ITベンチャーを起業した後もトラウマに苦しむアメリカ日系三世のレイが、休暇で祖父母の世代の日系一世が入れられたマンザナー強制収容所を訪れる「カブールの園」、一九四四年と二〇二〇年の東京が重なって見える現象が起こる「ディレイ・エフェクト」など、宮内悠介《みやうちゆうすけ》は、先の大戦を題材に、戦争とは、歴史とは、国家とは、民族とは何かを問う作品を発表している。芥川《あくたがわ》賞の候補になった「カブールの園」「ディレイ・エフェクト」が純文学作品とするなら、本書『遠い他国でひょんと死ぬるや』は同じテーマをエンターテインメント小説として表現したといえる。

なお本書は第七十回芸術選奨文部科学大臣新人賞を受賞しており、これからも著者の代表作の一つとして読み継がれていくだろう。著者は文庫化に際し主に後半部に改稿を加え、テーマと向き合う主人公の心情を際立《きわだ》たせているので、単行本を読んだ読者も決定版といえる文庫に目を通してほしい。

印象的な本書のタイトルは、一九四五年四月九日、二十三歳の若さでフィリピン・ルソン島バギオ附近の一〇五二高地で戦死（正確には生死不明）したとされる竹内浩三《たけうちこうぞう》の詩

「骨のうたう」の一節から採《と》られている。

浩三は、一九二一年五月十二日に三重《みえ》県宇治山田《うじやまだ》市（現在の伊勢《いせ》市）の裕福な呉服商の家に生まれた。浩三は、母の影響で文学と映画に興味を持つようになるが、明倫《めいりん》小学校の五年生の時に、その母を亡くす。県立宇治山田中学時代は、級友と作った漫画入りの回覧雑誌に時局を風刺した文章を掲載して問題になったり、学校に配属された陸軍将校による教練に対し不真面目《ふまじめ》だったりしたようだ。中学を卒業した浩三は、上京して早稲田《わせだ》高等学院を受験するも失敗し、東京で浪人生活を送る。その間に父を亡くすが、十分な財産を残してくれていた。一九四〇年、日本大学専門部映画科（現在の日本大学芸術学部映画学科）に入学した浩三だが、一九四一年に大学、専門学校などの修業年限を短縮する勅令《ちょくれい》が出され、一九四二年十月に三重県の中部第三十八部隊に入営した。

それを予見したかのように、一九四二年一月、浩三は中学の同級生と同人誌「伊勢文学」を創刊し、十一月までに五号を刊行した。「骨のうたう」の原型が掲載されたのも、戦後に刊行された「伊勢文学」八号である。一九四三年九月、茨城《いばらき》県の西筑波《にしつくば》飛行場に編成された部隊に転属、ここはグライダーや落下傘《らっかさん》で敵陣深くに侵入して突撃する決死隊の訓練場だったようである。浩三は兵営で「筑波日記」と題した記録をノートに書いていたが二冊目で中断、一九四四年一二月にフィリピンへ送られた。

浩三が「筑波日記」の続きともいえる記録を、フィリピンで三冊目のノートに書いていたとしたら？　本書は、浩三の幻の〝第三のノート〟が物語を牽引《けんいん》することになる。

テレビ・ディレクターの須藤《すどう》は、戦後七十年番組として浩三の〝第三のノート〟を探す企画を考え、撮影のためルソン島北部のコルディレラ山脈にある少数民族の村を訪れたが、ノートは見つからないまま撮影は終了した。

現代の若者と同じように漫画、映画が好きで、戦争や軍人が嫌いだった浩三だが、徴兵忌避《きひ》をするほど反体制的ではなく、当時の国民の義務を果たして兵役に就《つ》き、戦死を意識したかのような文章を残しながら最前線に向かった。内心に不満があっても表立って逆らわない浩三は、自分の考えより多数派に従い行動する典型的な日本人だった。長いものに巻かれる心性が現代の日本人も変わっていないことを思えば、浩三を通して戦時下と現代をリンクさせた著者の着眼点は卓越していたといえる。

戦後七十年番組から五年後、会社を辞《や》めた須藤は、浩三の足跡を追い〝第三のノート〟を見つけるためドゥテルテ政権下のフィリピンを再訪する。聖週間《セマナ・サンタ》の祭りでルソン島中部の町に滞在中の須藤は、大柄でスキンヘッドの男を連れた西欧人の女性に、浩三のことをどこまで摑《つか》んだか質問される。どうやら二人は、浩三の〝第三のノート〟を探すライバルらしいが、なぜ日本でも知る人ぞ知る詩人の浩三に西欧人が興味を持ったのかは不明だった。銃を突き付け詰問《きつもん》する二人から逃げた須藤は、不思議な声に導《みちび》かれ、かつて取材で訪れた少数民族の村の村長と再会、孫娘のナイマを紹介される。村長は占いで須藤の窮地《きゅうち》を知り、名門の工科大学に通うナイマには不思議な力があるという。

　村長と別れナイマとマニラに向かった須藤の前に、フェイ財閥の御曹司《おんぞうし》アントニーが現れる。ナイマと同じ大学に通うアントニーは、ストーカーになり結婚を迫っていた。アントニーが偶発的にお付きのジェレミーを車で撥《は》ねてしまい、財閥の力で逆に犯人にされかねないと判断した須藤が、アントニーに協力してジェレミーの体を驚くべき方法で隠すところは、『月と太陽の盤　碁盤師・吉井利仙《よしいりせん》の事件簿』などミステリにも傑作が多い著者らしく、倒叙《とうじょ》ミステリのような面白さがある。

　マニラでナイマを待っていたのは、ミンダナオ島から来たイスラム教徒の青年ハサンだった。かつてナイマはハサンの実家に滞在したことがあり、ハサンと結婚すると思われていた。その誤解を解《と》くためナイマは、二〇一七年にIS（イスラミックステート）系の組織とフィリピン政府軍が戦った記憶も生々しいミンダナオ島へ向かい、須藤も同行する。

　さらにミンダナオ島行きの船で、須藤は浩三の〝第三のノート〟を探す西欧人男女二人組、トレジャーハンターだというマリテと共同事業者のアンドリューと再会する。

　漁業成金で地域の顔のハサンの実家には、手違いで誘拐された日本人夫婦が監禁されていた。離婚した妻との間に子供ができなかった須藤は、赤ん坊を産んだばかりの被害者夫婦を逃がすため、ナイマやマリテに協力を求めるのだが、ここから物語は加速していく。浩三の〝第三のノート〟に加え、浩三のノートに手掛かりが書かれているかもしれないもう一つの財宝を探す宝探しに、イスラムの分離独立運動にかかわり、対ＩＳ戦では政府軍に協力した武闘派のハサン一族から日本人夫婦を救うべく奔走《ほんそう》する冒険小説、ナイマとハサンの恋愛に、警察や政府を上回る力を持つアントニーが強引に横槍を入れる三角関係の行方に、ナイマの特殊能力を科学的に分析するＳＦの要素などが渾然一体《こんぜんいったい》となるので、先の読めないスリリングな展開が続く。

本書が秀逸《しゆういつ》なのは、現実の歴史やフィリピンの社会状勢と矛盾《むじゆん》なく、謎あり、恋あり、活劇ありのエンターテインメントの世界を描いたところにある。

フィリピンの財閥は、マルコス政権下ではクローニー（取り巻き）だったコファンコ財閥が支持基盤になり、続くアキノ政権ではマルコス・クローニーの清算が進められたが、コファンコ財閥に替わってアヤラ財閥、ソリアノ財閥が復活して政権を支えるなど、経済はもちろん、政治的な影響力も強かった。フィリピンの財閥は、古くからの大地主で、所有する農地、不動産を軸に経営の多角化を進めたスペイン系（アヤラ財閥、ロペス財閥など）と、フィリピン独立以降、外国人居留者の多数派だった中国人が小売店などを発展させた華僑系《かきょう》（ジョン・ゴコンウェイ・ジュニア財閥、ヘンリー・シー財閥など）に大別《たいべつ》されるが、いずれも一族がグループ企業の株式を集中的に所有する形態が一般的になっている。作中に登場するフェイ財閥は華僑系の企業グループで、アントニーの優秀な兄二人が法学と経営学を学び経営者として育てられているなど、同じファミリーだけが経営を支えるフィリピン財閥の実情が、鮮やかに表現されている。

これは、ミンダナオ島の政治状況も同様である。フィリピンは大航海時代にスペインに統治されたためカトリックが多数派だが、ミンダナオ島など南部はイスラム教徒が多い。第二次大戦後、ミンダナオ島ではキリスト教徒の入植が本格化し、土地登記に不慣れなイスラム教徒は合法的に土地を奪われた。差別され、経済的にも困窮《こんきゅう》したイスラム教徒は、フィリピンからの分離独立を求めて武装闘争を始めた。ハサンの一族もミンダナオ独立派の闘士だが、対IS戦ではフィリピン政府に協力している。イスラム教徒も民族によって考え方が違い、闘争の目的も分離独立派と自治拡大派に大別されるなど一筋縄《ひとすじなわ》ではいかないほど利害が入り組んでいるようだ。作中では、かつて夫が医療ボランティアをしていた町に泊まった日本人夫婦が誘拐されたが、実際にISとフィリピン政府が戦った二〇一七年以降、イスラム教徒の勢力が強いフィリピン南部では誘拐ビジネスが増えており、本書はこうした状況を的確に物語に反映しているのである。

といっても本書は、社会派推理小説のように、フィリピンをめぐる状況をシリアスに伝えているのではない。かつてフィリピンには私兵を雇《やと》う財閥もあったようだが、武装したガードマンを雇っているフェイ財閥は、重火器や戦闘機、戦車などを所有する高橋留美子《たかはしるみこ》の漫画『うる星やつら』に登場する面堂《めんどう》財閥を彷彿《ほうふつ》させ、周辺の顔役で目的のために手段は選ばないが決して非道はしないハサン一族は、往年の任俠《にんきょう》映画の親分一家を思わせるなど、どこかカリカチュアされている。こうしたユーモアを醸《かも》すアレンジが、漫画や映画が好きだった浩三の世界観と響き合っているのも、間違いあるまい。

時にスラップスティックなエピソードも交えて進む物語は、終盤で再び浩三の戦争体験から現代日本を捉《とら》えるという須藤の目的に回帰する。自国を礼賛《らいさん》するテレビ番組を見て優越感にひたり、平然と他国を貶《おとし》めている日本の現状に違和感を覚えた須藤は、自分は歴史を見失い漂流していると感じていた。フィリピンで、イスラム教徒でありながら、フィリピン独立運動の闘士でキリスト教徒のホセ・リサールの詩に感銘を受けたというハサンと出会い、歴史の中で生きるとは何かに触れた須藤は、神秘的な体験をすることで、ようやく少しだけ浩三と繫《つな》がれたと感じる。

本書は浩三の「骨のうたう」の一節をタイトルにしているが、テーマは、浩三が『パウル・ハイゼ傑作選』というドイツ語読本の余白に書いた詩「日本が見えない」の方が近いように思える。復員兵の独白のような「日本が見えない」は、「日本よ／オレの国よ／オレにはお前が見えない／一体オレは本当に日本に帰ってきているのか／なんにもみえない／オレの日本はなくなった／オレの日本がみえない」と結ばれるが、これは須藤の戸惑《とまど》いと重なる。浩三の後を追って内に火種《ひだね》を抱《かか》える多民族国家フィリピンを遍歴し、戦争、歴史と向き合った須藤。日本の占領統治下や大戦末期のアメリカとの戦闘で、多くの犠牲者を出したことから社会の底辺に反日感情があるのに、フィリピンは親日国と無邪気に思い込むような安易な歴史観を否定し、埋葬した死者の骨を取り出して洗う洗骨という葬礼から、フィリピンと沖縄《おきなわ》、奄美《あまみ》列島に至る文化的な繋がりを掘り起こすなどして、日本の現状をおぼろげながらも浮かび上がらせる展開は、自国の歴史や文化を無批判に礼賛するような単純な視点では、国の真の姿は分からないと教えてくれるのである。

遠い他国でひょんと死ぬるや

一〇〇字書評

切り取り線

購買動機（新聞、雑誌名を記入するか、あるいは○をつけてください）	
□（　　　　　　　　　）の広告を見て	
□（　　　　　　　　　）の書評を見て	
□ 知人のすすめで	□ タイトルに惹かれて
□ カバーが良かったから	□ 内容が面白そうだから
□ 好きな作家だから	□ 好きな分野の本だから

・最近、最も感銘を受けた作品名をお書き下さい

・あなたのお好きな作家名をお書き下さい

・その他、ご要望がありましたらお書き下さい

住所	〒				
氏名		職業		年齢	
Eメール	※携帯には配信できません	新刊情報等のメール配信を 希望する・しない			

この本の感想を、編集部までお寄せいただけたらありがたく存じます。今後の企画の参考にさせていただきます。Eメールでも結構です。

いただいた「一〇〇字書評」は、新聞・雑誌等に紹介させていただくことがあります。その場合はお礼として特製図書カードを差し上げます。

前ページの原稿用紙に書評をお書きの上、切り取り、左記までお送り下さい。宛先の住所は不要です。

なお、ご記入いただいたお名前、ご住所等は、書評紹介の事前了解、謝礼のお届けのためだけに利用し、そのほかの目的のために利用することはありません。

〒一〇一－八七〇一
祥伝社文庫編集長　清水寿明
電話　〇三（三二六五）二〇八〇

祥伝社ホームページの「ブックレビュー」からも、書き込めます。
www.shodensha.co.jp/bookreview

祥伝社文庫

遠《とお》い他国《たこく》でひょんと死《し》ぬるや

令和 4 年 9 月 20 日　初版第 1 刷発行

著　者　宮内悠介《みやうちゆうすけ》
発行者　辻　浩明
発行所　祥伝社《しょうでんしゃ》
東京都千代田区神田神保町 3-3
〒 101-8701
電話　03（3265）2081（販売部）
電話　03（3265）2080（編集部）
電話　03（3265）3622（業務部）
www.shodensha.co.jp
印刷所　堀内印刷
製本所　積信堂
カバーフォーマットデザイン　芥 陽子

Printed in Japan ©2022, Yusuke Miyauchi　ISBN978-4-396-34835-9 C0193